El niño que fuimos

Alma Delia Murillo

El niño que fuimos

ALFAGUARA

Papel certificado por el Forest Stewardship Council®

MIXTO
Papel procedente de
fuentes responsables
FSC
www.fsc.org   FSC® C117695

Primera edición: julio de 2019

Printed in Spain – Impreso en España

ISBN: 978-84-204-3812-2
Depósito legal: B-10815-2019

Impreso en EGEDSA, Sabadell (Barcelona)

AL38122

Penguin
Random House
Grupo Editorial

A mi madre y a la memoria de mi padre.

Es posible que ya nada diga
de mi obscena alegría
de sobreviviente
por respeto a ustedes
enemigos íntimos.

FERNANDO BARRIOS

I

Lunes 11 de septiembre de 1989, México, Distrito Federal.

Esas eran las coordenadas de la identidad. Un día, un mes, un año, una ciudad como pocas.

El manchón blanco en la pizarra dejaba ya un fondo brumoso bajo las letras.

Todos los profesores del internado seguían el mismo protocolo con el pizarrón. Cada mañana borraban el día para escribir encima el nuevo dato hasta que se hacía necesario cambiar también el mes y, entonces sí, limpiaban la línea completa con un lienzo húmedo y lo escribían todo con letras nuevas. Pero mientras el mes fuera el mismo, se mantenía una marca blancuzca en la pizarra de tanto reescribir sobre la misma superficie.

Sólo Román reparaba en esos detalles; le gustaban los objetos, su estética, su orden natural o artificial, le gustaba la limpieza en el entorno y adoraba la simetría en la disposición de las cosas porque le hacía sentirse tranquilo. Concentrado en apreciar la caligrafía de la maestra de Español, sintió un piquetazo en el costado derecho. María le pasó un papelito arrugado con un mensaje de Óscar.

"En la noche vamos a la biblioteca."

Román sonrió. Eso sólo podía significar que su amigo estaba de mejor ánimo, que volverían los tres a las aventuras de antes, a leer alguna historia fascinante para luego escapar del internado unos minutos; podrían respirar la noche parados en la banqueta y saludar a Trapo, el perro callejero que a veces los seguía, y jugar un rato con él. Desobedecer las reglas juntos y compartir un secreto sólo entre ellos era algo que lo excitaba casi hasta el paroxismo.

Ahí estaban los tres de nuevo, al pie de la sección de Literatura Clásica. Faltaba poco para que diera la medianoche, el clima era ideal, sin frío ni amenaza de lluvia. Andaban en pijama, ni siquiera había hecho falta ponerse el suéter.

Óscar se veía alterado, trémulo.

—Hoy quiero subir al puente de División del Norte —un estremecimiento de su cuerpo acompañó la frase.

—¿El que está junto al metro? —preguntó María.

—Ese, ¿me acompañan?

Los dos respondieron sí y acumularon un par de enciclopedias —aunque se necesitaban cada vez menos tomos— para que María trepara hasta la ventana de la salida que los otros alcanzaban sin necesidad de subirse a los libros.

A punto de salir, Óscar se detuvo.

—¿Me van a seguir en todo lo que haga? —experimentó un dolor nuevo, un malestar que no era en la panza ni en la garganta pero por ahí. Se sentía como si se hubiera comido un animal muy grande.

—Yo sí —se apresuró a responder Román, arrepintiéndose de inmediato porque sabía que a María no iba a gustarle esa respuesta en la que no estaba incluida.

—Yo también —agregó la niña y le dedicó una mirada recriminatoria a Román—. Hagamos un pacto de amistad.

Resignados a las prácticas escatológicas que tanto le gustaban a ella, se escupieron las manos y las estrecharon.

—Es un pacto —dijo Óscar.

—Es un pacto —repitieron solemnes los otros dos.

Una vez fuera, Óscar se puso al frente. Flotaban. Sus figuras largas y elásticas rebotaban sobre el pavimento. Era una noche plácida, un punto indiferente como cualquier noche de lunes en la Ciudad de México.

Al llegar al cruce de la acera, el líder de la expedición echó a correr con toda su potencia. Iba tan rápido que a sus amigos les costó seguirlo y apenas notaron cuando Trapo apareció doblando la primera esquina y se puso a correr junto a ellos.

En un pestañeo se encontraron con el puente y Óscar trepó los escalones de dos en dos, sin cambiar el ritmo. María tuvo miedo, presintió que algo malo vendría, aminoró el paso.

El perro se quedó abajo, levantando la cola y las orejas, nervioso.

En cuanto pisó el último escalón, el que llevaba la delantera miró a sus compañeros, parecía que se había vuelto loco o que estaba poseído por el diablo, eso pensó María.

—Voy a saltar —dejó salir una risita desequilibrada—. También ustedes, es un pacto.

—¿Qué te pasa? —lo desafió Román—. Yo no salto.

—Yo tampoco —dijo María.

Trapo se movía de un lado a otro y ladraba como queriendo convocar legiones. El sonido viajaba amplificado y vibrante por toda la calle, particularmente silente a esa hora.

Óscar hizo ademán de trepar a la barandilla y Román se lanzó sobre él, abrazándolo de las piernas.

Abajo, el perro no se detenía. Habría ladrado hasta que los chicos descendieran, pero un auto pasó zumbando y lo arrolló, dejándolo sin vida sobre el asfalto. Óscar se quedó de una pieza y luego rompió a llorar.

Un par de luces se encendieron en los edificios vecinos. María, desesperada, intentaba levantar el cuerpo de Trapo.

II

Ahí estaba, consciente de que había llegado muy lejos.

De acuerdo, quizá Nueva York no era muy lejos de la Ciudad de México, pero el recorrido interior que lo había llevado hasta ahí le parecía infinito.

Era viernes 11 de septiembre de 2016 y ahí estaba, parado sobre el puente de Brooklyn, llenándose los ojos de la imagen más emblemática de Manhattan y esbozando una sutil sonrisa con esos labios permanentemente rojos gracias al bálsamo labial que se aplicaba varias veces al día y delante de quien estuviera observando.

Ahora era el diseñador de zapatos Román Gio, que poco a poco se ganaba un lugar en la industria de la moda. Del Román Gómez-Tagle Jiménez, aquel niño huérfano que había hecho un pacto suicida con sus compañeros de internado precisamente un 11 de septiembre, quedaba muy poco.

Mientras la ciudad de Nueva York se agita recordando su tragedia, Román piensa en los atentados que él ha resistido a lo largo de su vida, en su propia sobrevivencia, y acodándose del lado derecho para tener un mejor ángulo y hacerse la irresistible selfie con el legendario paisaje de los arcos del puente colgante a sus espaldas, piensa en lo curioso que es estar en ese lugar precisamente ese día y se le ocurre que lanzarse desde ahí hubiera sido un suicidio inmejorable: dramático, cosmopolita, en tendencia y hasta conmemorativo.

Divertido con la idea, se pone el índice en la cabeza para simular una pistola y dispara varios clics sonriendo de un modo y otro hasta quedar conforme con un par de fotos.

Guarda el teléfono en su bolso, femenino y exquisito, y vuelve a mirar el cuadro vivo de Manhattan: no puede creer que nuevamente está delante de la isla que siempre creyó que no vería más allá de las películas. No puede creer que esté vivo, que el dinero en su cuenta bancaria no sea un problema, no puede creer que su entorno haya cambiado tanto.

Durante segundos siente un puño que le atenaza la garganta. Tal vez tenga que admitir que del niño huérfano no queda tan poco como pensaba.

Por los pasillos del aeropuerto, resignado a volver a la Ciudad de México y jalando la maleta con un sofisticado desparpajo de pasarela, Román se siente observado. Tampoco le sorprende, ese ánimo saltarín y su humor constantemente excitado son sus viejos compañeros de vida, sus antiguos guardianes. Así es él, siempre un poco alterado, como si llevara percusiones sistólicas empujando a su metabolismo a vivir en una fiesta interminable.

Está acostumbrado a que lo miren, el sino de un extravagante es llamar la atención y él lo ha aceptado como un destino infranqueable. La gente lo sabe o lo intuye y no pueden evitar echar miradas de comprobación porque les obsesiona verificar que no están equivocados; detenerse un poco a husmear en los gestos, en la ropa, aguzar el oído por si el fenómeno habla y una voz afeminada lo delata.

Román es dueño de una de esas bellezas andróginas que lo hacen irresistible al ojo curioso; la delgadez genética le da a su cuerpo una delicada suavidad y los rasgos afilados de ese rostro pálido, lleno de matices castaños que desde siempre resultó demasiado femenino, lo presentan ante los otros casi como una mujer vestida de hombre.

La debilidad que le resta belleza, vaya ironía, es un rasgo de fortaleza biológica: su estatura. Mide 1.87 y viviendo en México, donde se ven pocas personas así de altas, Román aprendió a jorobarse para escuchar y estar cerca de la estatura promedio. La deformación se ha arraigado en su espalda, acentuando aún más su excentricidad.

"Brooklyn Suicide", se le ocurrió titular a la serie de fotos y subirlas a su perfil de Facebook.

La publicación multiplicó cientos de likes y pronto empezó a ser compartida de un muro a otro.

Ahí, en el pandemónium de ese reino virtual donde la letra efe en color azul es tan odiada como venerada, todo puede pasar. Y sucedió el accidente más predecible en tiempos digitales. Alguien pensó que era buena idea subir su selfie desde Brooklyn emulando el mismo movimiento de disparo con el dedo índice sobre la sien, el algoritmo se replicó y la foto de ese alguien también fue condecorada con miles de likes y diseminada en incontables muros; no se hicieron esperar los comentarios que invitaban a subir la foto más original y aquello reventó como pólvora: pronto hubo un reguero de miles de fotografías tomadas desde el puente de Brooklyn y otras tantas tomadas o superpuestas desde todo set imaginable que sirviera para saltar: la Torre Eiffel, la Catedral de Colonia, la Giralda de Sevilla, la CN Tower de Toronto, el puente de Pericoapa o el de Periférico, el Taj Mahal, el cerro del Tepozteco, la Estela de Luz, la Torre Latinoamericana, el Puente de la Mujer, la Torre Colpatria, los edificios de Tlatelolco y un viral etcétera.

Mexicanos, colombianos, indios y parisinos exhibían con orgullo sus imágenes, se había desatado la jauría: todos perseguían el premio del ingenio, de la acumulación de deditos arriba, de esa entelequia llamada viralidad que tanto se parece a la fama.

Imágenes tituladas Eiffel Suicide, Taj Mahal Suicide, Tepozteco Suicide desbordaban las redes sociales. En cuestión de horas se gestó y multiplicó un ente que tenía vida propia, una de esas ampollas del internet que se sabe durarán poco, pero mientras duran, pican, escuecen, invitan a ser miradas.

Había pasado medio día de euforia cuando alguien —la red está llena de alguien, un bloguero, un experto, un youtuber, un troll—, uno de esos que es alguien sin ser nadie, recordó que Román era gay y había sido agredido más de una vez por su preferencia sexual y se preguntó —mitad bromeando y mitad con ganas de que algún secreto morboso escondiera la imagen— si el diseñador no estaría anunciando un suicidio real.

Algún otro matizó el melodrama para hablar del sufrimiento social y el rechazo del que son víctimas —aún en estos tiempos— los homosexuales,

transexuales, travestis o como quiera que se llamaran. Y no faltó el periodista con una mente muy
creativa que le agregó una pátina perturbadora a la
historia: había nacido un movimiento de suicidio
colectivo entre homosexuales, travestis y personas
transgénero; el código de iniciación era hacerse una
selfie como las que ahora se difundían por todos los
medios, incluso consiguió testimonios en video de
algunos miembros anónimos del movimiento que
aseguraron que lo habían empezado precisamente el
11 de septiembre para garantizar que la historia no
los olvidara.

Román no daba crédito cuando encendió su celular después de cinco horas de vuelo y se dio cuenta
de que su broma tomaba tintes de fenómeno me-
diático.

III

Óscar entró a su departamento y se sacó los zapatos con urgencia, como hacía todas las noches al volver de la clase de arquitectura que impartía cada vez con más desgano.

Fue directo al refrigerador, tenía hambre. Y sed, mucha sed, ¿por qué siempre sentía tanta sed?

Una cerveza oscura era su premio al final de cada jornada, cenar un buen plato, leer un buen libro.

Ojalá que el premio esta vez incluyera una noche de sexo, pero no, ya había pasado un año desde que su último intento de relación formal se fuera al carajo, tal vez habría que conformarse con una rutinaria masturbación en el baño antes de irse a la cama para entregarse a la lectura.

Es que simplemente no podía. Cada vez que alguna novia lo hacía sentirse presionado, tenía que salir corriendo. Ceci no fue la excepción; era buena, demasiado buena quizá, y también demasiado segura de sí misma.

Lo que le ocurría a Óscar era que en el fondo seguía siendo un marginal, había algo dentro de él que lo empujaba a sentirse como la fachada distinta que destaca en una calle uniformada con adorables casas idénticas; había algo en él que le impedía pertenecer y punto.

Estaba cansado de intentarlo, de pretender que podía ser divertido o simpático para la gente que lo rodeaba.

La herida de la orfandad era para siempre y era increíblemente poderosa, ¿qué sentido tenía resistirse a ella?

Su gesto adusto, demasiado formal y precavido para alguien de treinta y cinco años, lo delataba. Alguna vez había pensado que su extraña apariencia de hombre mayor venía de esa particularidad de su nariz recta que nacía directamente del entrecejo y acentuaba las sombras en su rostro, especialmente bajo los ojos y sobre las comisuras de los labios. Su nariz era tan notoria que, aunque el nacimiento del pelo simulara un corazón sobre la frente dándole un ligero toque infantil, su porte de señor prematuro seguía siendo ineludible y lo distinguía desde no podía recordar cuándo.

Después del tercer o cuarto trago de cerveza sintió ganas de orinar, se paró delante del retrete para soltar el chorro y se miró al espejo. ¿Sería consciente de lo contrastante que resultaba su rostro aseñorado con su cuerpo joven y atlético, con sus músculos bien delineados bajo la piel morena?

Regresó a la cocina decidido a preparar una pasta, buscó los ingredientes en el refrigerador, colocó todo sobre la barra y comenzó a cortar: primero los pimientos amarillos, luego los rojos, luego la cebolla.

Cocinar no era sólo una actividad relajante, era la manera en la que Óscar había asimilado que él era su propia madre.

Desde los seis años había aprendido primero a darles la vuelta a las tortillas en el comal sin chamuscarse los dedos, luego a hacer huevos revueltos y a poner los frijoles sin dejarlos duros ni salados, a hervir la leche sin quemarla o desparramarla sobre la estufa, a racionar las porciones para él y su madre, que dormía hasta el mediodía porque trabajaba de noche.

Era Óscar quien se levantaba a preparar el desayuno y quien dejaba servido y cubierto con una servilleta sobre la mesa el plato que tomaría ella cuando despertara.

Salía a la escuela corriendo, pues sus labores de improvisado y prematuro amo de casa lo entretenían demasiado. Siempre aprisa y mal vestido, con el uniforme de la escuela pública donde estudiaba como testigo de su abandono: el pantalón le quedaba corto y el dobladillo se había desgajado hacía ya tiempo, a las dos camisas blancas que tenía les faltaban botones y el suéter rojo era un collage de manchas que no había forma de ocultar.

Dormía poco e intermitentemente porque se mantenía leyendo durante las noches que pasaba a solas en el cucurucho en el que vivía con su madre, sin televisión para entretenerse porque era muy cara y su madre no podía comprar una. Los pocos libros que la maestra Pili le regalaba tras haber descubierto su potencial de lector eran todo lo que tenía, así que permanecía en vigilia devorando las páginas de la novela o el cuento en turno. De vez en cuando cerraba los ojos pero no podía entregarse por completo al sueño hasta que, poco antes de las cuatro de la mañana, escuchaba cómo la puerta se abría despacio, luego los tacones daban un par de pasos antes de que ella se los sacara para no hacer ruido y pusiera a llenar dos cubetas de agua para el baño.

Óscar se levantaba tarde y entre preparar el desayuno para dos y alistar la mochila con los libros y cuadernos del día, no todas las mañanas le daba tiempo de bañarse o mojarse el pelo siquiera, de manera que se aparecía en la escuela con una facha de descuido que le había ganado el mote de Espantapájaros.

"Óscar el Espantapájaros", susurraban los niños para molestarlo, pero ninguno se atrevía a decírselo de frente porque, a pesar de todo, Óscar emanaba cierta fuerza, algo que venía de su cara de adulto incipiente y de su mirada fija y penetrante, una notable y a la vez frágil masculinidad en un niño de seis años que hacía que los demás se anduvieran con tiento y se lo pensaran dos veces antes de agredirlo o provocarlo abiertamente.

Puso a cocer la pasta y antes de untar la sartén con mantequilla para saltear las verduras, fue a buscar su teléfono para escuchar música, así tendría el ritual completo. Se limpió los dedos en el delantal de chef que le gustaba usar y sacó el móvil del portafolios; cuando lo desbloqueó y, por inercia, comenzó a navegar en su cuenta de Facebook, luego de dos clics dio con las imágenes de Román.

El apellido Gómez-Tagle lo hizo olvidarse de conectar el teléfono a las bocinas, de la pasta hirviendo y de la sartén calentándose para la mantequilla. Olvidarse de todo y recibir en el rostro, como una explosión de fuego, aquellos años en el internado que fueron su antes y después en la vida, aquellos años que habrían de marcarlo.

No podía creerlo, ahí estaba su inseparable de la infancia; no había duda, el de las fotografías era Román.

De inmediato buscó el perfil de su amigo en Twitter, en Facebook y en Instagram, pero no encontró nada porque el diseñador ya había cancelado todas sus cuentas.

IV

Cuando llegó a su empresa encontró a los empleados en el desconcierto total. ¿Qué pasaría con las marcas? ¿Sus distribuidores dejarían de levantar pedidos? ¿Perderían a Palacio de Hierro, su principal cliente y también el más conservador?

Llamó a una junta general y los tranquilizó con un discurso que sólo él podía tirar con semejante cinismo y todavía parecer encantador.

—A ver, colegas, no nos hagamos tontos y no insulten su inteligencia ni la mía diciéndome que esto les preocupa. Levante la mano quien pensó que me quería suicidar.

Todos en la sala de juntas se quedaron inmóviles.

Con su media sonrisa y bajando el volumen patriarcal con el que había comenzado, Román siguió:

—Maravilloso, ahora sé que no tengo a ningún bruto en mi equipo de trabajo.

Algunas risitas sonaron en el ambiente.

—Y si para ustedes no fue serio, para la gente de las tiendas departamentales tampoco.

Hizo una pausa esperando que alguien comentara algo.

—Y tampoco creo que nuestros clientes sean tan idiotas como para cancelar los pedidos de esta temporada ni de la siguiente por el insignificante detalle de que nuestros modelos representan el treinta por ciento de sus ventas de calzado. Así que todos tranquilos y a trabajar, que aquí no ha pasado nada. ¿Alguien tiene algo que agregar?

Una mano se levantó al fondo, era Berenice, la encargada de manejar las redes sociales de las marcas que Román diseñaba.

—¿Qué pasó, mi Bere?

—Pues… es una opinión… creo que cancelar tus cuentas personales no fue buena idea, tal vez podemos aprovechar el momento para potenciar la presencia de las marcas y tu nombre de diseñador entre nuevas comunidades —dejó caer la chica como si hubiera ensayado toda la noche frente al espejo el argumento.

—Eres una mercenaria —dijo Román, negando con la cabeza pero divertido con la idea—: mira que pensar en hacer negocio del escarnio público que he sufrido; pero puede que tengas razón, vente a mi oficina y lo platicamos.

Berenice puso cara de alivio y Román concluyó la reunión.

—Los demás, no hay razones para preocuparse, ¿de acuerdo? —esperó para constatar que todos asentían—. Así que venga, todo mundo a lo suyo.

Más confundidos por la franqueza de su jefe que por el evento mismo, los empleados emprendieron la retirada.

—Señorita, explícame qué te traes entre manos.

Berenice hizo acopio de valentía y habló de su plan para posicionarlo en el mundito de la moda como un representante de la diversidad, de la inclusión y de la ruptura de estereotipos. A Román le hizo gracia pensar en cómo todo podía convertirse en un argumento de venta.

—Ándale pues, sólo que como mis cuentas ya no se van a tratar de mí sino de ese personaje que se inventaron los chismosos de internet, ya no quiero ni puedo manejarlas yo. ¿Me sigues?

Berenice movió la cabeza afirmando.

—Así que las reactivamos, cambiamos las contraseñas y a partir de ahora las llevarás tú por un periodo de prueba, ¿puedes con el paquete?

—Claro, me encantan las redes sociales.

—Millennial tenías que ser.

Berenice alzó los hombros.

—Lo primero es que redactes una declaración para explicarles que era una broma, que un narcisista como yo jamás pensaría en suicidarse.

La chica tomaba notas de todo y arrugaba la nariz como para concentrarse mejor.

—No digas eso del narcisismo, no seas literal. Di algo bonito y suave para no patear el avispero. Entiendes el mensaje, ¿verdad?

La becaria asintió.

—Les aclaras que yo no inicié ningún movimiento suicida, ¡por favor!

—Okey, obvio.

—Y les tiras el rollo de que soy un empresario exitoso y que no hay oscuros pasajes en mi vida. Ni depresión, ni alcoholismo, ni drogas. Y que separo la basura y amo a los animales, cosas así, ¿me entiendes?

—Okey, lo de los animales es buena idea.

—Y si alguno de los periodistas que se encargó de difundir esa historia quiere, le damos una entrevista para que vengan a visitar la fábrica y a platicar conmigo. ¿Estás anotando?

—Okey, sí, sí.

—Dices demasiadas veces "okey", querida, no vayas a usar las redes así en mi nombre, van a pensar que no tengo más vocabulario.

Apenas dio tiempo para que Berenice se sonrojara. Román disparaba las ideas, las palabras, se comía el tiempo como si estuviera peleando por su vida en una batalla terminal contra alguna enfermedad desastrosa.

—Todo lo revisaremos primero mi abogado y yo para asegurarnos de que esta vez contarán la verdad.

—De acuerdo.

—¿Dónde está el sentido del humor de la gente?

Resopló, dejó de caminar por la oficina y se sentó en su sillón de capitoné blanco, se quedó un rato admirándose los zapatos diseñados por él mismo.

Berenice hizo ademán de retirarse, pero Román la interrumpió, haciéndola sobresaltar.

—Ah, si encuentras algún contacto muy personal que creas que puede interesarme, me avisas. ¿Está claro?

—Sí.

—Y acuérdate de no publicar nada sin que el cabrón de mi abogado y yo lo aprobemos primero, por lo menos hasta que se calmen las aguas. ¿Vale?

—Sí, sí, todo entendido. ¿Ya me puedo retirar?

—Ya te puedes retirar. Y ya puedes respirar, guapa, tu idea fue buena y yo no muerdo.

Guiñó el ojo, pero la chica, intimidada por esa personalidad de locomotora, no le devolvió el gesto y salió de la oficina secándose el sudor de las manos.

Román se puso a revisar su correo electrónico sin muchas de ganas de seguir metido en el asunto del Brooklyn Suicide, que para él no había significado más que diez minutos de juego, pero quería cortar de tajo toda duda o incomodidad de sus proveedores o clientes.

Sorprendido, constató que no había un solo correo de sus contactos de trabajo que tocara el asunto. Respiró aliviado y volvió a soltar una risa resignada: el 11 de septiembre se empeñaba en ser una fecha inolvidable en su vida. Se puso a trabajar.

Eran casi las ocho de la noche, se había pasado la tarde haciendo ajustes a los accesorios de tres modelos de sandalias que sabía que le darían todo el volumen de ventas de la temporada para la primavera próxima. Trazó lazos y moños frontales, aplicaciones en pedrería, coloreó detalles pequeñísimos, corrigió, borró, ajustó tamaños y formas hasta que quedó satisfecho con el diseño final. Luego cambió forros de piel de cerdo por forros textiles para no elevar mucho los precios e hizo cálculos rápidos para la producción de nueve mil pares: con materiales nacionales tendría un margen de utilidad más alto y podría tener lista la producción con tiempo suficiente para distribuir en las tiendas departamentales. El trabajo duro ya estaba, lo demás eran joterías, como le gustaba llamar al resto de la colección que no daba el volumen de ventas pero complementaba las temporadas. Se sirvió dos dedos de brandy, necesitaba relajarse.

Estaba cansado y a esa hora, ya sin luz natural, no revisaba materiales ni prototipos, ni siquiera firmaba facturas, así que le extrañó cuando sonó la puerta de su oficina.

—¿Es algo importante?

La vocecita de la becaria sonó del otro lado de la puerta.

—Soy yo, Berenice.

—Ah, adelante mi *Verynice*.

Román empujó las gafas por abajo de la nariz a modo de pregunta.

—Dijiste que si encontraba algo personal que pareciera importante te dijera.

—Ajá, ¿y qué es?, ¿algún bendito me quiere proponer matrimonio igualitario?

Se rieron.

—No, es alguien que dice que fue tu compañero de escuela, que fueron muy cercanos y quiere contactarte. Se llama Óscar Noriega.

V

Tanto andar por el mundo sorteando el recuerdo de aquellos días, y en particular de aquella noche siniestra, para venir a toparse de frente con el pasado, con todo lo que habitaba el universo de los años más difíciles de su vida, con Romancito el enclenque, el apestado, el desamparado; volver a toparse con Romancito tus papás están muertos y nosotros vamos a cuidarte.

Que les dieran por el culo a esa pareja de tíos rastreros que se habían encargado de robarle hasta el último centavo heredado por sus padres. Había que estar hecho de una calidad miserable para aprovecharse de un niño huérfano. Que le dieran por el culo a la familia entera que lo abandonó a su suerte con ese par de ladrones sin escrúpulos, que se pudrieran todos los parientes que lo habían rechazado de sus casas porque "no podían hacerse responsables". ¿De veras no podían? Román no recordaba un solo familiar que no tuviera una posición de clase media más o menos bien acomodada, no recordaba uno solo que estuviera en condiciones de pobreza como para no poder ayudar. ¿Qué explicación se habían dado a sí mismos para dormir tranquilos luego de dejar a un niño de siete años a su suerte?

Llevaba treinta años intentando no pensar en esas narices arrugadas y bocas fruncidas que se volteaban cuando él aparecía luego de haber orinado la cama durante la noche porque estaba muerto de miedo, treinta años evitando recordar los desagradables comentarios susurrados como si él fuera sordo o idiota, tratando de no recordar aquellas manos veloces que escondían la comida en la parte más alta de las alacenas o cerraban con candado el refrigerador, esas manos que hurgaban entre los trapos más viejos y raídos de sus hijos para darle "un suetercito", una playera vieja, una limosna. Román había elegido no pensar en todo ello para no amargarse, se había esforzado para no hacer un monumento en su corazón a toda la miseria vivida y ahí estaba Óscar, ese cabrón, su mejor amigo en el internado, pidiéndole que se encontraran, que abrieran el ático donde él guardaba los episodios dolorosos, donde guardaba la culpa secretamente compartida por lo que habían hecho juntos.

Entró a su inmenso departamento y fue directo al cajón de su buró para liar un porro y tranquilizarse antes de establecer contacto. Forjó el cigarro y le dio dos caladas largas, luego buscó en su cava una botella de brandy y se sirvió una copa hasta el borde. Si las resistencias iban a ceder, que lo hicieran a fondo, de una vez por todas.

El 11 de septiembre de 1986 Román tenía ocho años y entraba —tarde, las clases habían comenzado el 2 de septiembre— a segundo año de primaria en el Internado Número Uno Gertrudis Bocanegra del Lazo de la Vega.

Qué pedazo de nombre y qué pedazo de lugar.

Una construcción impresionante en la colonia Del Valle que había sido conocida como la Hacienda de San Borja y que fue ocupada por una orden jesuita hacia el año 1700, después se transformó en convento teresiano y finalmente, en 1935, fue expropiada por el general Lázaro Cárdenas, que ordenó convertirla en internado para albergar a los niños y niñas que la revolución había dejado huérfanos.

Si Román le tenía tanto odio a su tía Guillermina fue porque ella y el marido se encargaron de vaciar las cuentas de sus padres, dejando sólo el fideicomiso educativo que se salvó de milagro, pues estaba asignado específicamente para ser liberado hasta que Román eligiera universidad y para eso faltaban todavía muchos años.

Una vez que no hubo más recursos de los que despojar al niño, Guillermina y su esposo buscaron una institución para deshacerse de él. En el DIF no lo recibieron porque Guillermina y su marido no encontraron la manera de explicar por qué ellos mismos no podían hacerse cargo del pequeño. Buscaron algunos sitios fuera de la ciudad, pero no tenían ánimo de hacer el viaje ni de gastar dinero en ello.

Así es como fueron a parar al departamento de servicio social del internado para una entrevista de admisión.

Guillermina era gorda y ancha de caderas, alta, de tez blanquísima, con nariz aguileña, la boca tirante hacia abajo y en general un rostro poco agraciado; no despertaba la menor compasión, sino que daban ganas de echarla rápidamente para no seguir viéndole la cara. Aun así, conmovió cuando contó la historia de los padres de Román, muertos un año atrás en ese espantoso accidente de coche embestido en avenida Revolución por un camión de carga; lloró por el futuro del pobre inocente al que sus padres no habían tenido la precaución de dejarle patrimonio alguno, sino solo deudas que las instituciones bancarias ya se habían encargado de cobrarse embargando la única propiedad que su difunta hermana poseía antes del, ay perdón es que me falta el aire, antes del triste accidente que puso a Romancito en esta situación. Mi marido y yo no podemos hacernos cargo del niño porque ya ve usted, extendía las manos Guillermina poniendo acento al melodrama, tampoco somos personas de recursos y yo, a mi edad, no me siento con fuerza para criar a un niño, mis dos hijos son ya mayores y no tengo corazón para dejarlo en esta situación —aquí se esforzaba por quebrar un poco la voz—, y creo que con ustedes estará seguro, tendrá un lugar donde dormir, se alimentará bien y continuará estudiando, que es lo más importante en esta vida.

Román miraba fijamente la punta de sus zapatos desgastados, que empezaban a apretarle pues eran los mismos desde hacía un año, y sentía un odio creciente hacia esa mujer mezquina que había mentido sobre sus padres y los había pintado como un par de descuidados; se había atrevido a hablar mal de su mamá y eso nunca se lo perdonaría.

Pero mayor que el odio era el miedo, el terror que se abría como abismo en su pecho porque de pronto, en esa oficina y escuchando a su miserable tía, había comprendido la dimensión de su situación. Estaba completamente solo y vivía en un mundo en el que tener ocho años constituía la mayor de sus desgracias, pues no podía decidir por sí mismo qué hacer con su vida, a dónde ir, dónde dormir, dónde estudiar. Nadie le había preguntado su opinión respecto de venir a un internado y mucho menos le preguntarían su opinión sobre otros detalles insignificantes, como si le gustaba comer tal o cual verdura o a qué hora prefería irse a la cama.

Lo colmaban las dudas. ¿Se quedaría para siempre?, ¿qué clase de internado era ese?, ¿lo obligarían a bañarse con agua fría?, ¿lo matarían de hambre?

Los pocos referentes que tenía sobre quedarse en un lugar así estaban vinculados a un castigo, la experiencia debía ser espantosa si era la amenaza constante de muchos padres a sus hijos: si te portas mal, te vamos a internar para que aprendas. ¿Qué se aprendía en un internado? Él ya sabía leer y escribir, sumar, restar y multiplicar, ¿qué más había que aprender?

El corazón martillaba en su pecho cuando comprendía, aterrado, que su destino dependía de otros, y aún le costaba creer que su madre ya no estaba, que se había ido esa mujer cantarina y prolija que le preguntaba si quería arroz con leche o hot cakes para cenar y todas las noches lo llenaba de besos mientras lo encomendaba a su ángel de la guarda. Y no volvería. Nunca. Tampoco su padre.

Recordar la noche hizo que los pensamientos de Román se concentraran en uno solo: él mojaba la cama y ahora un montón de niños atestiguarían su vergüenza en la mañana.

Unas lágrimas densas comenzaron a gotear sobre la punta de sus zapatos.

En el formulario de admisión ya habían puesto el sello de *Aceptado*.

La trabajadora social lo miró, se levantó de su asiento y se acercó hasta él.

—Yo soy Mónica, mucho gusto, Román, ¿quieres decirme por qué lloras?

Antes de que intentara siquiera abrir la boca, Guillermina atajó.

—Pues porque va a extrañar a su familia, ¿verdad Romancito? Nosotros también vamos a extrañarte.

Su tía lo obligó a despedirse con un abrazo que él hubiera preferido evitar. Le sobraban razones para detestar todo lo que emanara de ella, incluido ese olor a crema Oil of Olay con la que se embadurnaba de pies a cabeza.

Mónica tomó al niño de la mano para llevarlo a la enfermería.

—Tenemos que medirte, pesarte y hacerte una revisión médica, nada que vaya a doler, es sólo para confirmar que estás tan saludable como guapo.

Aunque lo intentara, Román no hubiera podido reírse del guiño con el que Mónica trataba de sacarlo de su desconsuelo, porque a sus ocho años experimentaba ya los primeros ataques de pánico y, justo ahora, uno de esos episodios lo poseía. Su pulso marcaba un ritmo taquicárdico, el largo camino del pasillo para llegar a las escaleras que conducían a la enfermería perdía las orillas ante sus ojos y le parecía que todo estaba distorsionado por una lente que tornaba los elementos de la realidad en imágenes que tenían que ser de otra dimensión.

Hiperventilando, se aferró con una mano a la de Mónica y con la otra se sujetó del barandal para subir los escalones de ese antiguo casco de hacienda que sostenía en lo alto un imponente y viejo campanario que ahora se utilizaba para dar atención médica a los alumnos.

La trabajadora social lo sentó en la banquita que servía de sala de espera y se acuclilló frente a él.

—Tranquilo, ahora te llaman. Yo tengo que volver a la oficina pero te veo en un rato, ¿estarás bien?

Le puso una mano en el pecho y Román dijo que se sentía un poco mejor, pero lo dijo sólo por la vergüenza que le provocaba que ella se hubiera dado cuenta de su estado tembloroso.

En menos de un minuto apareció una enfermera bajita con el pelo mal teñido de rubio y soltó tres nombres en estricto orden alfabético, como en el pase de lista del ejército:

Gómez-Tagle Jiménez, Román.

Noriega Flores, Óscar.

Vergara Paz, María.

Los dos niños que estaban sentados en la banca de enfrente, y en los que Román no había reparado, se pusieron de pie al mismo tiempo que él y los tres siguieron como corderitos a la enfermera que les hizo señas de ir tras ella.

La sorpresa había sido tal que lo sacó de su angustia repentinamente: así que en el internado también había niñas. Se sintió aliviado al saber que no iba a pasar todos los días rodeado únicamente de chicos temperamentales y peleoneros con los que nunca sabía cómo relacionarse. La compañía de las chicas le resultaba más natural, más cómoda. Se pasó el dorso de la mano derecha para limpiarse los mocos que se habían aflojado durante el ataque de llanto. María lo miró y, sonriéndole, hizo el mismo gesto. Ahora tenía una nueva amiga.

VI

Óscar repetía la rutina nocturna en la cocina de su departamento. Preparar alimentos era su ansiolítico más efectivo, el ritual que lo apaciguaba.

Esta vez se trataba simplemente de una pita elaborada con todo detalle; guardaba la botella de cerveza a medio tomar en un bolsillo de su mandil y en el otro descansaba el teléfono móvil.

Pensar en comida y solazarse en torno a ella era un rasgo de carácter que había adquirido precisamente por haberse relacionado desde pequeño con las labores de cocinero que tanto lo habían unido a su madre.

Al salir de la universidad dedicaba un tiempo para inventar la cena y a veces se iba a la cama pensando en algún antojo para desayunar la mañana siguiente.

Aunque había superado por mucho el nivel de sofisticación del menú infantil compuesto de huevos, frijoles de la olla con tortillas y un vaso de leche, todavía lo repetía ocasionalmente para el desayuno del fin de semana, con las debidas variantes. La leche ya no era ese extraño líquido que repartían en la colonia donde vivía como parte de la asistencia social y que para recibirlo había que formarse media hora, llevar unas destartaladas cubetas de plástico donde les tasaban dos litros con pilón; ahora era un café americano, bien cargado, al que le daba tragos para pasar el taco de frijol con huevo, que le seguía pareciendo tan bueno como en los primeros años.

Taco de frijol con huevo, casi epítome de la pobreza, era su platillo emocional favorito. Tenía gracia. Comiéndolo podía evocar con toda nitidez a su madre, esa joven que había muerto a los treinta y tres años y que en la memoria de Óscar se quedaría fijada como una belleza mulata de mirada dulce y pelo hasta media espalda, limpísimo y de brillo azulado gracias a que lo lavaba con agua helada y un champú casero que ella misma fabricaba con zumo de naranja, huevo y detergente en polvo. Comprar un champú de marca, incluso en la tienda subsidiada del ISSSTE que vendía todo a precios bajos, hubiera sido muy costoso y Aurora estaba empeñada en ahorrar el dinero para dar el anticipo de una minúscula casa de interés social. Soñaba con el día en que ella y su hijo pudieran vivir en un entorno menos agreste.

La madre de Óscar trabajaba por las noches porque se prostituía, y aunque el niño era muy pequeño para entender las implicaciones, sí podía sentirlas.

Aurora había comenzado empleándose como afanadora del turno vespertino en el Hospital Juárez y una cosa llevó a la otra, le ofrecieron también la jornada nocturna y la tomó. Le bastó una semana para darse cuenta de lo que ocurría durante las noches entre el personal del hospital y para comprender también, con dolorosa resignación, que de cualquier manera iba a ser acosada por los médicos, enfermeros, pasantes, vigilantes y hasta por los familiares de

42

los pacientes. Fue una compañera de intendencia, Lupe, la que le dio el argumento definitivo.

—Mira, manita, de todas formas a estos cabrones no te los vas a quitar de encima, son como perros, mejor ponte lista y cóbrales. Yo lo hago por mis hijas, ¿tú no tienes hijos?

—Sí, uno chiquito, se llama Óscar.

Lupe era clara, persuasiva, con ese cinismo al que se arriba por necesidad.

—Pues ahí está, supongo que el padre echó la meada y se fue, o no estarías aquí trabajando de noche.

Aurora hizo un débil gesto afirmativo y su compañera continuó.

—Yo no sé hacer otra cosa, limpiando casas pagan menos y también los cabrones de los esposos se te van encima y todavía se dan el lujo de ofenderse cuando las esposas los descubren y te echan a la calle como si fueras leprosa. ¿Te ha pasado?

—Dos veces —dijo la madre de Óscar y puso la mirada en una línea incierta.

—¿Ves lo que te digo? Es lo mismo a donde vayas, yo tengo dos niñas y lo único que quiero es que ellas sí vayan a la escuela para que no terminen como yo, que ni siquiera sé leer. ¿Tú sí fuiste a la escuela?

—Estudié hasta segundo de primaria, luego me pusieron a trabajar… pero sí sé leer y escribir —confirmó Aurora con orgullo.

—Bueno, manita, ya es algo. Yo digo que mejor le saques provecho a la situación, pero tú sabrás. Si te decides, me dices.

—Déjame pensarlo.

—Yo te enseño lo que tienes que saber y te digo las tarifas para que no te hagan pendeja, porque así son estos perros.

Lupe despachó la conversación y se fue a lo suyo. Aurora experimentó ese incómodo malestar que anticipa una decisión tomada.

Así que cuando Óscar regresaba de la escuela encontraba el plato de comida que su madre dejaba preparado y cubierto sobre la mesa para él. Le encantaba el momento de levantar la servilleta y descubrir el contenido: podía tratarse de tacos de frijol dorados, enchiladas, tortitas de arroz o papas con huevo en salsa verde. Era uno de sus momentos favoritos del día. Comía como si estuviera acompañado por su madre. La caricia del platillo preparado era expansiva para el niño que, por más que corriera para alcanzar a verla antes de que se fuera a trabajar, siempre se encontraba con que Aurora ya no estaba porque su primer turno, el de afanadora, comenzaba a las tres de la tarde. Junto al plato dejaba un recado escrito con una letra igual o más infantil que la de su hijo. "Te quiero mucho, as la tarea y portate bien"

Óscar no entendía del todo las implicaciones del trabajo de su madre pero sí podía sentir lo mismo que ella, una mezcla de ternura, coraje y vergüenza; podía sentir la resonancia de la culpa pero, mucho más potente y sin filtros, la resonancia de algo que le decía que lo que ella hacía no podía ser otra cosa que un acto de amor hacia él, un duro esfuerzo de sobrevivencia.

Los fines de semana sí que eran de fiesta.

Ella descansaba los sábados y los domingos entraba hasta las seis de la tarde. Entonces cocinaban juntos, muertos de risa o cantando a voz en cuello las canciones de *La Hora de Juan Gabriel* que ella solía sintonizar en la radio para alegrarse y preparaban chilaquiles, flautas de pollo, sopa de verduras.

Eran días de ponerse guapos. Ella se aseguraba de que él se bañara y lo peinaba untándole limón o jitomate para que no se le parara ni un pelito y salían a la calle tomados de la mano. El paraíso consistía en comprar algodones de azúcar, elotes asados, esquites o chicharrones preparados con queso, crema y mucho chile.

El niño flotaba en un oasis de felicidad hasta que notaba que las vecinas hacían todo por esquivar a su mamá mientras que a él le echaban lánguidas miradas compasivas. La cara de Aurora se ensombrecía y él se empeñaba en distraerla hablándole de la enorme casa que le construiría cuando fuera un arquitecto famoso y millonario.

Ahora era arquitecto sí, pero ni la fama ni el dinero figuraban en sus ambiciones. En realidad dudaba que tuviera las ambiciones adecuadas para encajar en el patrón social hacia el que tanto rechazo sentía.

¿Cómo iba a explicarle Óscar a Ceci, su última novia, que le importaba un pito ser sociable con los amigos de ella? ¿Cómo decirle que los encontraba ególatras, cándidos? ¿Cómo confesarle que no quería inventar historias para ocultar que su sello de la casa decía prostitución y orfandad? ¿Cómo explicarle que aborrecía las caras de idiotas que ponían cuando él respondía que había estudiado en un internado público y no en una escuela progre y esnob?

Su teléfono vibró, tenía cinco notificaciones nuevas. Román había contestado a los mensajes.

En cuanto se dieron el primer abrazo y se sentaron a la mesa del concurrido café, Román supo que habían equivocado el lugar del encuentro: lo más propicio hubiera sido reunirse en una cantina o en el departamento de alguno, pues la gente no les quitaba los ojos de encima porque la vestimenta extravagante y andrógina del diseñador hacía volver la cabeza y parar oreja intentando escuchar lo que sin duda sería una conversación extraordinaria.

Los primeros minutos fueron incómodos y silenciosos, torpemente intentaron preguntarse lo que cualquier par de amigos se preguntaría después de más de veinte años sin verse.

Contra todo pronóstico, Óscar se había convertido en arquitecto —de niño no había quien dudara que sería escritor— y Román se había convertido en diseñador de zapatos.

—¿Cómo estás? —arrancó Román tratando de aligerar una situación.

—Sobrevivo, ¿y tú? —respondió Óscar, parco como siempre.

—Vivo y sin intenciones de matarme, ya me ves.

—¿De dónde salió todo ese asunto del suicidio en Brooklyn?

—De la clase media sobrealimentada que no sabe qué hacer con sus calorías excedentes, ¿qué sé yo?

No terminó de decir claramente la frase cuando estallaron en una franca carcajada, Óscar negó con la cabeza y pareció relajarse.

—O sea que es mentira.

—Por supuesto que es mentira, estuve en el puente de Brooklyn y me divertí tomando esas fotos y luego las subí a mi Facebook como adolescente presumido, me trepé al avión para regresar a México y cuando volví a conectarme ya estaba de protagonista del melodrama en todos lados. No sabes qué pesadilla, baby. Ay, perdón si te digo "baby" o "babe", sé que los bugas lo odian pero me sale sin darme cuenta.

Román gesticulaba demasiado, la teatralidad le era inherente. Óscar lo miraba con sinceridad, sin escrúpulos, tratando de reconocerlo.

—Ya. Por un momento creí que sí, la fecha era un dato importante… ¿Pero no has tenido problemas por eso? —preguntó, todavía un poco acartonado.

—Todo en orden. Te ves muy bien, ya sé que no me vas a decir que yo estoy igualito.

Sonrieron inquietos, lo que encerraba la frase de Román provocaba una risa nerviosa, llena de significado. Poco a poco amainó la tensión hasta que decidieron ir a otro lugar.

María no tenía idea de que esos dos niños que caminaban en fila india detrás de ella serían lo mejor que podría ocurrirle para enfrentar los primeros días en el internado.

Apellidarse Vergara no pasaba desapercibido en una edad en la que todo era motivo de burla.

Era divertido y no. También era agresivo, un tanto perverso.

Niños de apenas siete y ocho años comprendían que decir *verga* era algo obsceno y sabían utilizarlo con tino para fastidiar por la similitud del apellido con la palabra. La crueldad puede ser más efectiva mientras más inocencia se presume en quienes la ejecutan.

Así que con cada pase de lista el viejo chiste saltaba desde alguna esquina del aula, y cuando ella decía *presente* tenía que hacerlo entre risitas sofocadas. María, yo te doy mi Vergara; María, vete a la Vergara…

Para colmo, era la última de la agrupación alfabética, pues en su clase no había nadie cuyo apellido empezara con las letras W, X, Y o Z, de manera que el pase de lista terminaba con ella y esa sorna quedaba resonando en el ambiente.

En la enfermería los habían medido y pesado en privado. Primero a Román, que desde luego tenía bajo peso. Era un niño alargado para su edad y había comido tan mal durante el último año rodando de casa en casa con los tíos mezquinos que las huellas del abandono en su metabolismo eran evidentes. Lo anotaron en la lista de los que debían recibir diariamente como ración extra los famosos desayunos del DIF, esa impopular institución oficial que presumía dedicarse a procurar el Desarrollo Integral de la Familia. El paquete, que repartían como entremés de media mañana a los niños desnutridos, consistía en un cubito de leche y una palanqueta o mazapán de chocolate.

Óscar estaba sano y fuerte, sin datos de anemia. Su cuerpo ya daba señales del joven musculoso que llegaría a ser.

María era pequeña y flaca como palo de escoba, eso era lo que todos le decían. Bajita y delgada, aparentaba tener dos años menos de los siete que registraba su acta de nacimiento.

Y el problema era de nacimiento, precisamente, porque era la hija menor de diez hermanos. Su madre le contaba que ella había raspado, como se raspa el asiento de una olla para aprovechar los últimos restos de un guiso, los sedimentos de un útero desvencijado y con pocos nutrientes que ofrecer después de tanto embarazo.

También fue registrada para recibir su lunch del DIF todos los días a las once de la mañana.

El origen de María era similar al de los otros trescientos pequeños que vivían en el internado, casi una condición endémica: familias numerosas provenientes de un bajo estrato social a cargo de una madre sola que intentaba darles sustento y educación, y que luego de haber visto a otras mujeres rodar por las calles con sus hijos vendiendo dulces en los semáforos o limpiando parabrisas, había concebido con lucidez la idea de recurrir a los internados para ponerlos a salvo de cuanto peligro acechaba en la vulnerabilidad de ser niños caminando de puntitas sobre las fauces de la pobreza.

De tal suerte, todos los hermanos de María habían ido a parar a un instituto y a otro, a un internado y a otro. Y aunque los cuatro mayores ya trabajaban y estudiaban, quedaban seis que todavía dependían enteramente de su madre.

Ella, por ser la menor, no había podido entrar a las mismas escuelas de los grandes, que le llevaban ventaja por tres o cuatro grados en el ciclo escolar y además había límites para recibir a miembros de la misma familia en una sola institución.

¿Dónde está mi papá?, había preguntado María alguna vez, pero pronto se acostumbró a que simplemente no existía porque ya ninguno de sus hermanos hablaba de él ni mostraban deseo de que se presentara. Su madre tampoco hacía referencias buenas ni malas del que había sido su esposo.

Ella no lo resentía especialmente; ayudaba que en el internado más de la mitad de los alumnos no tuvieran papá; no había lugar para el señalamiento en una condición que tantos compartían. Así, sin explicaciones, se asumían como un grupo de niños y niñas sin padre. Nadie parecía entristecerse por ese motivo.

Lo cierto es que la pequeña era dueña de una alegría que se le salía por los poros. Una incontenible facilidad para reírse, para jugar con todo, para poner en marcha cada experimento que le cruzara por la cabeza, la mantenía bien alejada de la tristeza. Su contentura desbordante y su compulsión a externar cuanta pregunta le viniera a la mente la habían convertido en una diminuta chica problema ante los ojos de los demás. Era una máquina de hacer líos de ojos rasgados, piel salpicada de lunares blancos por la falta de nutrientes, pecas en las mejillas rotas de deshidratación y flequillo arriba de las cejas. Desarmaba de ternura.

Luego de pesarlos, medirlos y abrir un expediente para cada uno de los tres niños de nuevo ingreso, la enfermera los llevó a la ropería para que les entregaran un juego de sábanas, cobija, sobrecama y almohada.

—¿Alguien tiene problemas de incontinencia urinaria? —preguntó la mujer.

Los tres la miraron con cara de no entender ni jota de lo que les había preguntado.

—¿Alguno se hace pis en la cama?

Óscar y María negaron enfáticamente y Román volvió a concentrarse en la punta de sus zapatos.

—Tienes que avisar para que te cambien las sábanas, es muy importante que se lo digas a algún prefecto para que no se arruine tu colchón, ¿entendiste?

Román afirmó con la cabeza.

Abrazaron como pudieron el juego de blancos que la jefa de lavandería les puso en las manos y caminaron hacia el dormitorio detrás de una nueva prefecta que, con gesto agrio, se paró en el umbral de la lavandería y los llamó para que la siguieran.

A María se le caía cada dos pasos el bulto, pues era muy pequeña para cargarlo y andar al mismo tiempo. Lejos de ponerse nerviosa, disfrutaba de la diversión, se reía a carcajadas cuando el bolsón se le resbalaba de los brazos. La cuarta vez que tiró el paquete, la prefecta volteó con expresión de fastidio y Óscar se apresuró a levantarlo.

—Yo le ayudo.

María le sonrió cerrando aún más sus ojillos diminutos y el niño se iluminó.

Ellos fueron asignados al dormitorio A, que era para los varones más pequeños, y ella al B, que correspondía a las niñas menores de diez años. Los dos dormitorios restantes, C y D, eran para los grandes, los míticos chicos de secundaria.

María entró con la prefecta a dejar las prendas sobre su colchón y pensó que nunca habría imaginado tener una recámara tan grande. Román y Óscar fueron instruidos para hacer lo propio en el inmenso galerón contiguo. También se quedaron impresionados, pero por distintas razones. Román pensando en que de verdad eran muchísimos niños los que atestiguarían que orinaba la cama, aunque también lo tranquilizó anticipar que los que estaban más lejos no se darían cuenta, y Óscar porque cayó en cuenta de que él mismo tendría que tender la cama por primera vez en su vida.

Cuando estuvieron listos, salieron al pasillo y cambiaron de guía. Otra vez Mónica, la trabajadora social, venía para llevarlos al salón de clases. Los tres entrarían al mismo grupo, uno que se había formado de última hora y que parecía una suerte de cofradía de rezagados que habían ido incorporándose al ciclo escolar con una o dos semanas de retraso.

VII

En el departamento de Óscar la temperatura era perfecta, aires que anticipaban el cambio del verano al otoño soplaban a través de las ventanas abiertas y los liberaban del calor seco que se había sentido en la Ciudad de México las últimas semanas.

Mientras él cocinaba, Román husmeaba en las habitaciones con un caballito de mezcal en la mano. Murmuraban frases cotidianas tratando de matar los silencios que les escocían la garganta.

Tuvo que ser Román, desde luego, quien rompiera la tensión con una pregunta que bordeaba peligrosamente el tema que llevaban tantos años evitando.

—Está increíble tu mamá en la foto de tu recámara.

—Sí, tenía treinta años —dijo Óscar como quien actualiza el dato de la temperatura ambiente.

—Preciosa, toda una Pocahontas cosmopolita.

—¿Pocahontas cosmopolita?, ¿qué mierdas es eso?

—Perdóname, son las deformaciones profesionales de trabajar en la moda. Y tú parece que trabajas de leñador, de veras, no te vendría mal asomarte al mundo, baby.

Óscar le indicó que se sentara, la cena estaba lista.

—A ver, Román, empieza por el principio, que necesito saberlo todo y enterarme de qué pasó contigo cuando me fui del internado.

Román encendió un cigarro y con apenas un gesto le preguntó si podía fumar, aunque le hubiera dado lo mismo que Óscar se lo prohibiera.

Entre caladas, tragos y bocados, atacando indistintamente el plato, el mezcal y el cigarro, fue contando cada detalle de su historia.

Sólo Román había terminado tanto el nivel de educación primaria como el de secundaria en el internado. María y Óscar, que sí tenían parientes que se ocuparon de ellos, habían concluido la primaria para quedar luego a cargo de sus respectivas familias.

Pero para Román no hubo más que un camino solitario, árido y despiadado que tuvo que andar hasta que pudo acreditarse como mayor de diecisiete años para recibir el dinero de su fideicomiso.

Todo el dolor que había logrado evadir con la muerte de sus padres se le presentó de pronto con una fuerza inaudita cuando sus dos compañeros del alma lo dejaron solo en la escuela al cumplir los doce años.

Ya no estaba María con sus juegos, su temperamento de castañuelas y sus carcajadas burbujeantes, ya no estaba Óscar, que había pasado de ser el Espantapájaros en su anterior escuela al Fortachón en el internado, para defenderlo de cuanto cabroncito matón quisiera molestarlo.

Román se había quedado solo y era empujado a crecer sintiéndose inadecuado, lleno de tics y temores y sin encontrar un nuevo grupo al cual adherirse porque ninguno le gustaba. Le caían mejor las niñas, eso lo tenía claro y solía juntarse con algunas de ellas, pero ser el único adolescente en un grupo de chicas era firmar una condena para ser objeto de agresiones y burlas soeces sobre su identidad sexual. El rosario hilvanado con el escaso léxico y la, aún más escasa, imaginación de los compañeros que necesitaban reafirmar su masculinidad, se volvió el pan de diario; pasó de maricón a marica, de marica a mariposita y después lo ascendieron a putito, puto y pinche puto.

Resistir cada día sin sus dos amigos le resultaba heroico.

Además lo consumía el remordimiento por lo que había pasado con la mamá de su amigo y el temor permanente de que algún día se supiera lo aterraba, vivía sumido en un estado de ansiedad y culpa. Si cualquiera sospechaba lo que había ocurrido, no habría salvación para él y lo enviarían a una correccional de menores o hasta a la cárcel, no estaba muy seguro de cuál era el destino de un joven delincuente como él asumía que era.

—Cuando ustedes se fueron terminé la secundaria como pude. La sufrí, pero lo cabrón vino después, cuando salí de ahí, sin casa, sin familia ni dinero, lo pasé de la chingada —la voz de Román resonaba metálica en el ambiente.

—¿Por qué no me buscaste? Tú sabías dónde vivía —Óscar se tiró hacia atrás en la silla y cruzó los brazos, algo en su postura recordaba a un adolescente reprendido por sus padres.

—No podía, era muy pronto para volver a vernos después de lo que hicimos.

La voz de Román se fue llenando de matices.

—Luego me metí en cosas y mi vida se complicó y cambió tanto, cabrón, que lo último que se me ocurría era que aún podíamos ser amigos.

Óscar fue a buscar otra cerveza, conectó su teléfono a las bocinas y puso play a una de sus listas musicales. Volvió a sentarse, apartó su plato de la mesa con el antebrazo y le pidió a su amigo un cigarro.

—Dame uno de esos.

—¿Tabaco o marihuana? —preguntó el otro con la duda genuina de quien está acostumbrado a consumir ambas sustancias indistintamente.

—Tabaco, yo no fumo mota, me ponen mal todas las drogas.

—Pero esta no es una droga, Fortachón, yo más bien diría que es… no sé, ¿un tranquilizante? Para mí es el mejor ansiolítico, te lo juro.

Román seguía en actitud de edecán ofreciendo una degustación de canapés, con ambos cigarros en la palma de la mano.

—Mi ansiolítico se llama cerveza, gracias.

La primera noche que Óscar durmió en el internado fue el evento iniciático que le hacía comprender, de golpe y no sólo simbólicamente, que pertenecía a un mundo distinto, que para él ese concepto y referente común denominado familia significaría para siempre algo distinto y más complejo.

El dormitorio era un galerón con sesenta camas dispuestas frente a frente en dos hileras de treinta, de tal manera que en el centro de la inmensa cámara se dibujaba un largo pasillo.

La individualidad pendía, increíble pero poderosamente, de esa pequeña porción de espacio personal que daba la propia cama y el armario metálico que se alineaba junto a cada una de las cabeceras. Una colcha blanca con rayas amarillas era lo que cubría y uniformaba las sesenta camas y era también sobre ese cobertor rayado que los niños colocaban algún objeto que contenía su unicidad: un muñeco de peluche, un cojín con forma de balón de futbol o una cobija extra doblada en la parte inferior de la cama.

Sobre las puertas de los armarios o en las paredes se exhibían algunos dibujos y fotografías familiares pegados con chinchetas y cinta adhesiva que se aferraban a los muros como una bandera identificativa, como un pendón de territorialidad.

En su pared y en la de Román, que estaban del mismo lado pero separadas entre sí por pocas plazas, no había nada distintivo todavía. Acababan de llegar.

El prefecto Saúl les indicó que tendieran y estiraran perfectamente cobijas y colcha, explicándoles que no importaba si pronto se acostarían; el orden y la limpieza eran esenciales para el funcionamiento del lugar.

Él torpemente y Román con visible habilidad hicieron lo mejor que pudieron. Después se pusieron el pijama: nuevo, rojo y de franela el de Óscar, que había sido elegido por su madre y, en contraste, percudido, una talla más chica de la que requería y desgastado, el pijama de Román, una miserable herencia de alguno de sus primos.

Los llamaron a cepillarse los dientes. Los dos se quedaron de una pieza, parados junto a su cama y sin saber qué hacer.

Qué vergüenza, no llevaban cepillo dental. Fue Óscar el que se atrevió a decirlo, con las orejas enrojecidas de pudor, pero procurando que su voz sonara muy segura.

—Mi mamá olvidó ponerme un cepillo de dientes en la maleta —dijo, y de inmediato se arrepintió de haber culpado a Aurora. Traidor.

—Yo tampoco traigo —aprovechó Román para subirse a la ola.

El prefecto les sentenció que debían tener uno para la próxima semana y que, por ahora, podían asearse con el índice, y les embadurnó pasta dental en la punta del dedo.

A las nueve de la noche se apagaban las luces. Ni un minuto tarde, con una puntualidad infalible que Óscar encontraría angustiante al principio y eficazmente estructuradora después, se metió a la cama cierto de que no dormiría. Estaba habituado a pasar las noches en duermevela a la espera de su madre, podía quedarse hasta la una o dos de la mañana leyendo, pero no le habían permitido ingresar sus cómics de Memín Pinguín y sólo traía un libro que ya había leído un montón de veces: *El Principito* de Antoine de Saint-Exupèry. Sin más opción, acarició la portada. Se distrajo con el pensamiento de siempre, reparaba en el nombre del autor y se preguntaba cómo se pronunciaría ese apellido que no se parecía para nada al suyo, Noriega Flores; bueno, no se parecía ni al suyo ni al de sus compañeros de la escuela anterior, donde todos eran Hernández, Pérez, Gutiérrcz y cosas así pero con el acento bien puesto, al derecho, no como el acento que habían escrito mal en el apellido de ese escritor Saint-Exupèry. ¿No se darían cuenta que habían puesto el acento al revés? De la distracción pasó al desgano y guardó el ejemplar. Además, no podría leer con la luz apagada.

Sintió tristeza y una insoportable ansiedad de separación que no había experimentado. Ahora lo entendía: su madre no llegaría a las cinco de la mañana y se metería a la cama con él después de haberse bañado con agua fría, él no le daría un beso en la frente antes de salir corriendo a la escuela ni encontraría, al volver, el plato con el guiso sorpresa del día.

Miró el techo del dormitorio y sintió un vacío que casi lo enfermaba, le pesaba tener sólo ocho años y comprender que, precisamente por ello, no podía ser un recurso de apoyo para su madre sino su dependiente. No entendía que virus de papiloma podría significar cáncer y tampoco sabía que ese virus podía ser mortal. Pero la importancia de la decisión de ella al dejar su jornada nocturna en el trabajo y la razón que había dado en la entrevista a la trabajadora social: "si la enfermedad empeora, no estoy segura de que pueda hacerme cargo de él", tenían una sola explicación, y era que su madre adivinaba que, efectivamente, las cosas empeorarían y trataba de anticiparse a la situación de la mejor manera posible.

Lo único que anhelaba era que llegara el viernes para que ella viniera por él y estar juntos el fin de semana, cantando y cocinando. Se puso bocabajo y hundió la cara en la almohada para llorar sin que pudieran escucharlo.

A cinco camas de distancia Román también lloraba, nadie vendría por él para llevárselo a casa los fines de semana.

—Arriba, señores, ha llegado un nuevo día.

Eran las 6:30. Los niños saltaron del colchón como resortes y se pusieron en marcha. Óscar y Román imitaban todo lo que veían: sacudir la sobrecama primero, luego la cobija y las sábanas, volver a colocar cada pieza dejando un doblez en la parte superior y al final aporrear la almohada antes de volver a ubicarla en la cabecera.

Lo que seguía era quitarse el pijama y cubrirse con la toalla o, los pocos que tenían, con su pequeño albornoz.

En general los niños parecían de buen humor, uno que otro canturreaba y un par de osados seguían envueltos en las mantas como capullos, determinados a no salir; pero antes o después se levantaban y seguían alegremente las instrucciones del prefecto Saúl.

Quince minutos más tarde estaban todos en pie sobre sus chancletas de baño, algunos con ojos somnolientos, otros con mirada brillante y Román y Óscar con marcas de haber llorado toda la noche.

Saúl se acercó a la pareja de novatos y haciéndoles un guiño les tendió a cada uno un paquete de plástico que contenía cepillo y pasta dental, una barra de jabón y champú; después se alejó, silbando.

La experiencia del baño también era colectiva, las regaderas no tenían puerta y estaban separadas por una pared que no llegaba hasta el techo; el prefecto se sentaba en un banco de plástico y en voz alta les iba dictando el ritmo del baño como un director de orquesta: "A ver, jóvenes, templamos el agua primero, que quede tibia, no tan caliente porque no es bueno para el cuerpo".

Los niños obedecían entre susurros, conversaciones sin secuencia, risas que acompañaban algún sonoro pedo que repentinamente llegaba desde alguna ducha.

El prefecto dejaba pasar unos segundos y continuaba: "al agua, patos, tállense bien los codos y las rodillas, a conciencia".

—¿Qué quiere decir *a conciencia*? —preguntó una vocecilla.

—Que tus codos y tus rodillas se vean blancos al terminar —respondió Saúl.

—Pero si yo soy moreno —espetó el preguntón y un coro de carcajadas resonó en las regaderas.

Con los brazos cruzados y usando ese tono paternal, el prefecto seguía.

"Cerramos la llave, aquí no desperdiciamos agua, señores". Se levantaba del banco y daba dos pasos como un intervalo de silencio. "Ahora la cabeza, hay que frotar con fuerza hasta que haga mucha espuma, no queremos piojos ni liendres".

Óscar sintió pánico ante la idea de llegar a su casa contagiado de piojos o liendres, sabía que a su mamá no le gustaría.

"Abrimos la regadera otra vez, no se me entuman, hay que esperar a que se entibie... ahora el pene y los testículos... bien lavados y también el ano, señores, enjabonen la mano y tallen".

Alguna risa se escapaba pero nadie se atrevía a preguntar.

"Y aprendan, así se dice: pene, testículos, ano. Lamento mucho si en casa les dijeron cosita, pajarito y colita; los engañaron."

Ya no había burlas, sólo un silencio atento, ávido de escuchar más sobre el único tema que les parecía un misterio digno de desentrañar con la ayuda de un adulto que no fuera de la familia. Pero el prefecto nunca iba más allá, sabía que para eso estaban las clases de orientación sexual y procuraba no traspasar el límite de sus funciones.

"Quiten bien cualquier resto de jabón, ahora aprovechen los últimos segundos bajo el agua tibia, que vamos a cerrar la llave. ¿Listos?"

—¡Nooooo! —respondían los niños en coro.

—Bueno, diez segundos más: diez, nueve, ocho...

Óscar comprendió que Saúl era un hombre compasivo pero que no se andaba por las ramas. Su mamá nunca había dicho pene o testículos, y todavía insistía en bañarlo los fines de semana que descansaba del trabajo y embadurnarlo con ungüentos apestosos a bebé.

Se descubrió contento de escuchar "jóvenes" y "señores" en boca del prefecto para referirse a él y a sus compañeros; tenía la sensación de estar camino de convertirse en un hombre mayor y eso lo hacía sentirse orgulloso. Lo que más deseaba en el mundo era crecer para poder ayudar a su madre.

Román seguía narrando con soltura, salpicando cada frase con humor e interrumpiéndose a sí mismo con sus tics: quitándose el pelo de la frente con el dorso de la mano, arrugando la nariz como si estuviera a punto de estornudar y entrelazando los dedos de un modo rarísimo. Óscar lo encontró vital e inteligente, le sorprendió su seguridad tan lejana de aquel niño escuálido y frágil con el que compartió tantas aventuras en el internado y al que tuvo que defender de las agresiones de los otros.

La historia de Román era dura. El último día del ciclo escolar recibió su boleta de secundaria con calificaciones impecables. Era listo y rápido, especialmente para las matemáticas y los razonamientos lógicos.

—Eres bueno para alcanzar objetivos —le habrían dicho más de una vez los distintos psicólogos que lo trataron.

Pero él sabía que era puro y duro deseo de venganza lo que lo había empujado a terminar la escuela. No había noche en la que no pensara que su tía Guillermina, su tío Marco y sus primos Federico y Marianita iban a arrepentirse de haber abusado de él y de su condición de orfandad. Soñaba con cobrarles de alguna manera lo que le habían hecho no sólo a él sino a su padre y, sobre todo, a su madre. Se sentía herido en su origen y traicionado como un soldado en medio de la guerra por otro cuyo espíritu inferior no le permite acatar códigos de honor.

Román salió de la escuela un viernes a las doce del día luego de haber pasado por la ceremonia de cierre, la entrega de reconocimientos y el certificado de secundaria.

Era julio de 1993 y, aunque por su altura parecía mayor, rondaba los quince años. Caminó hasta llegar al parque de Pilares y se sentó en una banca sin saber qué hacer ni a dónde ir.

Llevaba el dinero que se repartía al final del ciclo como parte de la Cooperativa Escolar en paquetitos de monedas atadas con cinta adhesiva; llevaba también un sobre amarillo de papel manila con algunos billetes que le había dado Saúl, el prefecto que no sólo era compasivo sino auténticamente generoso.

Cargaba una maleta deportiva con su ropa de estudiante: pantalón, una sudadera, tres camisas blancas, una playera de algodón y su respectiva muda de ropa interior y calcetines, una toalla y, lo más preciado entre sus pertenencias, conservaba nuevo uno de los dos albornoces que le había hecho María en el taller de corte y confección al que ambos se habían inscrito el último año que ella estuvo en el internado; le quedaba corto pero todavía podía usarlo.

Se sentó en una banca del parque, se puso la maleta sobre las piernas, la abrazó y reprimió las ganas de llorar.

Fingió que leía un periódico abandonado que en la portada mostraba una inmensa fotografía donde el presidente de México, Carlos Salinas de Gortari —al que él simplemente conocía como el Pelón porque así le decían todos en la escuela— saludaba de mano a un tal Luis Donaldo Colosio que se anunciaba como el candidato a la presidencia para el próximo sexenio.

En la cabeza de Román sonaba *Losing my Religion* de R.E.M. Pensó en sacar el walkman que se había ganado en el último concurso de matemáticas para sentirse ocupado, protegido. Iba a abrir la maleta cuando un hombre de más de treinta años, moreno y bajo de estatura, de ojillos vidriosos y pelo hirsuto apareció como brotado de los adoquines y, con andares de dueño de la tierra, se sentó junto a él.

—Da gusto ver que a nuestros jóvenes les interesa la política —dijo señalando el periódico y con una voz aguda que pegaba mal con su rostro de tipo duro.

Antes de que Román pudiera contestar, el recién llegado siguió.

—Me llamo Salvador Villegas, mucho gusto.

No le quedó más remedio que soltar el periódico y dejarse estrechar la mano.

—¿Qué haces aquí tan solo, muchacho? —continuó con una impostada actitud jovial.

—Ya me iba, mis papás me están esperando —contestó Román con débil convicción.

—¿Y en dónde? Si se puede saber —siguió el desconocido con su molesto interrogatorio.

—En el centro. Hasta luego.

—Déjame regalarte una tarjeta, hijo —Salvador puso una mano sobre la pierna de Román para evitar que se levantara—. Trabajo para el Partido Revolucionario Institucional y nos interesan los jóvenes, nunca se sabe dónde puede haber talento.

Román tomó la tarjeta y se levantó, se puso en marcha con largas zancadas hasta llegar a la entrada del metro División del Norte y se metió sin pensar, sudó desarmando el paquete de monedas para pagar dos boletos en la taquilla y abordó con dirección a la estación Hidalgo, conocía bien ese trayecto por las incontables veces que los prefectos los habían llevado de paseo a Bellas Artes a él y a otros compañeros que no salían los fines de semana.

Oh, life is bigger… That's me in the corner, that's me in the spotligh… Losing my religion…

La ansiedad había vuelto a morder.

Román trataba de concentrarse en la canción, ponía las manos sobre los audífonos y quería cantar pero sentía la lengua como estopa, en su pecho galopaba una estampida de jabalíes.

El desamparo. Otra vez. No había a dónde ir, con quién hablar, a quién pedir ayuda.

Ya no era un niño pero la fragilidad de púber era un infierno quizá peor al de la niñez que parecía haber dejado atrás apenas cinco minutos antes.

Sentía que la gente no le quitaba los ojos de encima, se levantó para demostrar que era grande y alto, que sobrepasaba por mucho la estatura media del resto de los pasajeros del vagón. Tenía la desesperada sensación de que, al menos, eso lo haría parecer menos vulnerable.

El metro de la Ciudad de México era un monstruo que serpenteaba hasta el infinito. Miró el mapa de cruces de líneas y colores y pensó que podría pasarse los próximos días recorriéndolo, yendo de una punta a la otra línea por línea. No era mala solución. Al menos no estaría en la calle y aprendería todas las rutas, tomaría siestas viajando en los vagones y luego se sentaría en los andenes a escuchar su walkman o a dibujar sin que nadie lo molestara, alternar con una o dos salidas para comprar comida y buscar un museo para entrar a un baño público.

Entusiasmado con la idea, se bajó en la estación Hidalgo y caminó hasta la Alameda Central. Su plan era pasear y meterse a todos los museos que encontrara abiertos, sabía que con su credencial de estudiante la entrada era gratuita y le gustaba la calma que se sentía dentro de las salas de exposición.

Logró distraerse toda la tarde recorriendo primero el museo Franz Mayer, después Bellas Artes y finalmente el museo de la Estampa. Tras caminar otro rato, ya por las seis de la tarde, sintió un hambre fiera y se metió a la panadería La Ideal en la calle 16 de septiembre, compró dos empanadas de carne y dos donas de chocolate que devoró en la Plaza de la Constitución sentado afuera de la catedral.

Pronto se haría de noche. Volvió a sentir un abismo en el pecho, ¿qué sería de él?

El plan que había abrazado con tanta convicción unas horas antes ahora parecía menos esperanzador, ¿dónde dormiría? Sabía que el metro lo cerraban a las doce de la noche y sería imposible permanecer en el andén sin que la policía lo echara.

En la catedral las campanas llamaron para la misa comunitaria de las siete y la gente comenzó a entrar. Román decidió unirse, no era que profesara fe alguna pero ganaría tiempo para pensar qué hacer.

Cuando entró y vio a su izquierda la capilla de los Santos Arcángeles caminó hacia allá sin dudarlo. El único referente religioso que le había dejado su madre era el de encomendarse todas las noches a su ángel de la guarda; así que pensó que tal vez, si no los ángeles, su madre o su padre acudirían al llamado.

Pronto apareció el sacerdote que oficiaría la misa y comenzó con un sermón desgarrador sobre el sacrificio de Jesucristo, "porque de tal manera amó

Dios al mundo, que ha dado a su hijo unigénito para que todo aquel que en él crea no se pierda, mas tenga vida eterna".

A Román le intrigó el contraste de la manera de hablar del sacerdote, rígida y monótona, con el discurso amoroso y dulce que pretendía comunicar y se distrajo preguntándose por qué Dios no se había sacrificado a sí mismo en lugar de sacrificar a su hijo, si de veras sentía tanto amor por la Humanidad. Pero pronto volvía la preocupación, ¿dónde pasaría la noche?

Le había cruzado por la cabeza la idea de alquilar un cuarto en un hostal, pero pagando por una sola noche gastaría casi todo el dinero que Saúl le había dado. Además, sabía que no sería fácil que lo admitieran en cualquier hospedaje, era menor de edad aunque aparentara lo contrario y no tenía ninguna maldita identificación más que la credencial de la escuela con su uniforme de estudiante.

Regresó la angustia.

Resopló y se arrodilló en el reclinatorio colocado justo delante de los cordones de seguridad que impedían el acceso total a la capilla de los ángeles. Cerró los ojos para concentrarse.

Como no sabía rezar y frente a él había una placa que explicaba la composición del nicho a los amables feligreses para que pudiesen dejar su generoso óbolo y ayudar a la conservación de las piezas artísticas, Román se lanzó a enumerar a los integrantes para convocarlos en su ayuda. Ángeles, arcángeles, querubines, serafines, tronos, virtudes, principados, dominaciones y potestades, todos: por favor ayúdenme a encontrar un lugar donde dormir y, si es posible, en lugar donde vivir para que no tenga que pasar los días en la calle.

Mamá, ayúdame desde dondequiera que estés, susurró casi sin darse cuenta y se sintió apenado, él no era creyente y ya no era un niño pequeño para poner su fe en ello. Aun así, siguió con lo que conocía de memoria: Ángel de mi guarda, mi dulce compañía, no me desampares ni de noche ni de día.

¿Quién sería su ángel de la guarda?, se preguntaba mientras un murmullo de gente caminando hacia el altar mayor se escuchaba cada vez más cerca y un órgano tocaba una melodía tétrica. ¿Miguel, Gabriel, Rafael o Sealtiel?

Había tantos nombres en la lista que le pareció más un trabalenguas de su libro de tercero de primaria que una explicación teológica; ¿Uriel, Raciel, Jehudiel? se distrajo leyendo y tratando de deletrear los nombres sin equivocarse como si se tratara, efectivamente, de un trabalenguas.

Podía notar que el rezo no lo reconfortaba y que sólo estaba pasando el tiempo. Cada vez se hacía más tarde.

Desde donde estaba arrodillado podía ver que la sola capilla de los arcángeles tenía suficiente espacio para que él pudiera dormir ahí, lo mismo podía encogerse en un rincón que acomodarse en una de las bancas o hasta treparse a ese enorme cubo de luz que se veía en lo alto y que debía ser como dormir junto a una gran ventana como en el dormitorio. ¿Por qué no era un gato para entrar sigilosamente y acurrucarse por ahí?

En esas cavilaciones estaba cuando a su izquierda se arrodilló un cincuentón.

—¿Cómo te llamas, hijo?

Román lo miró con desconfianza, no dijo nada. El señor se presentó.

—Soy Antonio Larrañaga, sacristán mayor de la catedral.

Le extendió la mano y Román respondió al saludo, todavía dudoso.

—¿Estás bien? No quiero asustarte, sólo quiero que sepas que esta es la casa de Dios y aquí no le negamos ayuda a un inocente, eres apenas un niño, ¿cuántos años tienes? —había algo en su voz que le recordaba el arrastre dulzón de las palabras de Salvador Villegas, el tipo que había aparecido en el parque.

—Voy a cumplir catorce, me llamo Román.

—¿No te habrás escapado de la escuela, verdad? —otra vez ese alargamiento al final de las palabras.

—No, hoy fue el último día de clases, terminé la secundaria y vine a dar gracias a Dios.

Román se puso de pie, se colgó la maleta al hombro y salió. Una vez afuera decidió que dormiría un rato viajando en el metro hasta que se acabaran las corridas, ya pensaría qué hacer después.

El trayecto de la estación Zócalo a la estación Tasqueña fue un hallazgo, pues ignoraba que había una terminal de autobuses ahí y eso presentaba la posibilidad de comprar un boleto y largarse a cualquier otra ciudad. La idea lo entusiasmaba, pero no lo suficiente como para superar el miedo.

El futuro eran arenas movedizas. ¿Cómo hacerse de un plan que realmente pudiera ejecutar sin sentirse a merced de una realidad que él no controlaba?

Regresó de Tasqueña a Hidalgo y ahí hizo un transbordo para llegar hasta Ciudad Universitaria.

Qué diferentes eran las personas entre una ruta y la otra y qué diferentes eran el sur y el norte de la ciudad, se notaba en todo: la ropa, los zapatos, la actitud y hasta el color de la piel. El norte era duro, agresivo, oscuro y más moreno, los zapatos eran todos una calamidad; en cambio el sur era más suave, despreocupado, la mayoría de los pasajeros llevaban la cabeza metida en un libro o simplemente se acurrucaban contra la ventanilla y abrazando sus portafolios o mochilas, dormían.

Eran más de las once de la noche cuando Román despertó y se percató de que el ambiente cambiaba en el interior de los vagones y en los andenes del metro. Un repentino estado de alerta saltó en el centro de su abdomen. Se puso tenso.

Le costó comprender lo que vio desde su asiento en el vagón contiguo cuando las puertas se cerraron en la estación Revolución: una niña de escasos once años, sentada en las piernas de un hombre mayor, era penetrada frenéticamente por el tipo, que llevaba una larga gabardina verde pardo y con la que alcanzaba a cubrir un poco su propio cuerpo y el de ella. A punto de arribar a la siguiente estación, el hombre terminó y la empujó para que se levantara, el pitido sonó indicando la llegada a San Cosme, la niña le arrebató un billete de la mano y se bajó de prisa, acomodándose la falda. Román sintió que el sonido de las puertas antes de cerrarse le quemaba, vio caminar a la niña por el andén moviéndose con tranquilidad.

Reparó en las dos o tres escenas del andén y comprendió lo que pasaba: a partir de esa hora el metro era un sitio de comercio sexual; mujeres, niñas, niños, adolescentes y algunos jovencitos con pinta de soldados rasos vendían servicios sexuales a todo tipo de clientes.

Intentaba respirar lo mejor que podía para controlar el ataque de pánico que finalmente se había presentado con toda su fuerza.

No era para menos.

Ahora veía el infinito universo de peligros que tenía delante. Resistir los años que faltaban no iba a ser fácil.

Odió ser quien era, odió su vida, su destino, odió a sus padres muertos; ellos eran los culpables de que su vida fuera esta interminable pesadilla. Odió a Guillermina y a todos los parientes que no lo habían ayudado. Pero tenía que hacer algo, tenía que pensar rápido.

Al llegar a la siguiente estación se iluminó y saltó del vagón segundos antes de que las puertas se cerraran. Cambió de dirección para volver a Tasqueña: en las terminales de autobuses no cerraban las instalaciones, pues se hacían viajes nocturnos y de madrugada. Vería la manera de quedarse ahí.

—Esta ciudad de noche es un gran putero, cabrón, no hubo lugar en donde no tuviera frente a mí una exhibición de prostíbulo ambulante; en el metro, en los parques, en los estacionamientos, también las terminales de autobuses, así que me cansé y me resigné.

Óscar hizo una seña para que Román continuara.

—Luego de dos semanas en el infierno, saltando de un lugar a otro, buscando tortas mordidas y

72

bolsas de galletas a medio terminar que los pasajeros dejaban en las mesas de la terminal y escondiéndome para que no me vieran, sin tener dónde bañarme, dónde dormir y sin un puto peso decidí aparecerme en la catedral; todavía hoy me pregunto si fue una decisión lúcida o si el hambre y la falta de sueño, que son drogas cabronas, me llevaron a hacerlo. No lo sé. Pero ya tenía claro que el sacristán Antonio lo que quería era cogerme. Así que negocié: me dejaría bañar y dormir ahí a cambio de sexo.

Con un desbordamiento casi maníaco, Román siguió.

—Te morirías del susto o de la risa si vieras cómo se comportan los curitas a la hora de coger, baby, son pésimos amantes y tienen la peor condición física, el hombre se venía en dos minutos y me decía "ay, mi amor" como si fuéramos una pareja de recién casados. Patético. Tenía la presión alta, unas varices espantosas que le cubrían como racimos las pantorrillas y su barriga blanda me daba asco, la sentía contra mis nalgas y mi espalda cuando me penetraba. Qué cosa, pura flaccidez haciendo ruidos extraños al estrellarse con mi carne de crío... ¿quieres decir algo?

Óscar negó y fue por otra cerveza. Román volvió a su relato.

—Las primeras veces sufrí mucho. En las noches no podía dormir y me atacaba la ansiedad; pero no sé, babe, por algo somos la especie más resistente, después de un tiempo viviendo con hambre y en la calle, si no te suicidas, a todo te adaptas, y quiero decir a absolutamente todo. Si me hubiera reclutado una pandilla de narcotraficantes o de matones a

73

sueldo, me habría unido a ellos, lo que fuera. El caso es que un día me encontré por el monumento a la Revolución a Salvador Villegas...

Óscar levantó las cejas.

—Sí, el mismo tipo que quiso abordarme en el parque de Pilares, resultó que trabajaba para el PRI, y ¿adivinas?: también quería cogerme. Yo creo que con él realmente me volví profesional y acepté que ese era mi negocio. Antonio me tenía casa y Salvador me daba dinero.

Por primera vez Román hizo una pausa larga. Se sacó los zapatos, que parecían dos artefactos montados en unas plataformas imposibles, y subió las piernas enfundadas en unos jeans ajustados a la mesa con un gesto inevitablemente femenino.

—Por ese tiempo fue cuando empecé a consumir piedra y marihuana. Lo que siguió después es tanto y tan vergonzante que voy a ahorrártelo, cabrón. Aunque no lo creas, tengo pudor.

Óscar lo miró sin decir nada.

—Así viví hasta que pude cobrar el fideicomiso que me habían dejado mis padres y dejé esa mierda de vida y volví a ponerme más o menos en orden. Pero ya estaba roto. Como una máquina descompuesta, así quedé, cabrón, tengo cien botones de ansiedad que procuro no apretar porque reviento.

Óscar también se había quitado los zapatos. Su invitado siguió.

—Los hombres me han gustado desde siempre, supongo que lo sabes o te lo imaginas, ¿no? A mí me cayeron de chingadazo el placer, la culpa, el abuso y la identidad sexual. Qué putiza, al menos me hubieran dosificado algo.

74

Román miró por un segundo a su amigo, que afirmó con la cabeza. Ese breve gesto era el que había esperado toda su vida, ese "sí" pronunciado tácitamente le permitía confirmar que Óscar sabía de su enamoramiento y que quizá no lo juzgaba. Las palabras siguieron desgranándose.

—Me metí al bachillerato sabiendo desde el primer segundo que quería ser diseñador de zapatos, así que ya me ves, diseñador exitoso, suicida y bien pagado, ¡ja! Además, por alguna razón que no puedo explicar, la vergüenza fue pasando cuando me convertí en gay declarado, baby. Ser un machito de quince años y saber que un señor te rompió el culo a vergazos es, no sé, básicamente humillante, la puta culpa te castiga todo el tiempo y te convences de que vales menos que los demás, y pues terminas comportándote como la basura que piensas que eres…

Las palabras empezaban a deformarse, a perder las orillas; el alcohol y la marihuana hacían bien su trabajo de relajar la identidad.

—No estoy diciendo que aceptar que soy gay me haya curado de las violaciones, si te violaron no te curas nunca, pero aceptarlo ayuda un chingo, salir del clóset es salir de la vulnerabilidad porque ya no tienes que hacerte el duro. Es que hacerse el duro es agotador, cabrón.

Óscar sonrió tristemente. Román acababa de describirlo con su última frase.

—Cómo los extrañé a ti y a María, a veces fantaseaba con que iba a encontrármelos a la vuelta de la calle o en algún parque, mi anhelo de ustedes era tal que me dolía… ¿Oye, prefieres que te llame babe o cabrón?… Anyway, todavía tengo el albornoz que ella me hizo en el taller de corte y confección y los libros que tú me regalaste, ¿puedes creerlo?... óyeme, ¿cabrón o babe? ¿Ya decidiste cómo quieres que te diga? Tenemos que buscar a María, no me jodas que nos vamos a quedar así ahora que nos encontramos.

VIII

Guillermina tenía razón en las predicciones que hizo sobre la vida que llevaría Román en su nueva escuela: los niños en el internado estaban bien alimentados, dormían tranquilos y estudiaban con dedicación.

Pero no todos, ni todo el tiempo.

María no había corrido con la misma buena suerte que Román y Óscar. La prefecta de su dormitorio, Anita, era una mujer nervuda, toda filos, gritona y con unos cambios de humor tan impredecibles que hacían que las niñas vivieran con el corazón en una cornisa, siempre a punto de saltar. Pero eso no era lo peor: tenía tal obsesión por la limpieza que rayaba en la psicosis con todos los temas de higiene.

—A ver, niñas, quedan cinco minutos para apagar la luz, si alguien no se ha lavado los dientes, corran a hacerlo pero ya.

Los pasitos de cuatro distraídas, entre ellas María, sonaron rumbo a los baños que estaban fuera del dormitorio. Anita se apareció haciendo una especie de marcha militar atrás de las niñas mientras éstas se cepillaban los dientes.

—Voy a contar hasta veinte y durante ese tiempo deben cepillarse los dientes de arriba, con fuerza. Uno, dos, tres, cuatro...

La miraban por el espejo y obedecían. Cuando el conteo llegó hasta el número veinte, una de ellas escupió sangre, se asustó y comenzó a llorar.

—A ver, becerro, ¿te calmas? Si no dejas de llorar no puedo saber qué pasó —sentenció Anita—. Las demás sigan, vamos ahora con los dientes de abajo, después tallen las muelas en círculo y al final la lengua que se las voy a revisar, la quiero bien lavada. Hay que irse a la cama con los dientes limpios para evitar las bacterias.

Acataban las órdenes lo mejor que podían, sin preguntar para no llamar la atención.

—Tienes gingivitis, esas encías están inflamadas —diagnosticó la prefecta—. Ahora te traigo bicarbonato y sal para que hagas buches, no es grave. Ya no llores, que me pones de malas.

Las revisó una a una revolviéndoles el interior de la boca con un palito de madera que ella llamaba abatelenguas y les dio instrucciones de irse a la cama.

María entendió pronto que la mejor estrategia sería no hacerse notar. Entre nueve hermanos y una madre poco paciente, tenía experiencia en desaparecer confinándose a una esquina para espulgarse cada recoveco donde encontrara algo interesante.

Así que se comportó en consecuencia y no provocó la ira de la prefecta, pero también supo, con una certeza de guerrero samurái, que había conocido a una nueva enemiga: Anita no saldría ilesa si se atrevía a molestarla.

El conteo para apagar las luces comenzó y las niñas corrieron a sus camas.

Diez minutos después, Anita roncaba, sus estertores resonaban como rugido de jaguar en medio de la selva o como mono aullador tratando de convocar a los suyos.

Entonces empezaba la fiesta.

Debajo de algunas cobijas se encendían lámparas y el inconfundible sonido de bolsas de dulces al rasgarse llegaba de todos lados. María no podía creerlo, se frotó los ojos, afinó el oído y comprobó lo que estaba pasando, era la hora de comer dulces. Se sintió contentísima pero a la vez un poco triste por no tener con qué sumarse al banquete más que la palanqueta del desayuno del DIF, que no le resultaba especialmente apetitosa pues era obvio que ese cuadrito de cacahuates pegados con melaza no alcanzaba la categoría de comida chatarra.

Desde la cama a la derecha una mano le extendió una bolsa de bombones. Cogió uno.

—Me llamo Ángeles, agarra los que quieras, tengo un montón de bolsas porque mi mamá trabaja en la fábrica de La Rosa.

María contestó tratando de articular bien a pesar de tener en la boca el bombón gigante que se había metido de una vez. Sus cachetes recordaban a los de una ardilla masticando bellotas.

—¿La de dulces? —tragó, procurando no ahogarse.

—Sí, luego te regalo una caja de mazapanes, si quieres. A mi mamá le dan muchos, dice que son los dulces caducados pero están buenos. También tengo bombones cubiertos de chocolate, pero esos manchan las sábanas y nos descubre la Hiena.

—¿Qué es caducados?

—Quiere decir que ya no los pueden vender en las tiendas, creo.

—Ah, ¿y qué es hiena?

—Un animal como una gata, pero mala y más grande y fea.

La voz amigable de Ángeles, que dejaba un ceceo en el ambiente, hizo que María se sintiera animada y protegida.

Cuando mordió el segundo bombón lo encontró pastoso y rancio. No dijo nada, le causaba tremendo gozo saber que el cepillado de dientes de Anita había perdido todo su propósito.

Como la prefecta entraba en estado de narcolepsia, una vez dormida era imposible que se enterara de lo que ocurría en el dormitorio.

Así que las pequeñas se sentaban a comer sus dulces, algunas conversaban a oscuras, otras prendían sus lámparas para leer libros de cuentos o jugar con sus muñecas, las más inquietas se aventaban muñecos que volaban por el aire o se iban a acostar con alguna amiga.

El problema era que se quedaran dormidas en la cama de otra niña, porque si eran sorprendidas durmiendo "encuatadas", el castigo podía ser severo. Así que apenas se oía la voz diciendo "Buenos días, señoritas, llegó la hora", más de tres se apresuraban a deslizarse del colchón ajeno y arrastrarse pecho tierra por debajo de las camas hasta llegar a la que les correspondía con las rodillas y los codos endurecidos luego de pulir el piso reptando para no ser descubiertas.

Anita tenía exigencias para las labores de limpieza del dormitorio de las que nadie escapaba. Además de arreglar su respectiva cama, las niñas iban rotando en comitivas responsables unas de barrer, otras de encerar, otras de sacudir los armarios con un raído trapo gris y otras de dar una última restirada a todas las sobrecamas para que quedaran perfectamente lisas.

A María le tocó barrer en su primera jornada.

Sin mucho ánimo tomó la escoba, que resultaba inmensa para el tamaño de su cuerpo y la remolcó al fondo del pasillo, que era por donde debía empezar.

Cuando vio el primer pedazo de colorido papel celofán, se quedó helada: ¿qué haría?, ¿barrer la envoltura de caramelo como si nada y provocar un arranque de la Hiena cuando lo viera?, ¿esconderlo debajo de las camas para que de cualquier manera lo encontraran después?

Empezó a sudar, tonteó un rato fingiendo que no hallaba la manera de manipular la escobota, miró a un lado y otro, esperando que alguna de las niñas viniera en su auxilio, pero todas estaban metidas en lo suyo. Por fin se le ocurrió cómo resolverlo: era día de tomar clase de deportes y el uniforme cambiaba, en lugar de la falda de tablones las chicas llevaban unos pantalones deportivos y sudadera. Arrugó el papelito, estiró el resorte por la cintura y se lo metió en los pantalones. Listo, pensó sintiéndose orgullosa de su gran idea.

Habría sido fácil esconder solo un papel, pero cada dos o tres pasos hallaba pruebas del festín azucarado que se habían dado durante la noche: envolturas de chicles, palitos de paletas, empaques de galletas y caramelos… todo lo fue metiendo por el resorte de su cintura, no había otra cosa que hacer. Era tan flacucha que en las piernas del pantalón había espacio de sobra para rellenarlo. Cuando terminó de barrer había pepenado todo el piso del galerón y los múltiples pedazos de celofán se le pegaban al cuerpo por el sudor de la angustia y del esfuerzo físico para manipular la escoba gigante.

Le preocupaba el sonido que emitía al caminar, pues con cada flexión de las rodillas un ruidito extraño salía de su cuerpo. Se concentró mucho para no tener un ataque de risa cuando se le ocurrió que parecía una niña grande con pañal.

Finalmente salieron formadas rumbo al comedor para tomar el desayuno. Bajando las escaleras estaban los contenedores de basura. Ángeles la cubrió para que corriera a vaciar su cargamento y pudiera regresar a la fila sin ser descubierta.

Cuando se formó con su charola y le sirvieron los enormes hot cakes y las gruesas rebanadas de jamón que había para el desayuno, experimentaba tal placer que la estremecía, tuvo que controlarse para que no le temblaran las manos al recoger el vaso de chocolate caliente.

Ese día ganó su pase a la aceptación y la popularidad entre las niñas de su dormitorio pues había resuelto la situación evitando que se armara la gorda con Anita la Hiena y protegiéndolas a todas sin preguntarse de quién era cada prueba delictuosa que iba levantando. Y como ninguna de las envolturas era de ella, resultaba doblemente admirable.

Es que María amaba desafiar los límites, atreverse a lo que los demás no se atrevían, arriesgarse sin pensar en las consecuencias.

Por eso y aunque el internado estaba lleno de experiencias gozosas como los talleres de lectura, las clases de gimnasia o sus nuevos amigos, y aunque la mayoría de los maestros eran buenos y amables, el agua de las regaderas era tibia y hasta podía decir que la comida era buena, fue que no tardó mucho en idear una posibilidad para escaparse sólo porque sí, porque estar dentro de cualquier lugar sin poder salir cuando le diera la gana era una imposición que simplemente no toleraba.

Fue sencillo dar con María V. Paz. En su descripción de Facebook decía "Actriz, bailarina y acróbata". Óscar y Román no pudieron evitar reírse cuando lo leyeron.

Era ella, no había duda. La misma cara de ojos rasgados y la misma sonrisa desafiante engalanaban su foto de perfil. Eran casi las dos de la mañana y ya habían perdido la cuenta de los mezcales y las cervezas cuando decidieron mandarle un mensaje grupal y cruzaron los dedos para que respondiera.

Román pasaba indistintamente de "babe" a "cabrón" para referirse a Óscar.

El mensaje para María era un diálogo de borrachos que pasaba de "Hola, ojalá te acuerdes de nosotros" a "Óscar está guapísimo y yo ahora soy famoso porque me convertí en líder de una secta suicida, ja ja ja. ¿No mueres de curiosidad por vernos?", hasta "No chingues, hay que visitar el internado" y "Preciosa, tenemos que vernos, sin ti no somos nada, estamos de la Vergara", todo salpicado de emoticones que Román mandaba compulsivamente.

Se quedaron mirando la pantalla, bebiendo y fumando ya sin decir palabra y esperando a que María apareciera.

Veinte minutos después, en el chat se leía "María está escribiendo" y una notificación indicó que tenían un nuevo mensaje.

—¿Es broma? ¿Son ustedes de verdad? Si están jodiendo porque sí, los mato.

Óscar y Román se abrazaron y pasaron del ataque de risa a algo que parecía un ataque de sueño.

Dos días después se reunían en el departamento de Román. El primero en llegar fue Óscar, con una botella de vino, otra de mezcal y tres paquetes de cerveza.

—No has aprendido nada, babe, ya no somos jodidos, no tienes que cooperar para cada reunión a la que vas. Pero gracias, eres un encanto —dijo Román con su habitual sinceridad.

—Ya no sé si me gusta tanto tu nuevo tú, ¿ahora dices todo lo que te cruza por la cabeza?

—Tienes razón, cabrón, ¿me perdonas?

—Sólo porque sé que en cualquier momento puedo soltarte un madrazo si te pasas de lanza —dijo Óscar en un tono más agresivo que simpático.

—No tienes remedio, babe, en serio.

Sonó el timbre. Román trató de saltar hacia la puerta pero Óscar estaba más cerca y abrió.

Cuando María apareció se quedaron mudos.

—¿Qué, nunca han visto una mujer embarazada?

Era la una de la mañana cuando María emprendió la aventura para escapar del internado.

Se arrastró pecho tierra por debajo de las camas hasta llegar a la puerta del dormitorio que Anita dejaba entreabierta para que las niñas pudieran salir al baño durante la noche. Empujó la puerta, se desplazó pocos centímetros más pero fue suficiente para que su esbelto cuerpo pasara por ahí.

De puntitas, sintiendo que el corazón le explotaba, siguió andando para bajar las escaleras y, pegada a la pared, porque estaba muy oscuro y no quería caerse, caminó a lo largo del pasillo hasta llegar a su objetivo.

A un lado del portón de la biblioteca, en uno de los ventanales, había un hueco informe, pues los trabajadores de mantenimiento habían improvisado con láminas de asbesto un parche para cubrir un fragmento de cristal roto. María planeaba colarse por ahí.

Los lunes que sus hermanos o su madre la traían al internado, aprovechaba para inventariar la zona y ya había tomado nota de que la biblioteca daba directamente a la calle y que dos puertecitas, que parecían ser de algún sótano interesantísimo como los de las caricaturas de castillos encantados, desembocaban en una avenida grande por la que pasaban muchos coches, debía ser una vialidad importante. Qué emoción. Cruzó los dedos esperando que los barrotes estuvieran suficientemente separados y poder escurrirse a través de ellos.

Se tiró en el piso, levantó la lámina de asbesto con ambas manos y la sostuvo tan alto como le fue posible, se arrastró bocarriba sosteniendo la lámina para no cortarse pero, cuando ya no pudo detenerla más, los bordes filosos de la lámina alcanzaron a rasgarle las rodillas.

Estaba dentro de la biblioteca y no había sido tan difícil. Apretó fuerte los labios y abrió muy grandes los ojos. ¡Había llegado hasta ahí sin que nadie la descubriera! Lástima que no tuviera a quién contarle esa aventura.

Se quedó quieta, le ardían las heridas, que no eran simples rasguños sino cortes más o menos profundos, pero la adrenalina era un anestésico poderoso que la mantenía alejada del dolor. Se tocó instintivamente donde la piel punzaba y vio sus dedos manchados de sangre pero no se asustó, ya sabía que no era grave, más de una pelea con sus hermanos había terminado con sangre que salía de la nariz o de una pedrada en la cabeza, de eso nadie se moría. Se dijo que la próxima vez habría que ponerse pantalones, pues el camisón había resultado de lo más inútil para la aventura.

Esperó a que sus ojos se acostumbraran a la oscuridad y repasó el lugar con la mirada. Una vez que ubicó la zona donde estaban las puertecillas que daban a la calle, comenzó a caminar.

La biblioteca era, sin duda, el lugar más especial del internado. En toda la construcción no había una pieza como esa. Era una imponente bóveda llena de libros de pies a cabeza: más de setecientos metros cuadrados repletos de ejemplares. Las colecciones se componían por los títulos que, providencialmente, habían sobrevivido desde los tiempos jesuitas más los que se habían ido acumulando en los doscientos y tantos años de vida del inmueble.

Antiguos sillones de cuero estaban distribuidos a lo largo de la biblioteca, María los encontró feos y grandotes, debían de resultar incómodos si las piernas te colgaban al sentarte ahí. En cambio, cuando miró las mesas de caoba con trazos rojizos, le parecieron muy elegantes.

En cada esquina había un mueble muy raro que ella nunca había visto, a sus ojos era una mezcla de máquina de coser con escritorio; qué lindas mesitas, pensó. En realidad cada linda mesita era un secreter porfiriano que habría ido a parar ahí luego de algún saqueo revolucionario.

Dos antiguas lámparas de cristal que colgaban del techo remataban la belleza casi sacra de esa bóveda misteriosa, pero María ni siquiera levantó la cabeza, lo que a ella le interesaba estaba abajo. Y de los libros, ni hablar, tampoco sentía especial interés por la lectura, leer le daba sueño y a ella le gustaba mantenerse muy despierta para correr rápido, encontrar el mejor escondite o perseguir a alguien. Los niños que preferían sentarse a leer debían estar mal de la cabeza.

Pronto empezó a estornudar, el olor de ese sitio era como inhalar una sobredosis de historia: papel, cuero, metal, polvo, humedad, sudores dulces añejos, tinta y algo que, de adulta, María definiría como aroma a gomitas de regaliz.

Cuando pasaba junto a la zona de Literatura Inglesa tropezó con algo. Iba a caer sin remedio cuando el algo con lo que había tropezado la detuvo.

Se llevó tremendo susto y soltó un grito que ahogó rápidamente.

Era Óscar que, sentado en el piso y recargado contra la pared, la había estado observando desde el primer minuto.

—¿Qué haces aquí, oye?, ¡me asustaste! —dijo María sintiendo que se le atragantaban las palabras.

—Vengo a leer —respondió él tranquilamente y con una actitud de superioridad que ella encontró irritante.

—¿Vienes a leer?

—Ajá, eso dije. Esto es una biblioteca, ¿no? ¿Tú qué haces aquí? —continuó el tono desesperante de Óscar.

—Vine a escaparme —dijo ella resuelta y sin reparar en que al devoralibros se le descomponía la cara con su declaración.

María procedió a explicarle su plan y a él le costó entender que quisiera escaparse sólo porque sí, sólo porque necesitaba saber que había una salida para cuando se presentara la ocasión. No la entendía y le parecía que gritaba mucho, que era muy ruidosa, pero su entusiasmo y esa sonrisa que empezaba en los labios y ascendía arrugándole la nariz hasta cerrarle los ojos ejercía en él un poder que no había experimentado antes. No la entendía pero le gustaba estar con ella.

A María en cambio no le costó entender que él tuviera insomnio y encontró de lo más lógico que si estaba acostumbrado a esperar despierto a su madre, no lograra dormir temprano; ahora bien, que devorar libros en la biblioteca fuera la mejor manera de pasar las horas antes de que el sueño lo llamara de vuelta a la cama, eso sí que estaba raro, pero cada quién. También le despertó la mayor curiosidad saber cómo hacía para escapar del prefecto Saúl durante la noche y abandonar el dormitorio como si nada.

—Hay un ventanal que no cierra bien. Cuando todos están dormidos, trepo y camino por la barda de afuera, que es muy ancha, puedes hasta correr ahí arriba si se te antoja, esa cosa termina en el pasillo que queda frente al tuyo y desde ahí salto a las escaleras, pero por el otro lado. Y ya, después vengo a la biblioteca y entro por donde entraste tú, pero sin cortarme. Tonta.

—No me digas tonta.

—Bueno, tontita.

—No me digas tontita o te acuso.

—¡Ja, ja, ja! ¿Y se puede saber con quién vas a acusarme y cómo les vas a decir que me encontraste de madrugada en la biblioteca sin acusarte a ti misma? —respondió Óscar masticando lentamente las palabras.

—Bueno, ya —dijo ella intentando una tregua, pues había alcanzado a calcular que sus posibilidades de ganar un pleito de palabras contra Óscar no eran muy altas y no quería arruinar su objetivo principal: la fuga.

—Pues bueno —secundó él con un fingido desinterés.

—Ahora somos cómplices, ¿no?

—Supongo que sí. ¿A ti no te gusta leer? ¡Esto es una locura! ¡Aquí hay de todo! —dijo emocionado.

—La verdad no, yo lo que quiero es ver si puedo salir por esas ventanitas, ¿me acompañas?

—¿Tiene que ser ya o puedo terminar con *El llamado de la selva*?

—Ahorita, luego me voy y te dejo con tus libros, lo prometo.

—Pues qué otra —respondió él y se dejó llevar hasta donde la niña había localizado la ventanilla para la fuga.

La biblioteca quedaba un nivel abajo de la calle, de manera que para alcanzar a salir por las rejillas a María le faltaba por lo menos un metro de estatura.

Pronto acumulaban tomos de la Enciclopedia Británica arriba de una silla a la que la pequeña intentaba trepar mientras Óscar la sujetaba para que no se derrumbara la improvisada escalera.

—No me veas los calzones, te lo advierto.

—Estás loca, guácala.

Trajinaron un rato hasta que ella pudo colgarse de los barrotes y se llevaron tremenda sorpresa. Oxidados y enraizados a una tierra tan húmeda, se habían podrido. Uno de ellos estaba tan carcomido y debilitado que con el jalón que María dio, crujió y se removió levemente.

Una bocanada de fuego les quemó por dentro cuando comprobaron que el cuerpo de ella pasaba fácilmente por el espacio que el enrejado dejaba entre sí, incluso Óscar cabía con la varilla de metal casi desprendida. Salieron los dos sin preguntarse para qué lo hacían.

Una vez fuera sintieron frío. Y pánico. María además era presa de uno de sus ataques de euforia: ¡estaban en la calle un miércoles en la madrugada y nadie se había dado cuenta!

—Tenemos que regresar, si nos descubren van a expulsarnos —se acobardó Óscar.

—Qué chillón eres, nadie va a venir a esta hora.

Les castañeaban los dientes al hablar, pero ambos se esforzaban por disimular su descontrol porque estaban hechos de la misma consistencia rebelde.

Luego de unos segundos intentaron comprender en dónde se encontraban, pero ninguno de los dos era orientado y con la oscuridad era difícil reconocer alguna referencia. Como no tenían la más remota idea de a dónde llevaba la calle si caminaban en un sentido o el otro, no se movieron.

A esa hora la ciudad era un concierto lejano de motores de tráileres y, si se aguzaba bien el oído, se podía percibir el ruido zumbón de la electricidad recorriendo el cableado público. Ningún sonido humano llegaba desde ningún lugar, el cielo del Distrito Federal no era precisamente un firmamento bucólico tachonado de estrellas anunciando el nacimiento del niñito Jesús sino una bóveda grisácea, cerrada y aplastante. Óscar levantó la cabeza y, como si ese anti cielo y el sonido ferroso de la madrugada le hubieran hecho un fino corte de bisturí en el pecho, sintió una aguda nostalgia por su madre, por su vida con ella y la complicidad única que sostenían en esas ya lejanas jornadas en que se turnaban la responsabilidad de la casa cada mañana, tarde y noche.

Hubiera pegado una impulsiva carrera para salir a encontrarla de no haber sido porque, en ese momento, los pasos de alguien que caminaba hacia ellos sonaron tan cercanos que instintivamente se dieron la mano y se quedaron inmóviles, esperando lo peor.

De pronto, doblando la esquina como un soldado bien camuflado para la ocasión, un perro cuyo pelaje ya era del color de la calle apareció airoso y se paró delante de ellos, moviendo la cola alegremente.

—¡Es un perro! ¡Un perrito! —gritó María sorprendida.

—No soy ciego, ya sé que es un perro y no un árbol, niña escandalosa —respondió el otro haciéndose el valiente.

—Tú también te asustaste, ni digas que no.

Ella ya estaba en cuclillas acariciando al perro, que se dejaba hacer gimoteando de contento, pero su compañero dio media vuelta.

—Estuvo buena la aventura pero ya fue suficiente. Si tú quieres seguir aquí, Julia Verne, yo te dejo —dijo Óscar y se apresuró a entrar.

María no quería separarse del peludo que retozaba con sus mimos pero se resignó y entró detrás de Óscar.

Se desparramaron en el piso de la biblioteca tratando de calmarse. Él nervioso, arrepentido de haberse atrevido a seguirla, y ella radiante, con las mejillas encendidas.

—¿Por qué me dijiste Julia Verne?

—Si leyeras entenderías, ignorante. Julio Verne es un escritor, *La vuelta al mundo en ochenta días* es la historia de un señor que decide recorrer el mundo en ese tiempo. Si eres una aventurera de verdad, deberías leerla. Tontita.

—Yo no quiero recorrer el mundo, sólo quiero salir a la calle. Y no me digas tontita, sabelotodo.

—La próxima vez vas tú sola. ¡Estás loca de verdad!

—Dijo el niño que se escapa para venir a leer de madrugada a la biblioteca, ajá.

—¿Y qué tiene de malo?

—De malo, nada, pero también pareces un poquito loco, no sé si lo notas —dijo mientras hacía la señal de "estás chiflado" trazando círculos con el dedo índice junto a su oreja.

—Bueno, ¿y ahora qué hacemos?

—Yo no tengo sueño, ¿tú?

—Tampoco.

—A ver, léeme una de tus historias

—¿La de Jack London?

—¿Quién es Jack London?

—Te digo, no sabes nada. El que escribió *El llamado de la selva*.

—Pues ándale, léeme esa de la selva.

—Bueno, pero tienes que poner atención porque después te voy a hacer preguntas.

—Oye, ¿y prendes las luces de la biblioteca para ponerte a leer?

—Estoy loco pero no soy idiota.

María pensó que la palabra idiota era muy fuerte, sonaba peor que si decías pendejo; le gustó descubrir eso, hacerse amiga de este sabelotodo no estaba tan mal, ya vería la ocasión de utilizar la palabra idiota con alguno de sus hermanos.

Óscar sacó del bolsillo del pijama una lámpara médica de revisión bucal que impresionó a María.

—¿De dónde la sacaste? —preguntó maravillada.

—Mi mamá trabaja en un hospital, ella me la trajo.

—Deberías conseguir más y venderlas, en mi dormitorio muchas niñas leen debajo de las sábanas cuando apagan la luz.

—No quiero poner una tienda de lámparas, gracias. Lo que sí quiero es leer, ¿nunca estás callada o qué, niña escandalosa? Ya concéntrate.

La primera hora fue larga, deforme, rara.

El problema era que María, con seis meses de embarazo, no podía beber. Así que la relajación inducida por el alcohol no pudo facilitarles las cosas.

—A ver, queridos, tampoco somos ex traficantes de órganos humanos, ¿no, cabrón? Tarde o temprano tendremos que contarnos qué hacemos ahora con más detalle. ¿A qué te dedicas tú, cielo, además de a gestar esa cosa que llevas en la barriga? —se lanzó Román para que la conversación empezara de una vez.

—En el vientre, señor, los bebés se llevan en el vientre, no en la barriga, si no estoy así por haber comido treinta hamburguesas —respondió María en su tono belicoso de siempre.

—Ja ja ja, eres la misma. Mandona y peleonera.

—Tengo un estudio de danza y pertenezco a una compañía de teatro clown. Sobrevivo, como todos —respondió María.

—¿Y estás casada? … ¿o no debí preguntar eso? Es muy pronto para empezar con las agresiones, ¿verdad? —continuó Román.

—Me estoy divorciando del papá de esta criatura. Y no creo que sea un buen día para contarles ese drama. ¿Tú qué haces, Román? Además de organizar movimientos suicidas de alcance internacional.

La respuesta de María provocó una burbuja de incomodidad. Óscar permanecía mudo, Román siguió de dueño de la conversación.

—¡Qué cosa! Bueno, gracias a eso estamos aquí hoy los tres. Fue una broma, se me ocurrió tomarme la foto porque recordé la fecha que los tres sabemos y ya. Pero era una broma idiota, ya aclaré el asunto en mil entrevistas.

—Lo leí —interrumpió María—. Exitoso diseñador desmiente que exista algún movimiento suicida…

—¿Te imaginaste que Román se convertiría en diseñador de zapatos? Yo la verdad no podía creerlo —intervino Óscar.

—Claro que me lo imaginé, no saben la emoción que sentí al reconocerte.

—Ya estamos aquí, ¿brindamos? —propuso Román.

—De acuerdo, yo le doy un trago a la copa sólo para decir salud. Y luego nos sentamos, porque esta panza inmensa me tiene agotada. Y me sirven limonadas mientras ustedes se emborrachan —ordenó María.

—Sí, patrona, nosotros te servimos lo que quieras —se aventuró a desafiarla Óscar en un tono que pretendía ser simpático.

Para él fue una sorpresa atisbar ráfagas de lo mismo que sentía cuando eran niños. Ahí estaba María, sentada frente a él. Con su cuerpo cálido, su olor a ámbar y vainilla, su sonrisa, su piel brillante de mejillas encendidas, el pelo castaño suelto y despeinado como una provocación, con sus ojos inquietos escudriñándolo todo. Y con su inmenso vientre cargado de bebé. Y seguramente con un conflicto marital al que más valía no acercarse.

¿Cuántos años había pasado Óscar extrañándola, imaginándola, reverenciando en secreto el enamoramiento que sintió por ella desde la primera vez que caminaron juntos al salir de la enfermería rumbo a sus respectivos dormitorios?

No, María embarazada no correspondía a la imagen con la que él había alimentado sus fantasías; pero su rostro era el mismo, y esa voz ronca todavía con trazos de niña problemática le parecía fascinante.

Las horas se consumieron a un ritmo lento, decantado.

Román habló de su miserable vida sin ellos en el internado durante la secundaria. Habló de su divertida carrera como diseñador y sus inagotables viajes con el mismo entusiasmo que habló de su odio por todo y por todos, de las ganas que tenía de vengarse de su familia, en especial de la maldita ladrona de mierda que era la tía Guillermina; habló del trastorno de ansiedad y las incontables visitas a terapeutas, psiquiatras, chamanes, maestros yogui y hasta supuestos hipnotistas que le ayudarían a quitarse los tics que, aunque ahora estaban más controlados, durante los años adolescentes habían sido una pesadilla que se había sumado a las sobradas razones que tenía para sentirse un freak, un fenómeno hecho de rarezas al que nadie sabía cómo clasificar. Román se pasaba el dorso de la mano por debajo de la nariz cada dos frases y movía el hombro derecho hacia atrás, chasqueaba la lengua a mitad de una palabra y, cuando dejaba de hablar para escuchar a Óscar o a María, que confesaron que también habían recurrido a los ansiolíticos más de una vez, Román cerraba repetidamente los ojos como si tuviera conjuntivitis.

Era un rosario de tics y manías que amalgamaba con su alegría en el borde de lo maníaco; su lucidez era casi dañina.

María disfrutó cada parte de la historia aderezada con las peculiaridades que derramaba la personalidad de Román. No hizo preguntas, de pronto se volvió hacia Óscar por primera vez.

—¿Y tú?, ¿cómo fue que terminaste de arquitecto y no de escritor?

—¿Por qué dices eso?

María y Román pusieron los ojos en blanco, era obvio.

—¡Estabas obsesionado con los libros!

—Ah, por eso. Pues sigo obsesionado con los libros pero soy lector, no escritor —aclaró, tratando de salir airoso de un interrogatorio que no le gustaba.

—¿Qué haces exactamente? —reformuló María.

—Tengo un despacho de arquitectura, somos tres socios y no me puedo quejar. En las tardes doy clases de Historia Arquitectónica en el Tecnológico de Monterrey a un grupo de mocosos que han viajado por el mundo pero no lo han visto.

—¿Y qué más?

—Pues sobrevivo, como dices tú.

—¿Y con quién vives?

—Vivo solo, estuve a punto de casarme pero hubiera cometido el error de mi vida, creo que ya me resigné a que las relaciones no son lo mío.

Román intervino.

—¡Dramas! Babe, tampoco exageres.

María se levantó al baño y Román vio en la cara de Óscar lo que estaba pasando. No dijo nada, su amigo no era proclive a la cháchara ni a las conversaciones indagatorias y mucho menos le gustaban las preguntas invasivas. Simplemente le pegó con el puño en el brazo, era uno de los pocos gestos decididamente masculinos que aún permeaba su actitud corporal y así afirmó su complicidad.

Óscar caminó sigiloso hacia el baño del dormitorio. Cuando entró, miró a Román sentado en uno de los lavabos contando los azulejos en estado contemplativo.

—¿Qué haces aquí? Pareces un faquir levitando —sentenció con su respingona voz de sabelotodo.

—No puedo dormir.

—¿Por qué no puedes dormir?

—Pues ya sabes.

—No sé, ¿qué? —insistió Óscar.

—Me da miedo mojar la cama y mejor me espero aquí por si me dan ganas de hacer pis.

Óscar alzó los hombros con indiferencia, entró al baño y se dispuso a mear.

Román entró al retrete contiguo. El primero en soltar el chorro fue él y segundos después lo hizo el otro; durante breves lapsos se detenían y se hacía el silencio, luego continuaban y de nuevo el sonido de meados cayendo se levantaba a dúo. Román soltó una risita. Fue divertido.

Cuando salieron y se lavaron las manos, mear en dueto había reforzado la complicidad entre ellos.

—Voy a la biblioteca, ¿quieres venir? —dijo Óscar con soltura.

—¿A esta hora? ¿Y por dónde entras? —se intrigó Román.

—¿Quieres venir o no?

—Vamos.

Óscar con movimientos precisos y compactos y Román con sus zancadas largas y amortiguadas avanzaron por el pasillo hasta llegar al ventanal de la biblioteca.

Algo de pequeños soldados reptando para alcanzar un refugio de guerra había en ellos cuando uno detrás del otro se arrastraron bocarriba para entrar.

Ahí estaba María, amontonando libros sobre la silla para repetir la hazaña de salir a la calle.

Cuando Óscar la vio, mostró su fastidio moviendo la cabeza.

—¿Qué? —se defendió la niña antes de oír una palabra.

—¿Otra vez vas a salir? —preguntó él, dando un gritillo histérico de padre regañón.

—Pues sí, a eso vengo.

—¿Pero para qué quieres salir?, ¿para que pase una patrulla y te vea y nos metas en un problemón? —machacaba el adultito.

—Quiero salir porque quiero salir.

Román entendía poco de lo que estaba pasando. María reparó en él.

—¿Y se puede saber qué hace él aquí?

—Viene conmigo y tú no eres dueña de nada.

—No puedes decir una palabra de esto o te matamos —amenazó la niña.

—¡Oye! Yo no pienso matar a nadie.

—Bueno, esto es un súper, súper, súper secreto y tenemos que pactar.

—¿Y qué vamos a pactar? —quiso saber Román, que empezaba a sentirse asustado.

—Que no le diremos a nadie de esta salida, nunca.

Óscar a regañadientes y Román manso como animal domesticado obedecieron las instrucciones de María que, improvisando pero con el tono autoritario de quien parece que sabe lo que hace, les indicó que se arrancaran pellejitos de los dedos hasta sangrar para hacer el ritual del pacto.

Cuando los tres consiguieron una mancha roja a fuerza de arrancarse los pellejos, la instrucción fue que se ensalivaran el dedo índice y lo llenaran de sangre, luego cada uno procedió a embadurnar el entrecejo de los otros dos con la escatológica mezcla y María dijo en voz alta:

—Pacto de silencio y de amistad, repitan.

—Pacto de silencio y de amistad —repitió el par sin tener idea de lo que habían conjurado.

Estaban en la calle pero esta vez la emoción era distinta. Para el nuevo fugitivo la osadía de escapar se sentía irreal, a ratos se preguntaba si de verdad lo hacían o sólo era un sueño. María se veía menos excitada y Óscar más confundido, discutían acaloradamente para tratar de entender en dónde estaban.

—Estamos en Ángel Urraza —dijo Román con tiento—; caminando por aquí podemos llegar al metro División del Norte.

Los otros dos dejaron de discutir y lo miraron con sorpresa.

—¿Cómo sabes? —Óscar se endureció, no le gustaba que fuera otro el que ocupaba el lugar de saber algún dato.

—Porque estuve un año sin ir a la escuela y mis tíos viven cerca de aquí y por esta calle caminé con la gorda Guillermina cuando me trajo.

—¿Quién es la gorda Guillermina? —preguntó María.

—Es mi tía, pero la odio.

—¡Podemos ir al metro! —se emocionó la niña, ignorando la respuesta de Román.

—¡Qué tonta eres! A esta hora el metro está cerrado, y además ¿a qué quieres ir? —la irritación de Óscar era creciente.

—¿Por qué eres tan miedoso?

—¡Shhhh, no griten! Si no vamos a ir a ningún lado, yo digo que regresemos

—Pues regresemos —concluyó Óscar y luego remató—: tú, loca, si quieres vete al metro o al diablo.

María estaba a punto de soltarle un puñetazo cuando el perro de la otra noche apareció tan campante.

—¡Un perrito!—dijo Román tan emocionado que incluso María encontró su reacción exagerada.

—¡Vamos a bautizarlo! —sugirió ella.

—¡Sí!

Óscar puso cara de resignación. Los otros dos acosaron al perro con sus mimos y luego de un rato María, solemne, se puso de pie frente al animal y dijo:

—Yo te bautizo con el nombre de Trapo.

Había que reconocer que la niña tenía talento nominativo. El perro, efectivamente, parecía un trapo desgastado y descolorido, manchado por el uso, igual al que a veces ella misma utilizaba para limpiar los armarios cuando Anita le asignaba la Comisión de Sacudido en el dormitorio.

IX

Para mitigar el dolor lumbar por el peso del embarazo, María camina en la sala de espera del consultorio de su ginecólogo.

Sabe que la separación es inevitable, sabe que nunca le perdonará a su esposo ese amorío con la actriz que la sustituirá en la próxima temporada de su compañía de teatro. Sabe que intentar la fórmula de la segunda oportunidad sería firmar una condena de infelicidad marital sustentada en la desconfianza y la falta de deseo. No quiere vivir eso. Está decidida a atravesar por los pasajes infernales del divorcio y, sin embargo, un desasosiego que le trepa por las costillas hasta el centro del pecho la carcome: no es el miedo de estar sola ni el enojo de saberse traicionada por Paolo, no es siquiera esa enfermiza necesidad de entender por qué ocurrió lo que ocurrió. La razón que la desquicia es otra. Aun sabiendo que el maestro Paolo Padelli responderá a la proveeduría y manutención que corresponden legalmente para el bebé y para ella, siente pánico por la posibilidad de volver a la pobreza.

Una cadena de eventos imaginarios que su angustia teje rápidamente la lleva a quedarse sola con el niño y a pasar apuros económicos. Eso es lo que más teme, para ella es como si un destino fatídico o una falla genética estuvieran programados para devolverla a ese mundo de carencias del que tanto le ha costado alejarse.

¿Qué sabe la gente cuando habla de la pobreza como un fenómeno social?, ¿qué entienden por miseria cuando citan estadísticas, modelos económicos, índices de precios al consumidor y salarios mínimos? Nada, los entusiastas opinadores y expertos pobretólogos que alardean haciendo política no tienen cabal idea de cómo es vivir con pocos recursos.

El pozo de penurias que fue siempre el Estado de México y de donde María no pudo salir hasta cumplir los veinte años viene no a su memoria, sino a su cuerpo, y se instala en él como un desajuste metabólico.

De pequeña no se enteraba y tampoco era parte de sus preocupaciones entender cuál era su estatus social; el encierro en el internado la protegía, ahí se mantenía aislada del paupérrimo entorno que, en la adolescencia, ya inscrita en una escuela secundaria de la que entraba y salía diariamente, le sembraría tantos miedos e inseguridades.

Las calles sin pavimentar y la textura del lodo metido en los zapatos agujereados, el pelo sin brillo por el polvo y la mala alimentación, el sudor adherido a la nariz y el olor a mierda de las tuberías rotas siguen nítidos en el olfato de María; también la esencia inolvidable de canales de agua podrida que han servido como tiraderos de cadáveres.

Eso era vivir en la pobreza, lo entendió cuando cumplió trece años y había terminado su primer ciclo escolar fuera del internado; hubiera preferido quedarse ahí, permanecer en aquel paraíso limpio, bien organizado y rodeada de adultos amables de los que no había que cuidarse; en cambio ahora salir de la escuela era caminar entre borrachos que silbaban y decían palabras soeces, obscenidades que la alarmaban y la hacían correr para llegar lo más rápido a su casa.

María recuerda el nicho de Cristo que entre todos colocaron a la entrada de su vecindad, el tufo a parafinas eternamente encendidas mezcladas con fritanga y esencia de rosas blancas. Siente náuseas.

Aún puede revivir la sensación de inseguridad que se filtraba con la madrugada. Es difícil olvidar la polifonía de los barrios peligrosos: gente corriendo en desbandada, perros ladrando, gritos, disparos, aullido de sirenas, interminables portazos.

María detesta darse cuenta de que ese temor esencial sigue ahí. Se siente ridícula, melodramática, se pregunta cómo manejarán ese miedo Román y Óscar, si aún queda en ellos la marca de haber sido criados en un internado.

Los recuerdos se detienen cuando la asistente anuncia que el doctor va a recibirla y la hace pasar al privado para que se cambie la ropa.

Mientras se desnuda para ponerse la bata quirúrgica, un mensaje de Román hace vibrar su teléfono. "Cielo, lo nuestro no se va a reconstruir así nada más luego de décadas de interrupción, tomemos un té este jueves en la tarde, es el día que descanso de mi trabajo y de mis amantes ¿qué dices?"

Una sonrisa asoma en su rostro al pensar en Román y su buen humor indestructible, sí: el comportamiento maníaco era extenuante pero seguía siendo tan amoroso como el pequeño Román, ese niño alto y bonito que fue su mejor amiga.

Hay también mensajes de Paolo, que está en la sala de espera del consultorio para llevarla a casa cuando salga. Respira profundo, ata bien las cintas de la incómoda bata y sale del privado directo a la mesa de exploración.

Se permite un último pensamiento antes de concentrarse en la pantalla del monitor. Aunque su marido fuera la pareja perfecta y estuviera con ella tomándola de la mano, María confirma que el embarazo es intransferible y solitario.

Como todos los jueves, Román se reúne con su equipo para revisar resultados de ventas y estatus de las plantas de desarrollo y producción. Hay un apabullante despliegue de inteligencia en sus resoluciones, argumentos e instrucciones. En cuestión de minutos determina los modelos que irán a rebaja, pues no alcanzarán a venderse a su precio original, elige frases para la promoción y calcula mentalmente el margen de utilidad que conservarán las ventas a pesar de los descuentos. También hay en sus formas una contundencia dictatorial que es su manera de dejar claro quién decide y manda.

Presenta a su equipo los modelos para la colección de la próxima temporada y, sin piedad, decide cuáles quedarán fuera por ser demasiado convencionales o rebasar los límites de la moda que se tolera en México. Se divierte aventándolos a un inmenso contenedor que llama "el baúl de la muerte". Las cosas le funcionan bien: su habilidad para hacer prosperar toda inversión y su talento como diseñador son una fórmula afortunada. Pero es su energía inextinguible lo que constituye su principal capital. No se cansa, no se rinde, no posterga, no evita las cargas de trabajo, por más grandes que sean. Su imperio de cordura está delimitado por esos diques: trabajo y productividad, proyectos que crecen, números que se multiplican. Sin ello colapsaría. Sin ello y sin la llama interior del deseo de venganza.

—Último punto: ¿vieron la infografía que compartió Berenice? —esperó hasta que todos asintieron—. Podemos respirar tranquilos, ya no somos el trending topic del momento. Lástima, pasaron mis cinco minutos de fama.

Permitió unos minutos de desorden y risas en la sala de juntas. Continuó, de buen humor.

—Así que hemos vuelto a esto que llamamos normalidad. Si alguien trae otro tema, dispare. Pero rapidito, porque quedan cinco minutos.

Concluyó la junta y salió rumbo a su casa.

Antes de pedirle a Felicia, su cocinera desde hacía diez años, que sirviera, se encerró en la recámara y dio los acostumbrados jalones al porro que guardaba en el cajón del buró. Era el alivio cotidiano a su hiperactividad y el ansiolítico que se había prescrito para conseguir cierta calma funcional.

Pensó en el encuentro que le esperaba con María y se alegró: tenía pocos amigos y, salvo el par de amantes a los que veía para tener encuentros con nulo intercambio afectivo, su vida amorosa era más bien desierta.

—Feli, corazón, muero de hambre, ¿comemos ya?

A Felicia le intrigaba que Román hablara en plural aunque sólo él se sentara a comer; en realidad le intrigaba todo de su patrón, porque de que era raro, era raro. Pero no metía las narices donde no le incumbía. Román pagaba bien y la dejaba hacer su trabajo, suficientes motivos para considerar que tenía un buen jefe y un buen empleo. Si a eso le agregaba que no había hijos maleducados ni una esposa que diera órdenes, su trabajo era la gloria.

—Sí, señor, ya está puesta la mesa.

Óscar salía de la universidad envuelto en una nube de alumnas que le revoloteaban. Apresuraba el paso para llegar al estacionamiento consciente del peligro: la posibilidad de encamarse con alguna estaba abierta.

No es que el hiriente aroma a seducción que salía de las melenas de las chicas y sus talles rematados por culos respingones le resultaran indiferentes. De ninguna manera. Pero ya había sucumbido antes y nada había terminado bien.

Se obligaba a mantenerse distante y enfocar la mirada lejos de los escotes, las sonrisas o el guiño de ojos que con un desenfadado "profe" le cantaban sus estudiantes como un coro de sirenas convocando a Odiseo para que saltara al mar. No quería repetir aquella experiencia y se limitaba a masturbarse pensando en alguna para apaciguar las ganas.

Subió al auto, se puso las gafas oscuras y resopló tratando de liberar un poco de tensión. Bajó la ventanilla y miró a lo lejos a sus sirenas; se sintió a salvo pero también enojado, un mal humor le amargaba la tarde.

Ya en casa se dio cuenta de que no sentía hambre ni ganas de cocinar, sería fácil abrir un six de cervezas y beber una tras otra, pero sabía el riesgo que eso entrañaba: ceder al deseo, responder al mensaje de alguna alumna y luego arrepentirse. Se puso los tenis y salió a correr.

Con cada paso pateaba una rabia cíclica a la que no quería regresar, aceleró el ritmo y subió el volumen hasta que casi resultaba audible el sonido de sus auriculares para quien pasara a su lado.

No quería pensar, no quería auto compadecerse y no tenía ganas de inaugurar una nueva temporada de odio contra el mundo, pero no podía negar que sentía un enojo agudo y punzante cada vez que pensaba en María. ¿Por qué le habría hecho caso a Román con aquello de buscarla y volver a ser un trío de niños perdidos pretendiéndose superhéroes? ¿Cómo era posible que los restos de ese enamoramiento infantil pudieran desequilibrarlo?

Le irritaba constatar que aquel rostro tierno y aguerrido que había amado en secreto y con fervor todavía tuviera el poder de alterarlo.

María, Román y él se habían vuelto inseparables en la escuela.

No estaba a discusión el liderazgo de María en su pequeña manada: ella era el perro de adelante, que era la metáfora a la que Óscar recurría en su interior, tatuado con pasajes de *El Llamado de la selva* y *Colmillo blanco*. Pero pronto él tomó el mando, porque María resultaba una líder temeraria pero diminuta, así que por más que fuera ella la que dirigía las cruzadas para tomar los columpios del patio, el lugar en la fila para entrar al comedor, los disfraces del taller de teatro o la defensa implacable de Román cuando los demás se burlaban de él por su apariencia femenina, recaía en Óscar la parte más difícil: tenía que gruñir y enseñarle los dientes al enemigo porque sólo él inspiraba miedo y respeto. Su cara seria y su figura fuerte constituían la única defensa del equipo.

María era una pequeña reina con una determinación absoluta y por la que bien valía la pena pelear mil batallas. Se volvió natural en él responder por ella, aparecer de guardián en todas sus locuras y pleitos farfullando algún insulto o soltando puños y cabezazos si llegaba la ocasión de que alguna pandilla la emprendiera contra el trío maravilla. También respondía por Román, porque le caía bien y era un conversador inteligente con el que podía hablar de libros y al que había terminado por contagiar, al menos un poco, su afición a la literatura.

Entre sus dos amigos Óscar se sentía bien, parte de una tribu a la que integrarse luego de la ruptura de la díada con su madre que tanto resentía cuando estaba lejos de ella. Además se había convertido en una máquina de cumplir horarios porque le gustaba hacerlo. Estudiar, alimentarse, jugar y dormir en el mismo lugar le había dejado ganancias importantes, pero también propició deformaciones de personalidad que no comprendió.

Para la mayoría de las personas, adultos o niños, el espacio de responsabilidad es uno: oficina o escuela, y está marcado como algo que se vive fuera de casa. La casa, en cambio, es el lugar donde la gente duerme y come. Y los espacios recreativos son también diferentes y por lo regular exteriores. Pero no en un internado: ahí todo se delimitaba por decenas de muros imaginarios construidos a base de reglas, tenía que ser así, pues las actividades sucedían en el mismo lugar en donde se estudiaba. Óscar había asimilado la compañía constante de cientos de compañeros y, sobre todo, había aceptado que la vida se vivía bajo vigilancia permanente y con horarios para todo; se daba cuenta de que eso le gustaba, lo mantenía tranquilo. Un régimen así era una experiencia peculiar; enriquecedora pero también degenerativa. Su temperamento irascible se había exacerbado precisamente por la disciplina y orden de ese sistema.

Ahí el tiempo era más relativo que en ningún otro sitio.

Óscar se adaptaba a los itinerarios pensando en ellos como cajones de fichas con actividades asignadas. Los lunes todos los alumnos pasaban la revisión de mochilas y equipaje, luego corrían a dejar sus cosas al dormitorio para estar a tiempo en la ceremonia de honores a la bandera sin comprender cabalmente por qué tenían que cantar el himno nacional pasando frío en el patio, helado a esa hora, pero lo hacían.

La primera clase comenzaba a las ocho de la mañana y la última terminaba a las dos de la tarde. Apenas levantarse de los pupitres se apresuraban a llegar al comedor, el último en dejar la mesa tenía que hacerlo a las tres de la tarde porque había poco tiempo para correr a los ganchillos colocados arriba de los bebederos y descolgar el cepillo de dientes marcado con un número de matrícula. Óscar se irritaba con sus compañeros lentos, esos a los que siempre había que remolcar de una tarea a la otra y que retrasaban a todos haciendo un cuello de botella ahí donde se tomaran dos minutos más sin darse cuenta del caos que desencadenaban. Él no toleraba las alteraciones a la agenda y sufría cuando los demás se entretenían jugando, escupiéndose el amasijo de la pasta de dientes con agua y saliva a la cara o intercambiando a escondidas los cepillos de dos incautos para retorcerse de la risa al ver las reacciones de asco de los implicados al caer en cuenta de lo sucedido.

Un pizarrón gigante que estaba fuera del comedor indicaba a qué comisión de cuidado de los espacios públicos había sido asignado; si es que le tocaba barrer el patio, el jardín, vaciar los botes de basura de los salones en los contenedores principales. Óscar rehuía particularmente esta tarea por que el mal olor se filtraba a pesar del cubre bocas que usaba para ello; en cambio, su actividad preferida era ayudar a las cocineras a contar las raciones de alimentos porque siempre le regalaban fruta, una pieza de pan dulce o un trozo de queso fresco y elogiaban su capacidad de colaboración en la cocina, lo bien que entendía cómo colocar los alimentos y cómo no se asustaba del fuego ni de los cuchillos; le encantaba estar ahí, rodeado de señoras maternales y divertidas que bromeaban todo el tiempo.

Pero también podía correr con la mala suerte de que no le tocara hacer nada; eso sí que estaba feo. Era terrible la inactividad.

Las cinco de la tarde era la peor hora, porque la transición hacia la noche lo ponía tan triste que nunca sabía qué hacer consigo mismo.

Una de esas tardes, cuando Óscar sentía la ansiedad de no tener nada que hacer atragantársele en el cogote, coincidió con que María y Román también descansaban. Respiró aliviado y se pegó a ellos cuando aparecieron sonrientes y cargando una maleta deshilachada. Se instalaron en su rincón favorito, que era una esquina del patio donde una jardinera les servía de trinchera.

María abrió la maleta. La había robado a uno de sus hermanos que vendía ropa de segunda mano en el tianguis de Tepito.

Primero un vestido verde de tul, después un baby doll negro rematado con plumas y lentejuelas en el escote y montones de medias o ligueros fueron saliendo de la bolsa.

—¡Es ropa de puta! —dijo María, desilusionada.

—¿Cómo sabes que es ropa de puta? —preguntó Román, procurando que no se dieran cuenta de que a él lo hipnotizaban esas prendas.

—Lo sé y ya.

Román hurgaba el contenido con fascinación.

—Qué mal —continuó María—: yo pensé que encontraría algo más útil para hacer unos disfraces y parecernos a tus mosqueteros.

—No son mis mosqueteros, son de Alejandro Dumas, burra —corrigió Óscar, también desilusionado de que la ropa fuera tan poco útil para sus propósitos.

—Pues a mí sí me gusta —declaró el otro amigo sin miramientos.

María y Óscar miraron a Román mientras se ponía el baby doll encima del uniforme y se enredaba el vestido verde en la cabeza a modo de turbante.

Entonces María cogió un liguero y un par de medias que se puso encima del pantalón, ensalivó algunas lentejuelas y se las pegó en el rostro, arrancaron unas varitas secas del árbol para pretender que eran cigarros y pusieron el mejor gesto de aventurera que pudieron.

Óscar los contempló, divertido. Román estaba radiante, propuso que jugaran a ser actrices y eligió ser Verónica Castro, y María no tuvo más remedio que convertirse en Lucía Méndez: las dos actrices más conocidas de la época.

Improvisaban un diálogo como incipientes femme fatales cuando apareció Ángeles, la niña de los bombones, acompañada de sus amigos Xavi, a quien apodaban la Bestia por su voraz manera de comer y porque nunca se cortaba las uñas, y Yesenia, bautizada así en honor al personaje gitano de un melodrama que su madre, adicta a las telenovelas, idolatraba.

En un tris se hizo la magia del escenario y apareció el público. Pronto decenas de pequeños rodeaban el espectáculo y los actores, seducidos por la atención, intercambiaban alguna línea disparatada que desternillaba de risa a los que presenciaban la escena. Verónica Castro se comportaba de modo afectado y elegante mientras que la diminuta Lucía Méndez respondía a todo con algún extraño movimiento de coreografía mosquetera.

Los espectadores aplaudían y gritaban cosas, frases inconexas, se reían, guardaban silencio por breves momentos para retomar luego la rechifla, que era la manera de animarlos a que siguieran. El montaje siguió hasta que arribaron a la escena final: se metieron los calcetines dentro de las camisas, aparentando unas suculentas tetas, y ejecutaron el bailecito de la Chiquitibúm, una modelo española que saltó a la fama por el sugerente movimiento de sus senos con el que acompañaba el canto de la porra para la selección mexicana de fútbol en la copa mundial de ese año:

Chiquitibúúm a la bim bom bá, chiquitibúm a la bim bom bá, a la bio, a la bao, a la bim bom bá, México, México ra ra ra, cantaba el dúo cuando apareció la prefecta Anita poniendo fin al show y a la diversión.

Todos huyeron en desbandada menos Román y María, que apenas tuvieron tiempo de sacarse los calcetines del pecho cuando ya eran remolcados a la Dirección. Sentados en la banca contigua a la puerta de la temida oficina, especulaban sobre su futuro.

—Nos van a dejar sin cenar —dijo Román.

—Claro que no, aquí no harían eso, siempre están molestando con que nos terminemos las porciones completas —María se aferraba a su actitud provocadora.

—¿Entonces qué nos van a hacer?

—Pues no sé, algo se les ocurrirá.

Él temblaba del susto y ella mostraba un aplomo inexplicable cuando apareció el director. El maestro Alfredo era una figura sobre la que se levantaban montones de leyendas: que si medía casi dos metros y con un manotazo en el escritorio podía hacer que se sacudiera todo el internado, que se dejaba el bigote para que no se notara que tenía colmillos de gato en lugar de dientes, que si era soltero, casado con tres esposas como Barba Azul, que si le gustaba

Mónica la trabajadora social, que si te alzaba de una oreja podías despegarte del suelo y quedar colgando entre sus dedos, que en realidad nunca se iba a su casa sino que dormía en su oficina sin que nadie lo viera.

Si se decían tantas cosas de él era porque no se le veía más que en las ceremonias matutinas y en los cierres de ciclo escolar. Por las tardes permanecía en su oficina y no salía hasta que daba instrucciones al personal nocturno antes de marcharse.

Tremenda sorpresa se llevaron María y Román cuando Anita los puso en la puerta de la oficina de Alfredo y éste le indicó a la prefecta que se retirara.

—Pero maestro, necesito saber qué va a pasar con esta niña que está a mi cargo en el dormitorio.

—No se preocupe, Anita, yo me encargo.

Anita salió con aire ofendido y los niños se quedaron parados delante de la puerta.

—Siéntense, por favor —dijo el director en un tono tan neutro que Román sintió escalofríos.

Alfredo miró distraídamente los expedientes que tenía en la mano.

—Tú eres Román, ¿verdad? Cuéntame qué pasó.

—Sólo queríamos disfrazarnos de Los Tres Mosqueteros.

—¿Entonces les falta el tercer mosquetero, no?

—Es Óscar, pero él no hizo nada —atajó María.

—Tranquila, a ver, ¿quién va a hablar? —preguntó Alfredo.

—Yo tengo la culpa porque traje de mi casa ropa para disfrazarnos y nos pusimos a jugar y luego canté la de la Chiquitibúm —la niña apenas se detenía para inhalar—, pero es que ya no pudimos ser los mosqueteros porque en la maleta había pura ropa de… pues de señoritas de la calle —hablaba con las mejillas encendidas, jalando aire entre palabras y sin pestañear—, y no estábamos haciendo nada malo más que cantar y bailar como Lucía Méndez y Verónica Castro cuando la prefecta Ana, bueno, Anita, nos regañó y nos trajo para acá y ya, eso fue todo y es mi culpa, pero no hicimos nada malo.

—María: ¿quieres respirar y dejar que Román vuelva a explicármelo?

En el gesto de Alfredo se dibujaba una sonrisa mientras Román intentaba corregir el escupitajo de palabras que su amiga había soltado. Eliminando lo de la Chiquitibúm y cuidándose de no mencionar la parte de los calcetines en el pecho, contó más o menos la misma historia, pero pausadamente y haciendo mucho énfasis en que sólo querían ser los personajes de la novela de Dumas.

—¿Cómo se llaman los tres mosqueteros?

—Athos, Porthos y Aramis —se apresuró a contestar Román.

—Y hay un cuarto, ¿no lo sabían? —dijo el director guiñando un ojo.

—Trapo —dijo María muy seria.

Román sintió helársele la sangre con la respuesta insolente de su amiga, que miraba desafiante a Alfredo y no se daba cuenta de que el director estaba muy lejos de ser el monstruo gestado en los rumores febriles de los pasillos.

—¿Y quién es Trapo?

—Un perro —continuó la boquifloja, haciendo sudar a su amigo.

—¿Leyeron o no a Alejandro Dumas? —quiso saber Alfredo.

—Yo lo estoy leyendo y cuando termine se lo voy a prestar a ella —contestó Román educadamente.

—¿Y entonces quién leyó *Los Tres Mosqueteros*?

—Óscar lee tooodos los libros de la biblioteca —respondió María.

—Ya. Vamos a hacer esto —dijo el director, tan amigable que les costaba creer que eso estaba pasando—: les pondré una nota de mala conducta en el expediente, pero va a ser una nota chiquita y les voy a encargar una tarea. Van a leer completa *Los Tres Mosqueteros* y escribirán un informe de lectura para el próximo lunes. Cuando lo entreguen, quiero que vengan aquí con el tercer mosquetero, ¿de acuerdo? —esperó a que dijeran sí—. Ahora corran al comedor, que ya es hora de la cena, y díganle a la prefecta Anita que venga a verme.

Cuando el director se puso de pie, Román sintió ganas de abrazarlo, pero se contuvo, se despidieron de mano en la puerta y apenas estuvieron afuera, María le preguntó si él había notado que tuviera dientes de gato como decían todos.

—Claro que no, sus dientes son como los nuestros. ¿Tenías que decir lo de la biblioteca? Y ahora cállate al menos durante la cena. Vamos a ver si Óscar nos guardó lugar en la mesa.

Después de la cena ya todos sabían de la hazaña del dueto artístico gracias a que Ángeles, Xavi y Yesenia hicieron de pregoneros, contando a quien estuviera dispuesto a escuchar que María y Román eran excelentes actores y que el espectáculo que dieron era lo más divertido que habían visto en sus vidas.

Ese día inauguraron una práctica que poco a poco se volvería parte de la vida en el internado, pues no faltaron otros desinhibidos o medianamente talentosos que hicieran lo suyo imitando las coreografías de Michael Jackson o Madonna, aparecieron los tríos y grupos como Flans, Pandora, Mecano, Timbiriche y las imitaciones de José José, Pimpinela y Juan Gabriel no se hicieron esperar.

Y ya no hubo nada que hacer: cuando en el mismo rincón del patio empezaba el show de demostración de talentos y los niños se amontonaban rodeando a los artistas en turno, ya no había manera de dispersarlos.

Los prefectos, que en el fondo lo disfrutaban tanto como los niños, los dejaban montar la fiesta con cuatro o cinco números y después los llamaban al orden, ya con el deseo de entretenimiento saciado y el ánimo en alto. Y aunque la euforia posterior les demandara más control de lo habitual para que cenaran tranquilos y dejaran de corear canciones en la mesa y en los dormitorios, les permitían tener esa salida, esa explosión de energía que el propio Alfredo autorizó, explicando los beneficios creativos que derivarían de ello.

Los niños lograron que se abriera un taller de baile y canto que se convirtió en una suerte de teatro cabaret infantil, donde el espectáculo era tan hilarante como enternecedor.

El GPS en el teléfono sumaba kilómetros que Óscar no sintió; su conciencia estaba muy lejos de avenida Reforma, que se iba oscureciendo. Al ritmo de las canciones de The National y Pink Floyd iba esquivando autos, semáforos en rojo, personas, perros y lo que se pusiera delante. Le gustaba sentir el sudor en la nuca y la playera adherida a su pecho y espalda mojados.

Dando un paso detrás del otro iba dejando de necesitar a todas las personas. Así estaba bien, él solo, con su vida en orden, en calma, bien organizada, sin esperar llamadas, sin ceder a planes de fin de semana repletos de gente estúpida que tanta pereza le provocaba y con quienes siempre tenía que idear un pretexto para retirarse temprano. Sin tener que invitar a nadie a su departamento, que disfrutaba a sus anchas como la ermita que era. Si todo el mundo tenía un culto a sí mismo, él bien podía tener un culto a su soledad. ¿Por qué no?

Cuando se detuvo, el GPS registraba ocho kilómetros. Dio vuelta para recorrerlos de regreso hasta su casa, ya la furia transmutaba a euforia, la sequía en humedad y el deseo, como le ocurría siempre que salía a correr, empezó a andar por cuenta propia.

Entró a su departamento y se sacó los tenis y la camiseta para meterse al baño, abrió la regadera y mientras el agua se templaba miró el teléfono: una cantidad agobiante de mensajes de Román le pedía que se uniera a ellos en la reunión que tenía en su casa con María.

Toda la calma que había logrado con la carrera se veía alterada por los irritantes mensajes salpicados de "No seas amargado" y "Ya bájale, neuras, ven a divertirte con nosotras".

Odio repentino hacia sus amigos, ¿por qué no lo dejaban en paz?, maldita la hora en la que se le había ocurrido contactar a Román.

Había también un mensaje de Ceci, sólo para saludar, y otro de Sara, una de sus alumnas que lo invitaba a tomarse una cerveza con ella: le había tomado especial cariño porque era inteligente y desinhibida y por una torpe pátina de identificación. Sara era huérfana, aunque una huérfana muy distinta de lo que él había sido, pensaba: la orfandad es igual de dura para todos, pero sus implicaciones no escapan a las diferencias insalvables de las clases sociales.

Apagó el teléfono y entró a la regadera. Que se fueran todas al carajo.

Luego del baño y de la cena, ya en la cama y con el libro en turno sobre el regazo, se dijo que era un imbécil, un bruto relacional que no sabía siquiera conseguir una pareja sexual para desahogar la tensión cotidiana.

Dio un par de vueltas en la cama, incómodo, acalorado, peleando con su deseo hasta que no pudo más y se masturbó pensando en Sara y, contra su voluntad, también en María.

X

María, me llamo María. Piensa. Le ocurre cuando la ira se hace presente, que su único deseo es escapar, desaparecer, ser otra. Y hoy la rabia la rebasa.

Paolo le había suplicado que no se divorciaran, había llorado tanto y mostrado tal arrepentimiento que ahora estaba confundida.

La ponía de mal humor imaginar a su marido en mitad de un ataque de llanto, ¿por qué los hombres adultos sólo lloran si están a punto de perder a su pareja?

No recordaba a Paolo llorando con tal intensidad, con tal falta de pudor bajo ninguna otra circunstancia; ni cuando le avisaron de la muerte de su padre, ni cuando le contaba de la solitaria muerte de su madre que vivía en Berlín y que había sufrido un derrame cerebral pocos días después de la caída del muro.

De pronto, para María, esa era la esencia de Paolo, un huérfano intercontinental. El enojo iba en aumento. Se preguntaba por qué no habría nacido del lado del mundo donde la gente tiene a sus padres enteros y vivos hasta los ochenta años y donde los nietos conviven con los abuelos y hay fotografías enmarcadas de bienestar con tres y hasta cuatro generaciones juntas que sonríen y sacan chispas de contentura genética ante la cámara.

Sentía miedo, eso era lo que la hacía revolcarse en la cama buscando una posición cómoda que no encontraba. Miedo y coraje. Estar embarazada la obligaba, para colmo de males, a ser la adulta en medio de la crisis; no podía entregarse a ninguna emoción extrema porque no era bueno para el bebé y no podía dejar de comer aunque no tuviera hambre.

Maldito Paolo ególatra; ¿no pudo detenerse dos minutos a pensar en lo que provocaría con su aventura estúpida? ¿Era tan difícil ser un compañero adulto, funcional? Lo peor de todo era darse cuenta de que ahora encontraba a su marido inferior, poco capaz, tan sin recursos para ser un hombre.

¿Había dejado de amarlo? No quería imaginar su vida yendo de un lado para otro con el título de madre soltera igual que su mamá.

Nada era fácil. Todo eran dudas. Maldita panza, ojalá acabara pronto esa pesadilla.

Luego venía el remordimiento, intentaba imaginar otros escenarios.

Si seguían juntos, ¿su marido volvería a hacer lo mismo? ¿Sería capaz de dominarse o terminaría cediendo a la tentación, a la necesidad de reconocimiento ante otras mujeres?

Y estaba cansada, tan cansada; dormía poco y mal, tenía sueños espantosos en los que el bebé nacía muerto o en los que el bebé que paría era el propio Paolo.

A ratos también pensaba que estaba exagerando, que la infidelidad era la historia de todas las parejas.

Qué agotamiento, cuánta espera.

Le enojaba ser ella quien debía tomar una decisión mientras que él solo se arrastraba por los rincones pidiendo una segunda oportunidad luego de haber sido débil.

Que alguien le diera una pastilla para dormir medio año.

Y al imbécil de su esposo, que alguien le diera una paliza.

A punto de quedarse dormida se descubrió pensando en Óscar, eso la volvió momentáneamente a la vigilia. Se preguntó cómo habría sido su vida si se hubiera casado con un hombre como él, le intrigaba saber por qué no tenía novia.

A sus ojos se hacía obvio el amor de Román por Óscar desde que eran niños. ¿Qué es estar enamorado y cómo se está enamorado a los ocho años, a los diez, a los once?

Ojalá que el amor tuviera un protocolo, eso lo haría más fácil, quizá menos doloroso. Se quedó dormida.

La noche en que Ángeles, su vecina de cama, enseñó a María a besar con los bombones había resultado memorable.

La práctica consistía en mover el bombón con la lengua en el interior de la boca y cerrar los ojos. Qué felicidad había experimentado cuando se les apareció a Román y a Óscar dispuesta a impresionarlos con su nuevo y detallado conocimiento de cómo besar.

Óscar dijo que no le interesaba, como era de esperarse, porque eso eran cosas de chicas tontas. Pero Román se entusiasmó de inmediato y a ellos dos se les fueron días en ello. Practicaban todas las tardes, parapetados detrás de las jardineras. Las primeras veces ella impuso el procedimiento, pero pronto se hizo evidente que Román era más hábil y su lengua estaba mejor capacitada. Ensayaban una postura y otra, copiaban lo que habían visto en las telenovelas y en alguna película. Él la tomaba por la cintura y ella le ponía la mano en el pecho, como marcando una coreografía, y entonces cada uno chupaba su lado del bombón hasta que se rompía por la mitad y se acababa el apasionado y pegajoso beso.

Una tarde, Román propuso practicar directamente con las lenguas, sin los dulces.

María lo dudó pero ante la provocación de su amigo, que ya se burlaba de ella cantándole "a que no te atreves", cedió.

Primero pusieron los labios en contacto y luego las lenguas. Duró apenas un segundo, se separaron repelidos como por una descarga eléctrica.

—¡Guácala, qué asco! Estás todo babeado —María se limpiaba la boca con cara de haber probado algo nauseabundo.

—Tú también estás llena de saliva, princesa de Mónaco —respondió el otro, igualmente asqueado.

—¿Cómo puede gustarles esto a los novios? Es horrible, sólo se siente mojado y baboso —concluyó María, dando por terminado el experimento—. Y ¿quién es la princesa de Mónaco?

Román se alzó de hombros y así quedó zanjado el asunto de los besos.

No se lo contaron a Óscar sino hasta semanas después.

No podían creer su reacción, se puso furioso, con la cara enrojecida les preguntó, como si no hubiera entendido: ¿o sea que de verdad se besaron en la boca?, ¿de verdad, de verdad?, ¿con la lengua y todo?

Sus amigos afirmaron sacudiendo la cabeza, Román muy orgulloso y María un tanto apenada.

Ante la mirada atónita del par de lascivos prematuros, Óscar tiró su morral al piso y lo agarró a patadas como si estuviera tratando de matar a una alimaña gigante. Después de un rato levantó el zaherido morral, se lo colgó al hombro y desapareció de su vista.

No les habló durante tres días. Estaba celoso y se sentía traicionado; aunque no pudiera nombrar exactamente lo que le ocurría, sentía una cosa muy fea que pasaba del enojo a la tristeza y que a ratos le daba mucho calor y de repente mucho frío. Tontamente escamado, era incapaz de comprender que no tenía motivos para estar celoso: la relación entre María y Román siempre sería inofensiva, pues su amigo no tenía el menor interés en las chicas, al menos no de la manera en la que Óscar lo imaginaba. Pero qué sabía él de preferencias y pulsiones sexuales: lo único de lo que estaba seguro era que no le gustaba para nada que Román le hubiera metido la lengua en la boca a María. Además, qué asco, par de cochinos.

Román no había podido deshacerse de ese inquilino triste que se le instalaba dentro los viernes por la tarde. Todavía cinco años atrás se defendía de él largándose de fiesta, bebiendo, levantando algún amante casual para pasar la noche. Pero se había hartado de eso, tal y como el cerebro se harta de una canción repetida mil veces. Se entendía ya muy poco con sus amigos de parranda y el crecimiento de sus marcas tampoco le dejaba espacio para esos reventones épicos; cuando no estaba de viaje, estaba saturado corrigiendo bocetos, peleando por los precios de los materiales, ajustando las fechas de entrega a sus distribuidores, presionando los tiempos de producción de la planta, haciendo presencia en alguna pasarela, o simplemente estaba tan cansado que la sola idea de salir de juerga lo agotaba más que cualquiera de sus responsabilidades.

Otro día melancólico, otro *friday blues* que pocos entenderían.

A él se le congelaba el entusiasmo ese día y no los domingos, como a la mayoría de las personas desde hacía años; era algo que había nacido las tardes de viernes en que los niños del internado, apiñados alrededor de los altavoces del patio, permanecían expectantes hasta que sus nombres y apellidos resonaban por todo lo alto y, como en una línea de teatro griego muchas veces ensayada, un coro infantil remataba: Ángeles Martínez, ya llegaron por ti. Yesenia Rodríguez, ya llegaron por ti…

Los viernes nadie venía a buscar a Román a la escuela. Nunca.

Alguna vez, para las vacaciones de navidad, el personal de Servicio Social llamó a su tía Guillermina, pero ella excusó problemas de salud y no se presentó.

Así que los fines de semana y las vacaciones se quedaba solo, o algunas veces con uno o dos compañeros que habían corrido con la misma suerte, nadie que viniera para llevarlos a casa.

Entonces cada rincón de la escuela se convertía en una pesadilla: el dormitorio era un gigante aterrador; el patio era un paisaje desolado y los árboles de las jardineras parecían viejos monjes entonando una salmodia fúnebre.

Y aunque el personal del internado hacía lo posible porque los niños lo pasaran bien, permitiendo que la cocinera en turno preparara lo que ellos pidieran, dejándoles ver películas en la sala de proyecciones y buscando algún paseo recreativo por la ciudad, eran días incómodos y tristes para todos porque la orfandad se hacía obvia.

Los empleados se conmovían viendo vagar por el patio a esos chiquillos frágiles que poco podían hacer para cambiar su condición de desamparo en el mundo y que mucho lograrían si llegaban a convertirse en adultos antes de ser devorados por un embarazo prematuro, la delincuencia, el alcohol o las drogas. Era una historia que los maestros y educadores habían visto repetirse a lo largo de generaciones, cambiando nombres y rostros, pero que en esencia era idéntica. Se les encogía el corazón.

En esas jornadas solitarias, para Román lo peor era la noche. En cuanto empezaba a oscurecer, aquello parecía la clásica película de terror elucubrada en el interior de los colegios. El silencio espesaba y el cristal de los inmensos ventanales crujía por el cambio de temperatura tras haber recibido el calor del sol durante el día; el pequeño Román se quería morir del susto con cada ruido inesperado; entonces todo lo que había escuchado sobre la niña muerta que se aparecía en los pasillos de la mano de la difunta prefecta Panchita se convertía en una amenaza insoportable. Le parecía ver sombras en todos lados y confundía el chiflido del viento con agudos gritos de ultratumba.

Ni pensar en ir andando hasta el baño, así que los fines de semana invariablemente mojaba la cama. Se consolaba pensando que al menos no había nadie para atestiguar la vergüenza matutina del olor a meados y las sábanas amarillentas.

Es verdad que con el paso de los años aprendió a manejarlo mejor, pero nunca se acostumbró del todo. Los días en solitario eran tan agobiantes, lo rebasaban de tal manera que fue entonces cuando nació su otro yo, lo sacó de su interior como un recurso para ponerse a salvo, bautizó a su alter ego femenino como Viola, en honor al personaje de *El barón rampante*.

El niño decidió hacerse de una amiga que lo acompañara, aunque fuera él mismo. Viola se peinaba el flequillo de modo distinto a Román y pasaba horas frente al espejo del baño contemplándose sin que nadie la molestara, le preguntaba por los personajes femeninos de los libros que él y su amigo Óscar leían y se emocionaba con la historia de amor entre la rosa y el Principito y con la sofisticación de Milady de Winter; pedía que le sirvieran el chocolate caliente no en vaso sino en taza y se aseguraba de tomarla con la delicadeza de una chica como ella, levantando el dedo meñique. Le gustaba sentir que era una niña atrevida pero bien educada.

Román se transformaba en Viola los fines de semana porque ella era entretenida y valiente para sobrellevar la soledad e incluso había noches en que, siendo ella, lograba levantarse al baño para no tener un accidente. Viola jamás mojaría la cama.

Fue también en aquellos años cuando empezó a dibujar, primero los paisajes y personajes de las novelas que leía gracias a su amigo Óscar y después todo lo que veía: los árboles, el marco de la ventana, la fachada del campanario, las nochebuenas encendidas que plantaban en las jardineras para fin de año y después el rostro de Viola, su Viola y no la de Ítalo Calvino, porque la suya era mucho más linda, pues siempre llevaba la boca pintada del rojo más encendido que Román tenía en su caja de colores y le cambiaba los zapatos según la ocasión, siempre hermosos e irreprochables.

Fue su secreto nunca compartido y su salvación para no colapsar esos días en que las paredes de la escuela se le venían encima al recorrer a solas el largo pasillo para llegar al dormitorio.

Los meses pasaron rápidos, atravesando la piel de los niños que eran un derroche de energía constante, con algunos episodios de agresividad y de tristeza, más de una pelea en los dormitorios y en las canchas de básquet. Pero siempre empujados por la excitación vital de esa edad que muerde, empuja, tira de un lado y otro para que los cuerpos crezcan, las mentes se ensanchen y —así les gustaba decir a las cocineras—, como los quesos, esos pequeños terminen de cuajar de la mejor manera.

Empezaban a notarse las diferencias generacionales y los tres mosqueteros ya no eran del grupo de los pequeños: el ingreso incesante de niños pequeños iba desplazando a los otros. Cada septiembre nuevas caras de cachorros asustados enmarcaban el patio y se apiñaban en los salones y en las mesas del comedor, las pandillas poco se reconfiguraban pues difícilmente un pequeño podía entrar en el gueto de los más experimentados, de manera que las dinámicas se mantenían prácticamente intactas y los grandes ignoraban a los recién llegados, que no les despertaban ningún interés.

Habían pasado ya tres ciclos escolares y los tres amigos cursaban quinto grado; milagrosamente —o así les parecía— los mantuvieron en el mismo grupo y seguían siendo inseparables.

María no había cambiado demasiado, salvo por el pelo que ahora llevaba a rape, pues ante una epidemia de liendres y piojos, su madre, sin piedad pero sobre todo sin mucho tiempo para pensar en tácticas a largo plazo, la había rapado. Era sorprendente, pero aun así se veía bonita; no que fuera una belleza deslumbrante, pero sus ojos eran dos obsidianas encendidas y la piel de sus mejillas había mejorado notablemente gracias a la dieta que llevaba en la escuela y que era mejor que lo que podía comer en casa.

Román sí que lucía distinto: se había estirado tanto que era el más alto de la generación y se le había quitado la palidez mortecina con la que llegó el primer día; tantas horas en el patio habían terminado por broncearlo, dándole a su rostro una hermosura sorprendente; varias niñas suspiraban por él, tenía una pinta de príncipe soñador que las arrebataba, incluso una que otra se hacía ilusiones, estaban convencidas de que lo que se decía sobre las formas afeminadas de Román era pura envidia de los brutos, incapaces de pensar en otra cosa que no fuera patear pelotas y traseros para dejar claro quién manda.

Óscar también había cambiado. Mucho. Parecía niño seleccionado para competir en las Olimpiadas con ese cuerpo que no hacía más que definir músculos aquí y allá porque estaba inscrito en todos los equipos de deportes: era bueno lo mismo para el futbol que para el basquetbol y competía en todas las carreras llevándose las medallas del primer o segundo lugar, que de inmediato envolvía a modo de regalo con una hoja arrancada de su cuaderno y llevaba a su madre, que se deshacía en besos y elogios para su hijo.

Una mañana de lunes, el pequeño atleta apareció con cara de estar muerto en vida. María y Román se lanzaron al interrogatorio apenas llegó la hora del receso, cuando vieron que el troglodita no tocaba siquiera la bolsa del lunch y despreciaba el paquete de galletas que al entrar les repartieron como regalo de no sé qué grupo de damas voluntarias.

La enfermedad de Aurora había empeorado tanto que estaba ingresada para quedarse indefinidamente en el Hospital de la Mujer y él tendría que ir a vivir con la única hermana de su madre, la tía Evelia.

Lo peor para Óscar era ver que su mamá gradualmente dejaba de ser su mamá, acercarse a ella y conseguir, si la morfina la dejaba despertar, intercambiar algunas frases deshilvanadas que al niño le recordaban las pláticas de los borrachos. Por más que él se esforzaba en mantener el interés contándole algo muy divertido, ella volvía a cerrar los ojos a los pocos minutos.

Aurora estaba tan hinchada que a veces le daba miedo; Óscar se sentía muy mal por recelar de su mamá, pero es que de pronto le parecía otra persona: el moreno brillante de su piel parecía infiltrado por algo que le daba una apariencia verduzca.

Óscar se infectó de miedo, comenzó a perder peso y sus calificaciones se fueron en picada. Ya no le interesaba ser juez de los concursos de talentos ni que lo seleccionaran para el equipo de futbol. Para los profesores era doloroso verlo como un muñeco programado que seguía instrucciones para entrar al salón de clases, salir al patio o entrar al dormitorio. María y Román no conseguían que se sintiera mejor y se limitaban a seguirlo y permanecer junto a él mientras se los permitiera, porque de vez en cuando le entraban unos ataques de ira de los que había que huir y dejarlo que se descargara con el pobre morral, que se había convertido en su *punching bag*.

Solo las visitas nocturnas a la biblioteca le interesaban. Todas las madrugadas Óscar hacía su recorrido para instalarse en los sillones de cuero y devorar el libro en turno; le daba lo mismo si sus amigos salían a la calle o no por la puertecilla del sótano, y no quería hablar de nada. Cuando le preguntaban qué estaba leyendo simplemente les mostraba la tapa del libro y una vez que lo terminaba se lo pasaba a Román, que mansamente lo recibía y comenzaba la página uno leyendo en voz alta para que la floja de María también supiera de qué iba la historia, pues ella insistía en que no tenía la concentración ni la disciplina para leer por sí misma y seguía convencida de que leer era más aburrido que mirar el techo.

Óscar se cerró como una concha y se mantuvo atrapado dentro de sí hasta que llegó esa tarde que los amigos recordarían con detalles sorprendentes y difíciles de creer. Cuando ya se agitaban los ánimos que precedían el concurso de talento y poco a poco iban arribando los artistas y sus respectivos séquitos de fans a la esquina del árbol con las raíces rebeldes, Óscar comenzó a llorar sin decir agua va, sin entender él mismo por qué le había venido ese torrente de lágrimas. Lo cierto es que no pudo parar y su llanto se intensificó cuando María intentó abrazarlo y Román, contagiado en dos segundos, se puso a llorar también sin poder decir por qué lloraba. María apretaba muy fuerte los ojos para que no se le pegaran las lágrimas de sus amigos, pero no pudo evitarlo.

Las lágrimas se propagaron como una feroz epidemia, Ángeles lloró porque María lloraba y Xavi lloró porque Ángeles lo hacía… pronto había cientos de niños llorando. Cientos.

Los prefectos, los maestros, las cocineras, los policías y el propio Alfredo salieron de sus puestos sin poder hacer otra cosa que contemplar la extraña escena. Como bebés en el cunero o como cachorros aullando en la noche, aquello era imparable. Una epidemia en pleno.

Una que otra prefecta iba y venía intentando abrazar a los niños, pero el contacto sólo empeoraba las cosas porque entonces del llanto pasaban a los gritos y el concierto se volvía un ensamble coral en el que, apenas un niño o una niña comenzaba a gritar, el resto le hacían segunda llorando tan fuerte que lo mejor era no hacer nada.

Conmovidos y pasmados ante el acceso colectivo, los adultos se mantuvieron inmóviles, mirando el cuadro con la boca abierta e incluso algunos —jamás lo admitirían— temiendo que el llanto se apoderara de ellos.

Y es que todos lloraban. Todos. Niños y niñas. Grandes y pequeños. Ninguno quería abrazar ni ser abrazado: simplemente estaban ahí, con los brazos colgando y la cabeza gacha, atraída al suelo por una fuerza gravitacional imposible de resistir; luego se cansaron de estar de pie y empezaron a sentarse en el piso con las piernas cruzadas en flor de loto, sin dejar de llorar.

Entonces Mónica tuvo una idea.

Corrió a la oficina de administración, encendió los altavoces y puso una canción de cuna de un disco de Rita del Prado que recién había comprado para tener música para los festivales, talleres y campamentos.

Un artista de pinturas
era de poca estatura;
menor que un diente de ajo,
no encontraba un buen trabajo,

La voz era tan limpia que invitaba a guardar silencio y algunos niños empezaron a tranquilizarse para escuchar bien la canción.

pues no había un caballete
que sirviera a su tamaño.
Como pasaban los años
decidió pintar cachetes.

Como si se hubieran puesto de acuerdo, comenzaron a limpiarse los mocos con las mangas de los suéteres; los adultos sabían que aquello era el preámbulo para dar por terminado el ataque de llanto.

Si un niño se dormía
se sentaba en su barbilla
y a la luz de los cocuyos
coloreaba sus mejillas.

Mónica se quedó quieta, no subió ni bajó el volumen, agradeció en silencio que la canción surtiera el efecto que instintivamente había buscado.

El artista cuidadoso
en su profesión tan vieja
no paraba hasta quedarle
las mejillas bien parejas.
Y por eso en la mañana
al partir para la escuela
las caritas parecían
un dibujo de acuarelas.

Los suspiros y sorbos de mocos eran lo único que se oía.

Pero qué mala suerte
en una noche de trabajo,

un cocuyo conversaba
y el artista se distrajo,
sacudió el pincel mojado
de color brillante rosa
en la cara de una niña
y se despertó pecosa.

La canción siguió hasta que los últimos sollozos desaparecieron y regresó la calma. Sin importar qué hora fuera —y ese sería el único día que podían recordar que los horarios se habían alterado—, la chicharra timbró llamando a la cena.

Dóciles, los niños se levantaron y fueron a formarse en la fila para entrar al comedor. Cenaron en silencio, los rostros agotados e impresos con surcos de lágrimas, secreciones nasales y sudores. Ningún adulto quiso arriesgarse a dar una orden, ninguno quiso decir "venga, todos a lavarse la cara" o pedir una explicación de lo que había pasado. Era como tener un gato callejero perseguido durante horas que por fin se había acercado a beber agua y sabían que tratar de atraparlo para ponerle el collar de rescate sería volver al caos.

No hubo cuentos ni dulces ni escapadas a la biblioteca, el cansancio los puso a dormir hasta el día siguiente que se levantaron como si no hubiera pasado nada distinto la noche anterior.

En la fila para entrar al baño el barullo era el de siempre. Los juegos y jaloneos camino al comedor y el ruido en el desayuno fue el de todas las mañanas. Los semblantes agradecidos de las cocineras y prefectos daban cuenta de que ese era el modo en que todos preferían que las cosas funcionaran y de que, en realidad y sin ser conscientes de ello, los niños tenían el control de lo que ahí dentro ocurriera. Mejor que no lo supieran.

María había decidido no firmar el divorcio y darle una segunda oportunidad a Paolo.

Román colgó el teléfono tras escuchar a su amiga y se sintió contento; no estaba nada mal ser quien era, ahorrarse todos esos líos, heridas, batallas y estocadas a traición del matrimonio heterosexual. Pobres bugas.

Le quedaba claro que la vida de pareja, la procreación de la familia y ese aburrido etcétera no eran para él. Qué bien se vivía siendo el rey de su pequeño reino sin tener que aguantar a una pareja ni a una mujer conflictiva y con aires de institutriz, como todas, ni a un marido tragón como todos los hombres, cagón como todos los hombres, exigente como casi todos y con aires de conquistador trasatlántico como el tal Paolo.

Qué privilegio ahorrarse esos roles infames.

De mejor talante gracias a una píldora de Prexaton y una copita de brandy que le había dado un levantón muy apropiado, encendió la televisión y se puso a hacer zapping tratando de cachar alguno de los promocionales que su agencia había producido para la campaña de la temporada otoño-invierno. No estaba convencido de que semejante gasto fuera necesario para un medio en franca decadencia.

La tele es el dinosaurio de la publicidad, pensaba, y casi como una invocación o sincronía de conceptos, una aparición inundó la pantalla: el grosero rostro de Salvador Villegas, el político priista, brillaba ante las cámaras. Ahí estaba el hijo de puta, con la misma cara de padrote y mandamás, con la misma voz de perdonavidas y gestor del poder tras bambalinas. Lo presentaban nada menos que como colaborador directo del secretario de Gobernación; al parecer iba a figurar como asesor de campaña para la candidatura presidencial del secretario.

Ese cabrón, pederasta de cepa.

La misma cara fea y torcida, la misma mirada de carroñero y ese mismo pelo lacio, hirsuto y todavía negro como su maldito historial, sin una sola cana.

A Román se le aceleró el pulso de pura rabia. Resopló.

Se fijó en las mancuernillas que asomaban bajo las mangas del saco cada vez que Salvador levantaba la mano para aplacarse los pelos de indio de los que tanto renegaba. Lo hacía con el mismo gesto de los años en que Román lo conoció.

La marca de las mancuernillas era Salvatore Ferragamo, de oro blanco. ¿Serían diamantes las diminutas piedras que alcanzaban a brillar cuando giraba la muñeca?

Ahí estaba la señal de debilidad que Román quería ver: Salvador seguía sintiéndose inferior si necesitaba usar unas mancuernillas de cien mil pesos; por más inteligencia que presumiera, seguía siendo un pobre resentido venido a más, un trepador dispuesto a hacer cualquier cosa para saciar sus carencias interiores, su infinita necesidad de reconocimiento. Seguía con su ridículo vicio de usar ropa, calzado y accesorios del diseñador porque era su "tocayo".

Qué placer, dioses, qué intenso placer de sibarita empezaba a experimentar Román ante la idea de cobrarle a ese miserable al menos una pequeña factura por todo lo que había pasado.

Se veía poca gente en el Sanborns de Reforma y Lafragua para ser un viernes por la tarde. Óscar había quedado de reunirse ahí con Sara, un encuentro no podía ser tan malo. La gente hacía este tipo de cosas todo el tiempo y tampoco se iba a mantener eternamente estoico y ejemplar, como si alguien esperara algo bueno de él.

¿A la altura de las expectativas de quién se estaba comportando con sus aires del profesor ético y bien portado que controla sus instintos?

Además, Sara era adulta. Tener veinte años es ser adulto, al menos oficialmente, y la chica no actuaba como frágil pajarito caído del nido sino todo lo contrario: bien plantada y provocadora, había sido ella quien empezara el coqueteo y quien incontables veces le había pedido invíteme un café, profe.

Fingía que leía la novela de Houellebecq que tenía en las manos esperando que la chica llegara, ojalá apareciera antes de que las dudas lo atacaran de nuevo. Eran casi las siete, a lo lejos resonaba el piano y la voz de alguien que cantaba en el bar. ¿Qué decisiones habría que tomar en la vida para terminar cantando en el decadente bar de un Sanborns? Los escenarios le resultaban patéticos porque a veces tenía miedo de terminar así sus días, siendo un solitario lastimoso que nunca pudo entablar un vínculo con alguien. Movió la mano como para ahuyentar el pensamiento.

La taza permanecía intocada en la mesa, no quería tener ese aliento agrio a café quemado cuando ella saludara; suficiente desventaja llevaba con ser el chavorruco delante de una mujer quince años más joven que lo encontraría mortalmente aburrido y que pronto descubriría, por más que él se esforzara en parecer vital e interesado en los mismos temas, que se lo pasaría mejor con cualquier chico de su edad que con este adulto contemporáneo de tendencias depresivas.

Siempre pensando mal de mí mismo. Sonrió con un gesto amargo.

Qué ganas de fumar un cigarro, qué cansancio de ser él y de sus lloriqueos de niño huérfano. Tal vez estaría mejor en el despacho, diseñando o supervisando el avance de algún proyecto, pero eran sus vacaciones obligadas: sus socios y él habían acordado que rotarían la dirección del despacho para no saturar a nadie de responsabilidades, y este era su período de receso. La actividad le venía bien, tener mucho trabajo, montañas de copias para licitar proyectos de construcción o montañas de exámenes por calificar, salir a correr hasta derrumbarse de agotamiento en la cama… eso era lo que necesitaba, y no andar flirteando con alumnas de la universidad.

Cuánta sed. Levantó la mano para pedir una botella de agua cuando apareció Sara en el umbral de la entrada del restaurante. Deslumbraba. Llevaba el pelo a lo Farrah Fawcett y eso le daba a su rostro una sensualidad y una dulzura apabullantes.

Falda corta y botas, parecía que los años setenta estaban de regreso. Agitó la mano y dijo "hola" como si cantara.

Él estaba muy nervioso. Ella no.

La incómoda escena vivida como un *loop* una y otra vez en todas sus primeras citas lo irritaba, se decía que no podía seguir siendo un niño cagón que no se reponía de la muerte de su madre, aún a esta edad. Porque eso era lo que sentía, exactamente eso. Que lo iban a descubrir: niño pobre, niño inseguro, niño huérfano.

Ya estaba bueno de tanta lamentación.

Los hombres inseguros no llegan a ningún lado, le había dicho alguna vez su madre. Y las mujeres, lo admitan o no, siempre están esperando un gesto que, a manera de homenaje, les haga saber que son deseadas, agregó por su cuenta a la sentencia de roles. Pensando en esto se levantó para plantarle un beso en la mejilla a Sara, agregando un "estás guapísima" que le sonó tan extraño como si hablara otro idioma. No era extrovertido ni un gran conquistador, estaba consciente de eso, pero aquí la mesa estaba puesta para facilitarle las cosas.

—Y tú eres uno de esos guapos que no sabe que es guapo, ¿por qué hay hombres así? —dejó caer Sara.

Ella sugirió que fueran a casa de Óscar sin el esperado preámbulo de un café o una limonada en el restaurante.

Él se dejó arrastrar convenientemente, agradecido por poder zafarse de la presión de tomar decisiones. Caminó con su alumna hacia el coche y condujo hasta llegar a su departamento.

La chica movía su copa de vino y entrecerraba los ojos mientras Óscar conectaba las bocinas para poner música.

—¿Qué te gusta escuchar?

—¿Y si mejor pongo la música yo? —sugirió Sara.

—Adelante.

Estaba claro que las cosas iban a suceder al ritmo que ella dictara. Para él, mejor; así no tenía que angustiarse por estar al mando.

Sara se levantó y conectó su teléfono al cable; la voz de Ed Sheeran inundó el departamento, no estaba mal.

Bailando despacio se acercó hasta el sofá y se sentó junto a Óscar, dio un trago largo a su copa y le susurró, pegando los labios a su oído: llévame a tu cama.

La erección lo urgía, pensaba en entrar en ella y sacudirla brutalmente hasta dejarle la vagina inflamada, así que la puso de espaldas a él, y restregando el pene contra sus nalgas y clavando la nariz en su melena setentera la hizo avanzar hacia la recámara.

El deseo y la sensación de hacer algo indebido lo reconcentraban hasta un punto doloroso. Le arrancó la ropa y, todavía de pie, la penetró sin más preámbulo ni miramientos, sin ternuras ni falsas delicadezas, sin detenerse a pensar en el placer de ella ni en todas esas lecciones convenientemente aprendidas del hombre posmoderno y equitativo en la cama.

De un empujón la tiró en el colchón y frotó con desesperación su pubis contra el de ella, que respondía haciendo lo propio; de pronto Sara interrumpió con cara de traviesa, se zafó ágilmente y con un "no te vayas" salió corriendo para encontrar en su bolso un cigarro de mariguana.

Apenas tuvo tiempo de encenderlo cuando él apareció detrás de ella y la jaló de la melena Farrah Fawcett para arrastrarla de regreso a la cama, donde volvió a penetrarla como queriendo meterle todo su cuerpo. No se detuvo hasta eyacular en un bramido.

Se separó del cuerpo de su alumna y respiró un par de veces. Luego dijo:

—Sara, te voy a pedir que te vayas.

La chica le clavó los ojos con expresión de no poder creerlo. Óscar permaneció callado.

Con el aplomo de sus veinte años irremediablemente herido, Sara recogió el bolso y se puso un suéter que, más que abrigar, estaba diseñado para untarse al cuerpo y salió dando un portazo.

XI

Eran los últimos días de octubre y el pretexto del Día de Muertos fue ideal para la pandilla mosquetera; los tres niños compusieron sus calaveritas en torno a los personajes de la novela de Dumas y no veían la hora de aparecerse en la dirección para presumirle al maestro Alfredo lo que habían hecho.

Óscar se había animado con la tarea y porque su mamá mostraba cierta mejoría. Cada vez que la visitaba en el hospital le entregaba una amorosa carta escrita durante la semana con las aventuras en la escuela, la reseña del último libro leído y un dibujo que Román le regalaba para ilustrar el texto según convenía. Cuando había competencias deportivas, el paquete incluía una medalla.

Luego de recibir la carta de la semana, su madre lo llenaba de besos, mimos y suéteres de estambre de los colores más insospechados que tejía a destajo durante las infinitas horas de su convalecencia. De buen humor, le presumía sus avances con el tratamiento y le contaba cómo sería el vestido que estaba tejiendo para llevarlo puesto cuando la dieran de alta y matar de la envidia con su nuevo look a las vecinas. Le gustaba escuchar esos comentarios en boca de su madre porque eso quería decir que regresaría a la casa y que vivirían juntos como antes.

En la habitación del hospital, junto a la cabecera, ponían un radio pequeño para sintonizar *La hora de Juan Gabriel* y darle un toque de normalidad a ese cuarto deprimente que olía a formol, cuerpo en descomposición y lejía.

Los dos hacían el esfuerzo de ponerle buena cara al asunto. Aurora era dueña de una alegría sobrenatural que, a pesar de todo, se imponía a los trances más difíciles con alguna broma tonta, y cuando Óscar no podía contener las lágrimas, lo consolaba con tal amor y entereza que él lograba olvidar que su madre estaba enferma.

Evelia, la hermana de Aurora, era la única testigo de la relación que madre e hijo tenían.

Intentaba aleccionar al niño y le repetía que no podía tocar nada: el tubo de oxígeno debía quedarse así, la canalización en los brazos de su mamá no podía rozarla y estaba prohibido mover algo en la bolsita que tenía más de diez medicamentos cuyos nombres Óscar leía en voz alta: codeína, dolofina, hidromorfina, nalbufina…

—Esas drogas podrían matar a tu mamá, no toques nada.

Evelia quería hacerse la dura, pero al final no hacía más que sumarse a los arrumacos y meter de contrabando alguna delicia para que pudieran comer otra cosa que no fueran los alimentos de la charola con dieta que le daban a su hermana tres veces al día. El niño había dado su contundente veredicto la única vez que probó el pollo hervido con verduras: esto sabe horrible, hasta en el internado la comida es mejor.

Un fin de semana, además de la carta, la medalla y el dibujo, el pequeño llegó a la habitación del hospital con la novedad de que lo habían elegido para competir en el concurso nacional de declamación.

La cosa había resultado del performance literario que habían ejecutado para Alfredo, quien quedó impresionado con la buena memoria y el interés de Óscar por los libros.

—¿Así que tú eres el tercer mosquetero? —preguntó el director entusiasmado.

—Sí, señor; yo soy Athos. Y nuestro D'Artagnan es rotativo porque nadie quiere tener el papel para siempre, por eso a veces es Ángeles y a veces Xavi.

—Muy bien, ¿dónde aprendiste la palabra rotativo? —quiso saber Alfredo

—Pues en el hospital, así son los turnos de las enfermeras que cuidan a mi mamá —el director sonrió, hubiera esperado una respuesta relacionada con los libros pero no fue así; le conmovió ese alumno avispado.

—Y cuéntame, ¿qué libros has leído?

—Pues... *El llamado de la selva*, *Colmillo blanco*, *El barón rampante*, *Las aventuras de Tom Sawyer*, *Veinte mil leguas de viaje submarino*, *La vuelta al mundo en ochenta días* —le faltaba el aire, pero no hacía pausas—, *El país de las sombras largas*, *Cuentos de la selva*, *Canción de Navidad*, *El Principito*... —Óscar casi se asfixiaba al enumerar los títulos, que iba contando con los dedos de las manos para no olvidar ninguno.

—¿Alguno de los maestros te sugirió que los leyeras?

—No, yo los tomo de la biblioteca y los leo ahí o los pido prestados —dudó si su respuesta había sido buena, tal vez debió decir que los libros se los daba algún maestro, empezó a ponerse nervioso.

—Pues muy bien, Óscar, qué alegría tener un auténtico lector en esta escuela —dijo Alfredo, orgulloso.

Óscar guardó silencio, no sabía qué responder a eso. ¿Habría lectores falsos?, ¿él era un lector? No le gustaba mucho la palabra, sonaba a persona aburrida, como director o inspector.

Sus amigos movían las cabezas siguiendo la conversación en silencio y mostrándose orgullosos, como si las felicitaciones del director para su amigo les tocaran a ellos por pura cercanía.

—María y Román cumplieron con la tarea. Estamos a mano, pero no vuelvan a armar líos. Ya pueden irse, tú no, Óscar, ¿te quedas un momento?

El par se levantó con actitud solemne y abandonó la oficina. Alfredo pidió un minuto para salir por un documento.

Óscar se quedó a solas en la oficina, sintiendo que el corazón se le aceleraba. Los adultos con una posición poderosa no eran conscientes del pánico que desataban en un niño simplemente por decirle que querían hablar con él. Cada vez que su mamá, un maestro o el director, ¡el director!, decían "quiero hablar contigo", era como si esas palabras tuvieran la capacidad de asfixiarlo.

Le dolía el pecho, pero su expresión permanecía seria y adusta. ¿Y ahora qué?, ¿habrían descubierto que visitaba la biblioteca en las madrugadas?, ¿la burra de María habría dicho algo?, ¿lo regañarían porque sus calificaciones habían bajado el mes anterior?

Se limpiaba el sudor de las manos en el pantalón y trataba de distraerse mirando los diplomas que el director tenía colgados en la pared. Títulos y más títulos académicos de los que no entendía mucho, pero que un día le presumiría orgulloso a su madre cuando él tuviera los suyos.

Alfredo regresó con un montón de folletos y el expediente de Óscar en la mano.

—Me gustaría proponerte algo, ¿quieres un chocolate? —preguntó el director, paternal y amigable.

Sacó del cajón un Snickers y se lo dio al niño, que no lograba entender muy bien qué estaba pasando y qué significaba proponerle algo a alguien.

—Hay un concurso de declamación —siguió Alfredo—. Empezamos por competir en nuestra zona escolar, luego en el Distrito Federal y al final contra las escuelas de otros estados del país, pero todo se hace aquí, en la ciudad. Creo que este concurso es para ti —concluyó animado.

—Pero si a mí me gusta leer, no escribir, yo sólo le escribo cartas a mi mamá —se preocupó Óscar de inmediato.

—O sea que además eres prosista, no un poeta.

—Mmmmh, no sé, ¿tengo que ser lector o prosista? —preguntó el niño sin entender.

Alfredo sintió un arrebato de ternura.

—No, tranquilo, no tienes que ser nada —hizo una pausa para pensar una manera sencilla de comunicarse con el niño—. Mira, lo único que necesitas es memorizar tres poemas que ya están escritos, tú no tienes que escribir nada, ¿tienes buena memoria?

—Sí, ¡me aprendo todo! —dijo Óscar, ansioso por demostrarlo.

—Pues ya está, te aprendes los poemas, trabajamos con el maestro de Teatro para que los declames bien y listo.

A Óscar le cosquillearon las manos. En sus escapadas a la biblioteca había dado con un par de libros de poemas. Los había leído completos porque tenía una especie de pacto de honor consigo mismo: una vez que escogía un libro, nunca lo dejaba a medias. El crujir del lomo cuando abría su nueva adquisición por primera vez era como quitar la piedra de una bóveda del tesoro. Uno no podía quedarse afuera una vez abierta, o meter sólo un pie, o husmear un poco y retirarse; uno hacía la exploración completa, aunque al final saliera con joyas o con sapos. Pero esos po-e-ma-rios, como pronunciaba en su mente esa palabra extraña, le habían costado más trabajo que cualquier otro libro. No eran historias ni había protagonistas valientes, pero dejaban una música tras de sí cuando terminaba cada línea, y eso no lo tenía ningún libro de aventuras. No sabía si le gustaban los poemas, sólo sabía que las palabras funcionaban de manera distinta en ellos y que su ritmo hacía que fuera fácil recordarlas. Como aquella madrugada donde, después de haberse escurrido a leer poemas, regresó sigilosamente a su cama y cuando ya estaba por quedarse dormido se descubrió murmurando unas palabras de Federico García Lorca que no había tratado de memorizar:

Esta luz, este fuego que devora.
Este paisaje gris que me rodea.
Este dolor por una sola idea.
Esta angustia de cielo, mundo y hora.

¿Por qué, si no comprendía qué querían decir, sentía como si describieran su dolor de niño con palabras que él no tenía aún?

Después vino la mejor parte. El director le explicó que quería postularlo para una beca si prometía mantener altas calificaciones y llevarle los documentos a su madre para que los firmara y autorizara.

Estrecharon las manos como Óscar sólo había visto que lo hacen dos señores de negocios en las películas y se despidieron hasta nuevo aviso.

Salió feliz por lo de la beca, sabía que su mamá se alegraría cuando se lo contara, pero también estaba contento porque podría compartir el Snickers con sus amigos, iban a dar saltos apenas verlo. Esos chocolates eran un lujo que poco se veía en México y ellos sólo los conocían por los anuncios de la tele.

Lo compartieron esa noche en la biblioteca mientras María les contaba sus planes de venganza contra Anita por haberlos acusado la tarde que inauguraron el show de talentos. Ahora que estaban en buenos términos con el director podían ocuparse de ese pendiente, y aunque Román y Óscar no entendían por qué su amiga necesitaba una venganza si ya se había arreglado todo, prometieron ayudarle.

El plan consistía en conseguir que Trapo hiciera una caca grande y apestosa, recogerla en una bolsita y luego ir a tirarla en la cama de la prefecta mientras estuviera en su ataque de narcolepsia nocturna del que no podía levantarla ni un poderoso rayo de Zeus.

Pusieron manos a la obra. Al día siguiente guardaron restos de los alimentos que pensaron podrían interesarle al perro para buscarlo durante la madrugada y ofrecerle el señuelo.

Con pedazos de tortilla en los bolsillos del suéter y una pierna de pollo dentro de medio bolillo, salieron del comedor hacia la sala de estudio. En cuanto sonó la chicharra y se pusieron camino a sus respectivos talleres vespertinos, vaciaron la comida en una bolsa que metieron por la ventana rota de la biblioteca —ya cerrada— y esperaron a que los llamaran a cenar y luego a dormir.

A la una de la mañana estaban entrando a su guarida secreta; ya eran expertos en pasar por el hueco del asbesto sin cortarse y sin hacer ruido.

La bolsa con los manjares para Trapo estaba intacta. Sin mediar palabra comenzaron a colocar los libros que usaban de escalera para alcanzar la altura de la ventana; primero salió María, luego Román y al final Óscar, que no necesitaba ayuda de nadie para trepar y dar el salto hacia afuera.

Caminaron rumbo a la esquina donde solía aparecer el perro con la esperanza de encontrarlo, pero nada; luego giraron hacia el otro sentido y fue ahí donde se dieron cuenta de que realmente estaban en la calle, de que podían caminar hasta donde quisieran, echar a correr, tomar un taxi, pasarse las horas sentados en la banqueta, en un parque o tomar un avión a China si les daba la gana. No podían creerlo.

Estaban fuera sin necesidad de que alguien les diera permiso de salir o les abriera la puerta. Y aunque el internado no era una cárcel y de cualquier manera cada viernes Óscar y María se iban a visitar a sus madres sin necesidad de darse a la fuga, no podían negar que algo los hacía sentir especiales sólo por haber encontrado la posibilidad de largarse cuando quisieran.

Tal vez sería precisamente eso lo que definiría el temperamento de los tres el resto de sus vidas: pertenecían al grupo de personas que necesitaba el poder de irse.

Rodeaban el perímetro de la escuela por la calle de San Borja cuando Trapo, más sucio que la última vez, apareció alegre, moviendo la cola. Se sentaron en la banqueta para acariciarle la panza y las orejas.

María abrió y dobló la bolsa de comida, Trapo metió el hocico y se tragó el contenido en tres segundos.

Estaban impresionados y felices. Óscar se solazaba con la voracidad del perrito. Había que esperar a que hiciera la digestión, así que se pusieron a caminar con el animal, siguiéndolos por todo el perímetro de la imponente construcción del internado. Pasaban los minutos y Trapo no daba ninguna señal de actividad intestinal. Dieron varias vueltas con las manos metidas en los bolsillos del suéter para que el frío no los entumiera y un extraño silencio se apoderó de ellos. Ni siquiera María tenía ganas de hablar.

Su silente recorrido parecía el preludio de una batalla épica. La seguridad de sus rostros contrastaba con sus ropas descuidadas y baratas.

Habían pasado veinte largos minutos cuando, por fin, el perro comenzó a olisquear insistentemente el piso y a encorvarse con la característica posición antes de vaciar su cargamento orgánico.

—¡Por fin! Me estoy muriendo de frío —dijo Román.

María se apresuró a levantar la caca en una bolsa de plástico.

Trapo los miraba impávido. Si hubiera podido hablar les habría enseñado una lección de libertad fundamental: a los perros de la calle nadie nos dice cuándo ni dónde cagar, amigos míos.

Se apresuraron a regresar y entraron por la ventana de la biblioteca, cuidando la bolsa con mierda como si fuera un tesoro.

El can se quedó fuera, sentado en la banqueta, erguido y en posición de guardia durante un rato. Después se levantó, sacudió la cabeza haciendo resonar las orejas como las páginas de un libro que se agita al aire para sacar un papel escondido entre las hojas, y se fue caminando tranquilamente.

Román no dudó en comunicarse con Alessandra, directora de la estrategia de marca para Ferragamo en Latinoamérica y con la que había coincidido trabajando en Prada unos años atrás; ella era la única amiga verdadera que había cosechado de toda su experiencia como diseñador profesional. Constantemente se encontraban en las semanas de la moda y los Fashion Fest alrededor del mundo. Se sentaban a tomar una copa para hablar de cualquier cosa que no fuera el universo de la moda; repasaban sus respectivas relaciones, se contaban sus historias personales sin maquillarlas con mentiras diplomáticas y se recomendaban al nuevo dermatólogo o se reían hasta las lágrimas con alguna anécdota tonta. Le gustaba Alessandra porque tenía profundidad a pesar de estar sumergida hasta el cuello en uno de los entornos más superficiales de cuantos existen. Y porque nunca lo juzgaba por su apariencia andrógina y extravagante.

Los dos trabajaban obsesivamente y sabían que podían confiar uno en el otro; más de una vez se habían rescatado de alguna crisis de trabajo y no dejaban pasar la oportunidad de recomendarse colaboradores nuevos e intercambiar los currículos de gente que consideraban valiosa como asistentes infalibles o joyitas recién egresadas de alguna casa de diseño.

—Ciao, bella, come vai? —saludó Román intentando un italiano que era más broma que otra cosa.

—¡Hola, guapo! ¿Qué mundo conquistas ahora?

—Apenas el mío, querida, y se me resiste. ¿Cómo estás?

—Con trabajo para tres vidas, ¿y tú?

Risa, suspiros, silencio.

—Igual, querida, pero quiero pedirte un favor enorme. ¿Nos tomamos un café? ¿Estás en México?

—Llegué anoche, sí. ¿Mañana en la tarde tienes tiempo?

—Cerrado, baby, te veo a las siete. Yo me acerco a tu oficina, ya quedamos.

Román guardó su celular en el bolso. Sudaba, tan entusiasmado como nervioso.

María confundía la palabra *desquite* con *esquite*. Óscar tuvo tal ataque de risa que casi se le descoyuntan las articulaciones cuando su amiga les dijo triunfante:

—El esquite por lo que nos hizo Ana salió perfecto.

Luego de explicarle que los granos de maíz del esquite no tenían nada que ver con desquitarse, se sentaron en la jardinera para que María les contara con detalle la reacción de la prefecta.

Le chispeaban los ojos como a una santa guerrera en elevación mística.

Apenas despertar, Anita metió descuidadamente los pies en las pantuflas y descubrió con horror que estaban llenas de mierda, se las sacó dando patadas y levantándose el camisón echó a correr por el pasillo hacia las regaderas, como si un enjambre de abejas la persiguiera; a su paso iba embarrando el piso con la caca todavía blanda, alternando fragmentos de La Magnífica con tremendas palabrotas que las niñas jamás habían escuchado:

Glorifica mi alma al señor, la mierda de madre que las parió con una chingada y mil demonios, ¡aaaaaaah!, santo es su nombre y su misericordia llega de generación en generación a los que le temen, qué asco, maldita sea su casta, dispersó a los de corazón altanero, mierdaaaaaa, acordándose de su misericordia, y su nombre es mierda, mierda, mierda…

Pronto la perorata de Anita se vio opacada por las risotadas de las niñas, que se tiraron en sus camas a reír sobándose las barrigas con encarnizado sadismo colectivo. Algunas aplaudían y algún par se abrazaba sin preocuparse por disimular su pletórica satisfacción.

María tuvo el temple artero para no contarle a nadie que la hazaña había sido suya. Jamás reveló, aunque se consumía de ganas, que había maquinado la venganza y que su retorcido deseo de ver sufriendo a la prefecta le había mostrado el camino del desagravio con una claridad providencial.

Óscar y Román quedaban fuera de toda sospecha porque no estaban bajo el cuidado de Anita y en el dormitorio de las niñas nadie sabía nada, así que cuando las convocaron a la encerrona para tratar de sacarles la verdad, transcurrieron pocas horas antes de que el director y los prefectos se dieran cuenta de que nunca iban a averiguarlo.

Las castigaron una semana sin concurso de talentos y sin postre después de la comida. Ninguna se mostró incómoda o irritada; si ese era el precio por haber gozado como lo habían hecho viendo sufrir a Anita, lo pagaban con gusto.

Óscar se levantó con una aguda erección y supo que sería un mal día.

La actividad sexual esporádica lo dejaba siempre con ganas de más.

Tal vez esa era la única ventaja del matrimonio en la que podía pensar cabalmente: tener un cuerpo a la mano para desahogar las ansias matutinas no estaría mal.

De mala gana abrió la regadera y se masturbó antes de meterse al agua, luego se apresuró a vestirse, molió el café y preparó una carga potente que vació en su termo y salió corriendo a la universidad. ¿Nunca iba a tener a nadie que le preparara el café y el desayuno?

Qué pesadez le provocaba volver al tema, qué fastidio no poder cambiar de carácter como de teléfono.

Pinche Aurora, a veces, en los peores días, cuando el ánimo agrio no le dejaba un milímetro del cuerpo ni del pensamiento libre, la odiaba por haber muerto. Sabía que ahí estaba la génesis de la tragedia, en esas burbujas de no resignación que todavía experimentaba de vez en cuando.

En días como hoy el saco le quedaba justo y las suelas de los zapatos eran demasiado rígidas, la tensión en el cuello era una incomodidad permanente. Ojalá pudiera buscarse una buena pelea, romperse los nudillos a golpes contra algún cuerpo caliente y pesado, ojalá pudiera coger durante cuatro días y no hacer otra cosa que reventar dentro de una vagina generosa.

Llegó a la universidad refugiado en el cinismo. Si Sara aparecía iba a ignorarla, o al menos eso se decía para mantener la entereza. Para fortuna de Óscar, Sara no apareció en todo el día y cuando él terminó con su último grupo salió pitando al auto, experimentando una calentura morbosa y casi enfermiza.

Durante el trayecto contactó a la escort con la que había estado un par de veces, un mensaje directo a su cuenta de Twitter y concretó la cita. La tarifa había subido a tres mil pesos por hora si el encuentro era en casa y no en un hotel. Incluía todo, eso sí.

Óscar no puso objeciones. Tenía ganas de que le succionaran el alma, la rabia, la angustia incesante, y de que le sorbieran del seso esa imagen que no lo dejaba vivir en paz.

Quería confesarse con alguien, quería que le sacaran todo del cuerpo y de la cabeza, que lo hicieran aventar tanto semen como fuera posible. Tenía ganas de arrancarse de sí mismo para dejar de sentir ese remordimiento absurdo.

Cuando Helena llegó —así se hacía llamar: *Helena Braga, mujer que incendia*, se leía en su perfil de Twitter—, dejó su bolso en la mesita junto a la puerta y presionó suavemente el bulto que se dibujaba bajo el pantalón de Óscar.

Él ya conocía el juego, le entregó siete billetes de quinientos pesos y le aclaró que esa tarde iban a ser generosos.

La chica sonrió, guardó el dinero y le pidió a su anfitrión que le ofreciera una cerveza.

—¿Dónde está tu recámara? —quiso saber Helena.

—Al fondo, pero vamos a quedarnos aquí, si no te molesta.

—Como quieras, papi.

Ella dio un trago a la cerveza y luego se puso a chupar el pene de Óscar.

—Oye, guapo, esto va a explotar en un minuto, ¿por qué no vamos a tu cama? —dijo sacando un condón que guardaba en el brasier.

—De acuerdo.

Óscar temblaba de ganas, pero también de otra cosa.

Culpabilidad, no podía evitarlo.

La excitación se mezclaba con desasosiego; sentía llevar por dentro una caldera industrial que no encontraba la manera de conformarse con ese limitado cuerpo humano para darle salida a todo lo que llevaba en su interior.

Apenas Helena colocó el preservativo, Óscar la jaló para sentarla sobre él, empezó a gruñir como un jabalí atrapado y aferrándose a sus nalgas empujó con toda su ira y su tristeza.

Luego removió el pelo oscuro y pesado de la chica para recargar la cabeza en su hombro enrojecido por la fricción y lloró como aquella tarde en el internado, sin pudor, sin defensas, sin artificios. Pero esta vez, hipando y levantando con sus espasmos el ligero cuerpo de su acompañante.

Helena no se movió, no se sorprendió, no dijo nada; se quedó ahí, quieta.

Una profesional que ha solventado tantas faenas sexuales no se asusta ni ante el más extraño de los quiebres.

XII

Román se burlaba cada vez que escuchaba a alguien hablar de política y democracia con aires de académico internacional sin tener la más peregrina idea de lo que implicaba hacer política a la mexicana.

Se distraía pensando en eso luego de darse un atracón de lectura de columnas de análisis político, pero el pensamiento que lo desilusionaba era otro: lo que planeaba hacer con Salvador Villegas iba a darle un susto, pero el cabrón estaba tan bien relacionado y con tanta gente poderosa, que su carrera política continuaría a pesar de todo.

Sus años como amante prematuro de Salvador le habían enseñado que el poder basado en favores y deudas mutuas era un virus expansivo y vitalicio.

Salvador se había hecho de un lugar en el partido ayudando a encubrir delitos a quien se lo pidiera, su rol era cabildear con los jueces para negociar el cierre de casos abiertos y asegurarse de la desaparición de expedientes y testigos incómodos. Siempre ganando una comisión importante que le permitió hacerse de una fortuna considerable y con una actitud servil que rayaba en la humillación, fue tornándose indispensable para una decena de funcionarios que, además, estaban determinados a no dejar sus posiciones y a escalar tan alto como pudieran en el organigrama federal.

Román calculó que ahora Salvador debía estar enterado de más secretos corrosivos de los funcionarios públicos de alto nivel que cualquier agencia de investigación internacional.

Sería difícil encontrarle el lado flaco, pero él lo conocía en la cama; su información también era privilegiada porque a Salvador le gustaban los jovencitos con apariencia de niños, en especial los rubios: alguna compensación racial sentiría que obtenía de sus intercambios con pieles tan blancas que contrastaban con la suya de un modo hiriente a sus propios ojos, pues sentía vergüenza de sus rasgos indígenas y de su piel morena.

También sabía que al político su padre le había roto el corazón: más de una vez lo vio regresar con el rostro desencajado por el rechazo cuando intentaba ganarse a su progenitor llevándole regalos o dinero y el otro simplemente no recibía los agasajos. Ese era el gesto de aceptación que Salvador había esperado toda su vida. El padre sabía de las preferencias sexuales de su hijo, lo que constituía una afrenta de dimensiones épicas, de pinche prieto y marica culo floreado no lo había bajado nunca, y eso no cambió con los años. No habría manera de que lo tratara amorosamente cuando lo único que sentía hacia su primogénito era asco y vergüenza. Salvador había intentado incluso presentarse con alguna novia que juró sería su esposa, pero era recibido con la misma frialdad. Hasta que se cansó y dejó de intentarlo y, diez años después, se enteró de que su padre había muerto de cáncer de próstata sin poder atenderse por falta de recursos. Era una historia que Salvador contaba cuando estaba borracho; luego de cuatro o cinco tequilas su lobo feroz se tornaba melancólico y aflojaba la lengua volviendo siempre al mismo tema: su padre que no lo quería, su padre que había muerto sin que él pudiera hacer nada.

Salvador era políticamente difícil de atacar, pero Román conocía sus puntos débiles y oscuros. Su revancha tenía que ser una estrategia de pinzas; reventarlo presionando por dos lados, hacerle pasar tan mal rato que no se le olvidara nunca. Al menos eso, hijo de puta.

Se sentía en deuda eterna con Alessandra, que había aceptado ayudarle sin cuestionar y que con tal inteligencia resolutiva había puesto a disposición todo lo que se necesitaba.

Cuando Salvador recibió la carta con el sello postal de la tienda en Presidente Masaryk, sintió un atisbo de desconfianza, pero se impuso la curiosidad y rasgó el papel amarillo. Un sobre atado con un listón de auténtica seda que desanudó en un segundo —nunca había acariciado esa seda tan fina que parece una serpiente viva y se desliza contra sí misma apenas tocarla— contenía el preciado mensaje.

Por ser uno de los exclusivos clientes con nivel Diamante, la marca Salvatore Ferragamo le extendía una invitación para vivir una experiencia única en su próxima visita a la boutique. Sólo tenía que confirmar su asistencia y un *personal shopper* lo acompañaría, le mostraría la nueva colección y tomaría sus medidas para confeccionar alguna pieza personalizada, si así lo pedía.

Se despedían dejando los datos de contacto tanto de las oficinas en México como en Florencia y poniéndose a sus apreciables órdenes, suplicando también que en caso de declinar la invitación, tuviera la gentileza de notificarles.

Firmaba el equipo de *Salvatore Ferragamo, Clientes Diamante, Customer Relationship Management*.

—Carolinita, hazme un favor: verifica que estos números de contacto sean correctos y confirma si es real la invitación —le dijo a su secretaria con el tono patronal que había aprendido a imitar luego de tantos años de recibir órdenes.

—Sí, señor

—Y, Carolina, ¿qué te he dicho de venir a la oficina sin maquillar? Damos mala imagen y a partir de ahora será muy importante que tengamos una imagen impecable —el tono de jefe supremo se acentuaba.

—Sí, perdón. Es que traigo una infección en los ojos, señor.

—Pues dile a tu oftalmólogo que te dé un maquillaje especial, tiene que haber uno, soy el coordinador de asesores de esta honorable secretaría y no puedo lograr que vengas bien maquillada, es el colmo, Carolina, el colmo.

—Sí, señor.

—¿Sí señor, qué? ¿Sí soy el coordinador o sí vendrás maquillada? Olvídalo, apúrale con eso para saber qué es —Salvador perdía constantemente el registro vocal de su personaje al mando y volvía a ser un chavo banda, un adolescente marginal.

—Sí, señor.

—No te quedes ahí parada, puedes retirarte.

Salvador se preguntaba cuántos de los lameculos con los que compartiría gabinete llevarían trajes de diseño personalizado; tal vez más de uno, con dinero se puede todo; si lo de la invitación era real, habría que tomarlo, no podía estar en desventaja frente a esos cuervitos hijos de la chingada, menos ahora que se había puesto de moda contratar nenes pijos egresados de universidades europeas, con apellidos mitad mexicanos y mitad extranjeros, que habían nacido en cuna de oro y sabían de economía internacional y se referían a los indicadores de la pobreza en inglés, pero eran blancos y blanditos como tortillas de harina y que se culeaban a la hora de hacerse cargo del trabajo sucio que sólo él —su papá, pendejos— ejecutaba como nadie.

No hablaba inglés ni había estado en Harvard o Yale, pero se los chingaba a todos en capacidad de ejecución; por eso llevaba treinta y cinco años al servicio del PRI haciendo que las cosas funcionaran y sin llevarse el crédito; así que ya era justo, por fin venía la suya.

Su meta era muy clara: conseguir que el candidato del PRI llegara a la presidencia para que lo nombrara secretario de Gobernación: se lo había prometido, llevaban muchos años de amistad y complicidad de vida, como al propio candidato le gustaba decir.

Salvador sabía que era el único puesto que valía la pena y el único en el que se tenía poder real para castigar y ejecutar represalias justas en lo que él consideraba un país de desmadres adolescentes y quejumbrosos resentidos que ningún huevos tibios

167

había puesto en orden. Sobre todo en los últimos años. Como Salvador lo veía, todo se reducía a buscar un papá nacional, pero uno de a de veras, con tamaños huevotes; le gustaba la metáfora de que México era un país huérfano de padre, por eso todo el pinche mundo hacía lo que se le daba la gana y después, en lugar de asumir las consecuencias, se ponían a lloriquear para que su mami la sociedad civil los ayudara. Hijitos de mami, los mexicanos.

Qué vergüenza, con razón nunca seremos una potencia mundial como los alemanes —había explicado en más de una reunión—; ellos sí que saben de orden y disciplina y las cosas no se arreglan con movimientos de plañideras ni pactos sociales o enmiendas sutiles que no sirven para una chingada.

Qué diferencia cuando Salinas de Gortari, que además de inteligente tenía los tanates bien puestos, era presidente. Entonces todo el gabinete era de huevudos sin miedo a tomar decisiones y asumir las consecuencias, entonces los políticos no perdían el tiempo haciéndose pasar por buenos y se ocupaban de resolver problemas. Punto. Sin jaleos de tolerancia, inclusión y derechos humanos. Pura pendejada.

Él había sido testigo de aquellos años con su insignificante puesto de nivel jefatura y ahora lo agradecía, no veía a nadie a su alrededor con tal experiencia ni que hubiera escalado tanto para llegar a donde estaba. Se lo había ganado, chingada madre.

Este puto mundo cruel y retorcido estaba listo para compensarlo por todo lo que le debía, cómo carajos no.

Los piensos de Salvador fueron interrumpidos cuando Carolina abrió la puerta.

—¿Se puede?

—Pues ya estás adentro, ¿no? —respondió con sorna.

—Me confirmaron todo, señor, también me pidieron su correo electrónico para mandarle los detalles a su cuenta.

—¿Y se los diste? —Salvador levantó las cejas, achicando aún más su minúscula frente morena.

—Sí, supuse que le gustaría verificar usted mismo los horarios de la cita.

—Supusiste mal, Carolina, esas cosas las revisas tú, no yo. Debiste darles tu correo y no el mío. Ay, Carolina, Carolinitaaa.

—Lo siento, señor.

—No lo sientas, ya hiciste un cagadero. Yo lo arreglo —sacudió la mano para indicarle que lo dejara solo.

—¿Se le ofrece algo más? —preguntó ella, deseando salir de ahí pero segura de que si no hacía esta última cortesía su jefe iba a regañarla.

—Que confirmes la reservación para la comida de hoy en el Dulce Patria. Y que te arregles esa cara, Carolina, en la tarde tenemos visitas y no quiero que te asomes por la sala de juntas con esa imagen de parturienta, ¿entendido? —ya no había tonos impostados de ironía ni de gran jefe sino una auténtica agresión, una verdadera pasión autoritaria.

—Sí, señor.

Cuando entró a la boutique se puso de buen humor, de inmediato lo recibió la gerente de la sucursal y le ofreció un menú de bebidas. Para eso he gastado tanto dinero en tus trajes caros, tocayo, me lo merezco, dijo en voz alta, como si conversara con Salvatore Ferragamo.

Con creciente entusiasmo contempló en el rack la frugal colección de la nueva temporada, pero cuando el corazón le dio un vuelco fue cuando la gerente le presentó a un tal Stephano Abruzzo, el *personal shopper* asignado que le ayudaría a probarse los modelos y solicitaría directamente a Italia las piezas confeccionadas a la medida que Salvador encargara.

Stephano tenía los ojos azules y el pelo castaño oscuro, ese contraste latino de ciertos rostros mediterráneos. En conjunto su cara daba una impresión infantil, la nariz era pequeña, la boca fina, los ojos coronados por unas pestañazas que lo hacían parecer permanentemente sorprendido; no era tan alto (a Salvador le incomodaba relacionarse con hombres muy altos). Y era gay, desde luego. Ese había sido el requerimiento principal de Román, y su amiga Alessandra lo había cumplido.

Salvador iba a volverse loco.

La mejoría de Aurora duró poco.

Una tarde de viernes, Óscar encontró en casa de su tía Evelia una carta en la que su madre la nombraba tutora del niño. Leyéndola supo que el nudo en el estómago no se iría nunca, que ese dolor sordo que se alojaba detrás de la garganta lo acompañaría toda su vida.

La familia es una membrana, un tejido frágil pero tan húmedo que se vuelve más poderoso que todas las alianzas que se construyan; él sentía que estaba unido a su madre por esa bella membrana, viscosa y mortal, capaz de asfixiarlo todo. Antes del cáncer solía pensar en su madre como una señora guapa y llamativa por esa melena fuera de serie. Le gustaba pensar que Aurora era su novia de mentiritas, ¿había una novia más hermosa en el mundo que su madre? Cuando fuera grande, se aseguraría de tener una esposa a la altura de esa mujer que encontraba irresistible.

Venía lo peor y él no estaba preparado; nadie está preparado para ver cómo el sufrimiento y la enfermedad transforman a la persona amada en un cuerpo masacrado, lleno de moretes, hinchazones, debilidades. La radiación interna es como meter dos países en guerra al cuerpo de una persona. El cáncer se había diseminado a la vejiga y amenazaba con invadir el recto.

Óscar recordaba a su madre entre pañales, olor a orina, al principio tocada por la vergüenza y el miedo; después sumergida enteramente en el dolor, un dolor que apenas daba tregua durante los lapsos de inconsciencia inducidos por un líquido transparente que goteaba de una bolsa conectada a la vena del brazo derecho de Aurora.

Ayuda, pedía su mamá con una voz que en esos momentos dejaba de ser la suya, que no era la voz cantarina que lo acompañaba cantando *Noa noa* o *En esta primavera* mientras cocinaban, era un sonido grave y seco y lleno de sed que le daba escalofríos a Óscar. Ayuda, volvía a rogar Aurora hasta que la enfermera terminaba por ceder. Giraba un poco más la llave de la bolsita y Óscar veía cómo se operaba el milagro: el gesto de su madre se relajaba, su cuello dejaba de ser un mapa de músculos tensos y la sombra de una sonrisa se le quedaba en los labios.

Aquellos días de agonía de Aurora eran el peor de sus recuerdos. Y el problema era que Óscar podía recordarlo todo: fechas, nombres, eventos, dolores y gozos. Así era, tenía la maldición de la buena memoria, para bien y para mal —como pudo probar en el concurso de declamación— era capaz de memorizar líneas y líneas de poemas aunque no los comprendiera del todo. Se impuso una disciplina que consistía en repasar, todas las tardes durante dos horas, la hoja con los poemas que debía grabarse para el concurso.

Cuando memorizó el poema *Suave Patria* de López Velarde, obligó a María a que siguiera la lectura para constatar que lo decía sin errores.

Yo que sólo canté de la exquisita (aquí María pensaba en una exquisita galleta)
partitura del íntimo decoro,
alzo hoy la voz a la mitad del foro
a la manera del tenor que imita (tenor era un tenedor pero incompleto)
la gutural modulación del bajo
para cortar a la epopeya un gajo (qué fea palabra, epopeya, parecía papaya pero mal dicha, juzgaba María).

Con este y otros dos poemas extensos se ufanaba recitando delante de su madre para que viera cómo trabajaba. Los pocos minutos que ella podía poner atención, lo felicitaba, le encargaba que ganara el primer lugar.

Y si su mamá le había pedido que ganara, así lo haría. Demostró una concentración fuera de serie y una disposición férrea para trabajar con el maestro de Teatro; más de una vez tuvieron que decirle que estaba bien equivocarse, descansar, reírse un poco en mitad de una línea.

Al concluir la primera etapa, quedó entre los finalistas, naturalmente. En la segunda y tercera fases del concurso, volvió a ganar hasta quedar en el reducido grupo de sólo tres contendientes que pelearían hasta llevarse el premio.

Pero Óscar no ganó el primer lugar ni el segundo, sino el tercero.

Aquello le produjo tremendo desencanto; estaba frustrado y enojado de no haber conseguido el primer lugar. Cuando le entregaron el diploma del tercero, lo recibió con desgano y lo arrugó para guardarlo en su mochila. Al llegar el fin de semana, había tomado una decisión: le mentiría a su madre sobre el resultado. No podía decepcionarla: si ella le había pedido que quedara el primero en la competencia, no podía. Cuando Aurora quiso saber cómo le había ido, él respondió que había ganado el primer lugar, claro que sí, pero el diploma se lo había quedado el director para guardarlo con otros reconocimientos de alumnos destacados.

Durante muchas noches, la conciencia de haber mentido a su madre le impidió dormir bien, y como no podía contarle a nadie en la escuela que había dicho una mentira de ese tamaño, decidió que escribiría un diario secreto, como alguna vez les había sugerido la maestra de Español. Así nació un hábito que duraría años: escribir, todos los días, dirigiéndose a su madre, para contarle lo que había hecho. Cuando algo quemaba en su conciencia, lo escribía.

Se volvió una de sus actividades favoritas y pronto descubrió que no tenía que contarle a nadie nada si podía escribirlo; siempre era mejor ahorrarse las preguntas de los demás que, por regla general, no le gustaban. Lo que disfrutaba cada vez más, aparte de escribir, eran los poemas.

Años después, memorizaría fragmentos de un poema de Eros Alesi que repetía cada noche. Luego de un par de versos, el sueño llegaba: era maldición y canción de cuna.

Querida, dulce, buena, humana mamá morfina. Que tú, solo tú, dulcísima mamá morfina, me has querido bien, como esperaba. Me has amado totalmente. Yo soy el fruto de tu sangre. Que sólo tú lograste que me sienta seguro. Que sólo tú lograste darme el cuantitativo de felicidad indispensable para sobrevivir. Que tú me has dado una casa, un hotel, un puente, un tren, un portón, yo los he aceptado; que tú me has dado todo el universo amigo. Que te has ofrecido a crearme otra vez. Que tú me enseñaste a dar mis primeros pasos. Que he aprendido a decir la primera palabra. Que he probado los primeros sufrimientos de la nueva vida.

Estoy listo para hablar, decía el mensaje de Óscar que recibió Román.

Vaya noticia, una secuencia de imágenes de su amigo le vino a la cabeza: en todas guardaba silencio.

174

Óscar no conversaba, no daba explicaciones, no pedía ayuda. No lo había hecho nunca, ni cuando eran niños, se mantenía con una entereza de asceta que a Román le resultaba irresistible. Albergaba una discreta felicidad sabiendo que lo había amado desde entonces y se sentía orgulloso de haber comprendido a tiempo que jamás podría sentir la cercanía afectiva de su amigo como el indicio de otra cosa, que no había la menor posibilidad de nada entre ellos.

Y ahora el Fortachón quería hablar. Supo exactamente lo que tenía que hacer, así que cuando llegó a casa de Óscar y lo encontró con ese aire enfurruñado que era la expresión que se le había sedimentado en el rostro con los años, le dio con el puño en el brazo a modo de saludo, fue directo a la barra de la cocina, colocó encima tres bolsas enormes y sacó dos cervezas frías.

—Empieza, cabrón, antes de que te vuelvas a convertir en el mudo —dijo disponiéndose a escuchar una larga confesión.

—Estoy cansado de no sentirme vivo, ¿sabes a lo que me refiero? —respondió Óscar, lacónico.

—Puf, babe, llevo veinte años aferrándome a mi comando de sobrevivencia para no entregarme al inquilino suicida que quiere chingarse mi energía. Claro que sé de lo que hablas —Román hacía gala de sus metáforas simpáticas, a él así le parecían, porque no podía evitar el deseo de que su amigo notara su inteligencia.

—¿Por qué queremos morirnos? Es eso, ¿es eso, verdad?, qué putada.

La respuesta de Óscar lo sorprendió. Lo había pensado sí, pero nunca con tal claridad.

—Puede ser, pero no es tan poderoso, babe; aquí estamos, ¿o no?

—Aquí estamos, sí. ¿Te dije que murió mi tía Evelia? Hace tres años.

—Lo siento.

Óscar no dijo mucho más. Lejos de ponerse a hablar, le pidió a Román que le contara más de los años en que María y él ya habían salido.

Encorvadas sobre sí mismas y en la penumbra que se fue apoderando de la estancia, sus figuras parecían tan masculinas como frágiles. Bebieron hasta que reptaron hacia los sillones y se quedaron dormidos como dos adolescentes al final de una fiesta preparatoriana.

El paisaje del cuerpo de Óscar tumbado en el sofá acompañó a Román durante muchos días, pensaba en los muslos explosivos, en la espalda ancha, pero, sobre todo en los pies desnudos que aparecían provocándolo.

Le volvían loco los pies de los hombres y en los de Óscar había algo tan voluptuoso que tuvo que apartar la mirada cuando se descubrió fantaseando con chuparle los dedos. Por fortuna sabía detenerse a tiempo, no necesitaba un melodrama amoroso en este momento de su vida y había dejado atrás la edad en la que todavía se aventuraba a tratar de convertir a bugas y machazos en complacidos amantes homosexuales o romances secretos. Ya no.

Además durante la noche Óscar había preguntado por María; con toda naturalidad la respuesta de Román fue "sigues enamorado de ella, cabrón". Y lo había dicho porque era cierto.

Claro que su amigo estaba enamorado, era más obvio cuanto más guardaba silencio, y sufría más cuanto más se empeñaba en negarlo. Pobre Óscar, pensaba Román, pobres de todos nosotros. ¿La adultez es una prueba interminable para ver si somos capaces de cumplir los pactos interiores que hicimos cuando éramos niños?

"Manténganse en el bando de los buenos" era la recomendación que el prefecto Saúl les había hecho.

Román pensaba en ello y se sentía avergonzado. A veces fantaseaba con encontrarse al prefecto o al director Alfredo o a cualquier maestro y se le congelaba el pulso. Ojalá que nunca ninguno de esos clientes casuales que levantaba en los monumentos de Reforma o afuera de las estaciones del metro resultara ser un conocido.

Sabía que era poco probable, pero no imposible; no le quedaba inocencia y tampoco fe en la humanidad como para pensar que cualquiera estuviera exento de encontrar placer en un muchachito, mayormente si se podía pagar para conseguirlo.

Sus clientes fijos eran Salvador y el sacristán, Antonio pero Román había ampliado su cartera considerablemente porque no pasaba un día sin que se le acercara un nuevo interesado en sus servicios.

Pagó su curva de aprendizaje con golpes, timos y abusos, pero con el tiempo se volvió experto y supo poner sus reglas para sacar el mayor beneficio. Ya nunca se arriesgaba más allá de la zona centro. Y sabía perfectamente en qué monumentos le permitirían levantar clientes sin molestarlo, el Caballito, por ejemplo, y en cuáles otros tendría que pagar con dinero o una mamada rápida al policía en turno, eso incluía Bellas Artes y sus inmediaciones, el metro Juárez y la Diana Cazadora. Ahí había que pagar impuestos, y aunque las guardias fueran relevadas por otras periódicamente, todos los polis de la zona estaban enterados de quién era Román y qué hacía para ganarse la vida.

Reconocía bien a los hombres que casi llevaban una insignia de heterosexual en el brazo pero aceptaban sin problema que les hiciera sexo oral para desahogar tensiones mientras miraban el horizonte con una distracción escalofriante. Así eran todos, o casi todos los policías con los que había tenido intercambios sexuales.

Aprendió que en la glorieta de Cuitláhuac no había vigilancia, pero en cambio era la zona más llena de chacales durante la noche y la madrugada. Por alguna razón, sólo gente borracha, trepada de cocaína y con muy malos modos circulaba por ahí; sardos en grupos de tres o cuatro con la cabeza rapada y apestosos a pulque salían de algún lugar cercano que Román nunca pudo descubrir y llegaban precisamente a ese punto. Era horrible trabajar para ellos, apenas se daban a entender en un precario español todavía marcado por un obvio acento de lengua indígena, muchos lloraban sosegadamente y otros saltaban del llanto a la agresión y le juraban que iban a volver armados para matarlo por puto, porque ellos eran soldados y él un pobre putito. Algunos le llevaban apenas tres o cuatro años y tenían tales caras de niños llevados al paredón que más de una vez estuvo a punto de decidir aliarse con ellos.

Pero al final los encontraba incluso más vulnerables que él y prefería volver a su camino conocido.

Cuando tuvo suficientes experiencias desagradables, abandonó esa zona y se concentró en el otro tramo de Reforma.

Durante el día vagaba mucho, andaba los recovecos de la zona centro y del zócalo. Román sabía hasta qué punto se podía caminar sobre Avenida Juárez antes de que se convirtiera en un pasillo intransitable, ya ni en su peor momento de distracción tomaba Madero porque a partir del Eje Central no había manera de caminar sin verse inmediatamente devorado por multitudes ruidosas que avanzaban a una lentitud exasperante, sobre todo los domingos. En cada esquina había un espectáculo, si no era un mimo o una pareja de payasos, era un cuarteto de entusiastas cantando pésimas versiones de los Beatles o un señor en silla de ruedas que conectaba su micrófono a un amplificador desvencijado e interpretaba —nada mal— los éxitos de Camilo Sesto y de José José. En ese punto Román se detenía un momento para dejar que el recuerdo del show de talentos en el internado lo lastimara un poco mientras escuchaba "el que ama no puede pensar, todo lo da, todo lo da". Hasta que la nostalgia le parecía insoportable y aceleraba el paso.

Le costó dinero aprender que las más de las veces el espectáculo era una táctica guerrillera para que algún hábil carterista pudiera sacar los billetes del bolsillo del pantalón o las chamarras a los espectadores. A partir de eso empezó a guardar los billetes en los calcetines o metidos en un ejemplar viejo de cuentos de Edgar Allan Poe, una edición tristísima de Porrúa que llevaba bajo el brazo y que estaba convencido de que nadie querría robarle.

Uno de esos domingos, Román tomó una ruta distinta con intención de evitar las masas y también porque estaba cansado de tragarse la misa de las siete de la noche, la había escuchado tantas veces que ya recitaba las parábolas bíblicas de memoria. La de las vírgenes y las lámparas de aceite, la del hijo pródigo que vuelve, la del buen samaritano que ayudó al desconocido en desgracia y la de la oveja descarriada a la que el pastor saldría a buscar sin importar que tuviera otras noventa y nueve abandonadas en el corral. Esas cuatro historias bíblicas constituían el *hit parade* de la iglesia: puros éxitos garantizados, le gustaba bromear. Al final de cada performance los feligreses lloraban o daban un generoso diezmo: misión cumplida. Por alguna razón las parábolas del grano de mostaza y del sembrador no pegaban entre el público, así que habían dejado de reproducirlas. Igual que una estación de radio.

Estaba aburrido del montaje que atestiguaba desde su particular butaca como espectador y odiaba el momento en que el padre Antonio aparecía con su expresión de bondad, dispuesto a darle cobijo y unas patéticas embestidas anales antes de la cena.

Con intención de librarse del mal rato, ese domingo Román caminó hacia el monumento a la Revolución en busca del vendedor de papas que se ponía en la explanada. Las pidió con limón y sal, con toda calma echó a andar mientras intentaba sacar de la back pack los audífonos nuevos que había comprado con las ganancias de su trabajo. Hurgando en la mochila para poner play al casete de The Cure, no notó que frente a él avanzaba un hombre de unos treinta años cargando un portafolio y mirando hacia un punto indefinido. Casi como en una rutina de mimos, uno empeñado en sacar los audífonos y otro en escudriñar el paisaje, se encontraron de frente y tropezaron. Rodaron en medio de papas, documentos, gafas, sonrisas y disculpas.

—¿Estás bien? —preguntó el hombre, todavía azorado por el desorden de objetos que intentaba volver a reunir.

—Sí, gracias —respondió Román.

Se levantó y le tendió la mano.

—Soy Manuel, mucho gusto. ¿Te compro otras papas? —dijo intentando reparar un poco el desastre.

—Así está bien, gracias. Mejor invítame un refresco.

Un calor que se extendía por todo su cuerpo y se concentraba entre las piernas invadió a Román dándole dos certezas: aquel era el hombre más hermoso que había visto en su vida y el rayo del enamoramiento acababa de herirlo.

Contemplando la barba crecida de Manuel y sus brazos fuertes pudo olfatear en su interior ese misterio que sólo había sentido junto a Óscar.

Sin decir mucho, los recién conocidos se pusieron a caminar.

Como empujados por un estremecimiento animal, dieron un paso tras otro hasta llegar a la casa de Manuel en Santa María La Ribera. El corazón de Román se aceleró al descubrir caballetes, lienzos y pinceles tirados en una esquina de la sala que desentonaba con el resto de la casa, minimalista, elegante y con un orden que hacía pensar que había sido decorada midiendo con escuadras cada centímetro. Aquello se parecía al paraíso.

Román anticipó las delicias que viviría junto a ese hombre apenas le miró los pies descalzos para andar por el piso sin manchar los lienzos y mostrarle algo de su obra. Manuel le contó, con prisa y como si tuviera vergüenza de ello, que su pasión era la pintura, pero que siempre había sido muy miedoso como para entregarse a ella y dejar todo lo demás. Le confesó que se sentía ridículo por eso, pues "todo lo demás" era un puesto de oficinista bien pagado en un banco de los grandes. Román se deshizo de ternura con esa primera confesión tan pronta y procedió a hacer algunas él mismo: le contó a Manuel de su afición al dibujo y cómo desde muy pequeño había disfrutado intentando replicar todo lo que se le pusiera delante; le habló del internado, de sus padres muertos, de su vida. Manuel escuchó atento, algo en su mirada amable hizo que Román sintiera que por fin había llegado a casa.

Durmieron juntos esa noche y muchas de las que siguieron. Fue con Manuel que Román descubrió su belleza física: su amante lo miraba y lo acariciaba de tal manera que terminó por apreciar su propio cuerpo y aprendió a sentirse cómodo en él como no había podido en toda su vida. Román no regresó a la catedral los siguientes tres días: el pacto amoroso se había instalado entre Manuel y él, y no hubo necesidad de palabras para empezar a compartir la vida.

Ahí empezaron sus problemas con el sacristán y con Salvador, que no toleraron sentirse desplazados. Ahí empezó también su verdadera vida de adulto: se disponía a descubrir quién era, el placer tenía forma y por primera vez podía nombrarlo suyo: era homosexual, estaba enamorado, podía decidir libremente con quién estar.

Las noches estaban hechas para ellos: se acariciaban con ansiedad, se lamían, se penetraban durante horas, se besaban entre carcajadas. Pero la llegada del sol traía consigo la transformación de Manuel. Se volvía frío y distante, le hablaba con monosílabos y escapaba tan rápido como podía bajo el pretexto de tener muchos pendientes en el trabajo. Sin embargo, nunca le pidió que se fuera y siempre que regresaba de trabajar colmaba a Román de mimos y besos, le decía cuánto lo había extrañado y lo mucho que había pensado en él. El primer día, Román pensó que era cosa de amantes primerizos, pudor romántico, pero la situación se repetía cada mañana.

Era una felicidad pesada. Román vivía con el pecho oprimido: por un lado, había descubierto el amor y sabía de cierto que Manuel sentía lo mismo por él. Por otro, le dolía que su amor estuviera condenado a la secrecía. Una noche, después de un par de meses de vivir juntos, se decidió a confrontarlo.

—¿Te doy pena? —preguntó en un tono más melodramático de lo que hubiera querido.

Manuel lo miró con sincera incredulidad.

—¿Por qué casi nunca salimos, por qué sólo me quieres cuando estamos aquí dentro, con las cortinas cerradas?

Después de unos segundos de silencio, el gesto de Manuel transitó de la sorpresa al enojo.

—¿Qué quieres? ¿Que nos exhibamos por ahí, que paseemos de la mano por la Alameda, como dos sirvientas? ¿Que te pinte un retrato y lo cuelgue en mi oficina? La felicidad es algo privado, ¿lo sabías? No, claro que no, sólo eres un niño que quiere presumir a gritos de quién sabe qué cosa que ni siquiera entiende.

Humillado, Román guardó silencio. Sentía terror de que Manuel pudiera dejarlo o pedirle que se fuera de su casa, así que se convenció de que tenía razón, de que el amor no necesita ser público para ser real. Manuel acarició sus mejillas mojadas por las lágrimas cuando Román fue a buscarlo al cuarto para pedirle perdón. Después de los besos, se quitaron la ropa. Aunque se había disculpado, esa noche Román penetró a Manuel con una furia que no sospechaba albergar.

Salvador podía convertirse en un lobo domesticado bajo dos circunstancias: cuando quería reconocimiento y estando enamorado.

No hizo falta más que un guiño de Ste —como ya le gustaba llamar a Stephano— para que el político cayera rendido. De inmediato le extendió su tarjeta y lo invitó a cenar a su casa esa misma noche.

Era la primera cita. Cuando el timbre sonó, Salvador mandó un mensaje a su chofer para que se tomara la noche libre. Se miró una última vez en el espejo del bar de su excedido departamento. Se pasó la mano por el pelo tieso sin remedio, se sentía incómodo dentro de su propia piel. El rostro brilloso que limpiaba incesantemente con un pañuelo y las venas saltonas en el cuello y junto a la sien le daban una apariencia de bomba de escape, como si faltaran minutos para que explotara. Resignado, se dirigió a la puerta.

—Buona sera, Ste —dijo en el tono más encantador que tenía.

—Buona notte, Salvatore —respondió el chico mirando a Salvador como si no hubiera cosa más hermosa en el paisaje.

—¿Qué quieres tomar?

—Martini, por favor. Un Martini sucio.

—Martini sucio para el caballero.

El agitador en sus manos cobraba vida, una festividad extraña se apoderaba de su cuerpo, de sus ganas, de su deseo. El empuje de un hombre enamorado empezaba a dibujarse en cada uno de sus movimientos y hacía que su feo rostro alcanzara cierta luminosidad. Preparando la bebida intentó formular algunas frases en mal italiano y se aseguró, no podía bajar por completo la guardia, de pedir que se mantuviera todo en secrecía.

—Oye, Ste, como te había comentado, debo tener cuidado con mi vida privada porque soy una persona pública —se le inflamaba el pecho al pronunciar esas palabras— y tengo que pedirte que mantengamos esto en secreto.

—Claro, yo entiendo.

Se iba poniendo cada vez más contento, hacía bromas, aflojaba la camisa y se pasaba los dedos abiertos por el pelo ya sin importarle demasiado cómo se iba deformando su mata indomable.

Le temblaban las manos cuando acercó la segunda copa a su invitado y hábilmente se acomodó junto a él para besarlo en el cuello.

Pero Stephano no quiso ir más allá del beso ni quiso más de dos martinis. Sabía bien el juego que tenía que jugar: había que ir despacio, despertar el deseo, alargar el momento. Y pretextando que al día siguiente trabajaba, se despidió y dejó al futuro secretario enloquecido.

Así ocurrieron tres encuentros más que obsesionaron a Salvador y no pensaba en otra cosa que darse un revolcón con Ste. Soñaba con besarlo, morderlo, con sujetarlo de la nuca y hundir su verga entre las nalgas del muchacho.

XIII

María llegó la primera. Era puntual, pero también tenía muchas ganas de salir de su casa y del ambiente en el que vivía con Paolo. Gradualmente fue colocando su cuerpo en la silla que el mesero movió para que pudiera sentarse.

Fraccionada —así se sentía—, flexionó primero las piernas, luego posó las nalgas y caderas, que se habían puesto anchas, luego dejó caer su contundente vientre, así siguió hasta estar bien sentada. Pidió un vaso de agua, sentía que el esfuerzo de trasladar ese peso ajeno la agotaba más allá de lo humano.

Algunas veces deseaba un parto prematuro, algo que la liberara de una vez de andar así, estorbándose a sí misma. Extrañaba su ligereza, su delgadez extrema, su tamaño diminuto.

El celular vibró dentro de su bolso, de mala gana lo sacó esperando encontrar un mensaje repetitivo de Paolo: "Yo te amo, voy a demostrarlo, quiero estar contigo…". La hastiaban esos intentos de reafirmación.

Pero no era un mensaje de Paolo, sino de Román: "Queridos, no podré llegar a la cena, este trabajo me está matando, salgo a León a ver unos proveedores para la fábrica, ¿me perdonan? Yo los amo."

No terminaba de configurar su reacción cuando apareció Óscar y se inclinó para darle un beso.

—Román no viene, ¿ya viste su mensaje? —preguntó María, un tanto incómoda ante la idea de estar a solas con él.

—No, ¿qué dice?

—Que se va de viaje, ¿qué hacemos?

—Yo muero de hambre, ¿tú no?

María asintió, señalándose la panza con ironía.

—Entonces cenamos —apuntó Óscar con una repentina seguridad que a María le gustó.

Ordenaron la cena y jalando retazos de aquí y allá fueron encontrando temas hasta que se sintieron no cómodos, pero sí con ganas de seguir juntos, explorándose.

El teléfono de ella anunció mensajes de Paolo cada quince minutos hasta que decidió apagarlo.

Entonces Óscar se atrevió a mirar con calma el rostro de María. Le gustaba todo en su cara, le gustaba incluso más ahora que antes, podía olerla desde su lugar frente a ella en la mesa, seguía oliendo a ámbar, le picaba el aroma en la punta de la nariz, ámbar y mantequilla, una mezcla láctea y aceitosa que encontraba irresistible. Tenía ganas de tocarla, de aspirar entre sus axilas, bajo la nuca, tenía ganas de hundir la nariz entre sus pechos, de adherirse a su vientre abultado abrazado a ella en una cama flotante, en una cama que se despegara de este mundo ordinario poblado de miserias.

El alcohol hacía su trabajo en él y el desencanto del matrimonio en María.

De algún modo terminaron hablando de recuerdos, porque qué más podían hacer, el presente no era tema gozoso para ninguno de los dos.

María rememoró aquel diciembre en el que Óscar la acompañó al baño de niñas y la esperó afuera para que pudieran regresar a la posada navideña que las damas de beneficencia habían organizado para los niños del internado.

Muy a su pesar había sido la propia María quien le pidió a Óscar que la acompañara al baño porque Maya, esa grandulona con cara rosa y mejillas abotagadas como las de un chancho, la había estado amenazando. Ella y sus hermanos, también grandotes y rosas como los cerdos de las ilustraciones en sus libros de texto, eran así, agresivos.

Nadie entendía muy bien por qué pero Maya —cuatro años mayor— la tenía tomada contra María.

Eran las seis de la tarde, la luz del día se iba difuminando, los edificios y contornos de la escuela parecían transparencias proyectadas por un reflector. La euforia colmaba la escuela. Había piñatas, ponche, mucha comida, aguinaldos repletos de dulces y regalos que las damas del voluntariado habían traído. ¡Un juguete nuevo para cada niño! Aquello era inaudito.

María le pidió a Óscar que esperara fuera y entró al baño, se sentó en el retrete para orinar y se llevó tremenda sorpresa cuando con una patada Maya abrió la puerta y la dejó expuesta en ese acto íntimo. Una como sequedad le atravesó la garganta al ver a la chica cerrar la entrada con seguro; llevaba en la mano un bate de béisbol.

Luego vino una demostración de crueldad que María no volvería a ver en su vida.

Maya comenzó por imitarla haciendo la misma flexión, como si fuera ella la que estuviera orinando: luego preguntó con sarcasmo:

—¿Terminaste, señorita simpatía?

María no dijo nada, movió la mano para sacar del bolsillo de su suéter un pedazo de papel higiénico, pero Maya la detuvo presionando con el bate la mano de María contra la pared.

—Quiero que saques un papel del bote y te limpies con él.

María no hizo nada, no entendía —aunque sí— la elaborada brutalidad de su compañera.

—¿Me oíste o qué?, ándale, pendeja, levanta un papel sucio y límpiate con ese o te rompo la madre.

—No.

—Que obedezcas o te reviento la cabeza —Maya amenazó con el palo.

María obedeció, no le quedó más remedio. Tomó un papel sucio del cubo de basura y lo pasó por sus genitales, a punto de desmayarse de la impresión, del miedo y del asco.

—Levántate y no te subas los calzones. Y no grites o se va a poner peor.

María se puso de pie, los calzones blancos de algodón se tensaban entre sus rodillas y sentía ganas de llorar, de desaparecer. Maya la arrastró hacia los lavabos. María intentó subirse la ropa interior, forcejear, patear, todo en su interior era un líquido hirviendo, gritó y gritó a pesar de la advertencia. No podía simplemente entregarse, no podía.

Entonces Maya, que la doblaba en peso y estatura, la tiró al suelo bocabajo y se sentó a horcajadas sobre ella. María gritó de nuevo. Óscar la escuchó, pero no pudo abrir la puerta por más que empujó con todas sus fuerzas.

Maya no hizo más prólogos y se puso a frotar con el bate la vagina de María. La pequeña lloraba sintiendo el palo de madera machacarle los genitales.

Cuando Maya estuvo satisfecha, se trepó a los lavabos y, con facilidad, saltó por una ventana para escapar.

María se acomodó la ropa, se acurrucó contra la pared y lloró hasta que Óscar volvió con Mónica, la trabajadora social, y abrieron la puerta.

Pasó la tarde pidiéndole a su amigo que no le contara a nadie que la había encontrado llorando.

Óscar no dijo nada por lealtad y porque tampoco le quedaba claro qué había ocurrido, pero Mónica debía comunicar lo que había pasado, así que para el siguiente lunes, la madre de María estaba en sesión con el director y la trabajadora social. Ella no había dicho nada para evitar la escena que hoy tenía frente a sus ojos: su madre estaba devastada, se sentía culpable, perdida.

También citaron al padre de Maya, que no podía creer lo que le contaban que su hija había hecho —era un viudo alcohólico, de formas violentas— y lo único que pedía era que no expulsaran a la chica ni a sus dos hermanos, no sabría qué hacer con ellos si los llevaba a casa, pues él tenía que salir a trabajar todos los días.

Al final resolvieron mandar a María a casa por una semana y enviar a Maya a sesiones de terapia con la psicóloga que recién se había incorporado al internado, además de mantenerla bajo vigilancia.

Miraba retadoramente a Óscar. Pensar en aquello que le había ocurrido cuando era niña le hacía sentir que la rabia contra Paolo y su situación actual se avivaba; quería volver a ser la María imprudente, la que desobedecía, la que hacía cosas distintas sólo por el placer de hacerlas. Se sintió una adulta tan domesticada que de pronto todo le pareció teñido por un pudor de sí misma que la sonrojaba.

Un impulso la hizo saltar a la silla contigua a la de Óscar y poner la mano en su pierna; sin embargo, un segundo después la sensación de ridículo la inundó, su vientre cargado era inocultable, no podía jugar a la mujer seductora en semejante estado. Él respondió a la caricia apretándole la mano tan fuerte como si con ese apretón quisiera transmitirle los veinte años de su vida que había pasado lejos de ella.

Se quedaron quietos un momento, perplejos y sudorosos; luego María dijo que tenía que ir al baño y él movió su silla para ponerse de pie, desde arriba se acercó al rostro de esa mujer que encarnaba todos los misterios y le dio un beso en la mejilla.

No hubo más, cuando María regresó, él ya había pedido la cuenta y de nuevo una prudente distancia se imponía entre ellos.

Cuando llegó el taxi que la llevaría a su casa, se despidieron con un abrazo gélido. Ambos estaban de regreso en la tierra de las precauciones.

Habían pasado ya tres semanas de las que Salvador contaba los días como quien atesora un proceso de gestación. Él y Ste por fin eran amantes; durante las jornadas en la oficina vibraba de placer recordando las gotas de semen en la cara de Stephano, las gotas de sudor en la espalda de Stephano, la mirada dulce de Stephano que Salvador interpretaba como una confirmación absoluta de que el enamoramiento era mutuo. Se sentía menos irascible, lleno de energía, con un buen humor que sus subordinados no le habían visto en años.

—Carolinita, hoy me voy temprano. Sólo si es urgente me mandas un WhatsApp, ¿de acuerdo?

—Sí, señor.

—¿Qué te hiciste Caro? Te veo más guapa, más animada.

—Tal vez sea el maquillaje…

—Pues te sienta bien, mi reina, te lo dije. Bueno, me buscas sólo si hay algo urgente, ¿entendido?

—Sí, señor.

—Ándele pues, nos vemos mañana.

Esa noche fue el propio Salvador quien puso el cebo en el anzuelo.

—¿Qué regalo te gustaría que te hiciera, Ste? Pídeme lo que quieras, me encantaría complacerte —después de eyacular le entraban unas ansias de derroche que no podía contener.

—No hace falta, me gusta estar contigo.

Se derritió: su Ste lo quería de verdad, carajo, lo quería a él. Qué más podía pedirle a la puta vida, cuando fuera secretario de Gobernación tendría a su disposición un imperio para compartirlo con su muchachito.

Sólo lamentaba no poder contarle a nadie lo que estaba viviendo, se sentía orgulloso, no podía evitarlo. Y es que alguien como Ste era un premio, un acto de reconocimiento, algo para presumir: un novio joven, guapo y europeo era una compensación que por fin la vida le daba.

—¿Por qué no te quedas a dormir hoy? —se aventuró a proponer Salvador, sintiendo cómo los colores le subían al rostro.

—¿De verdad quieres que me quede?

—Me encantaría.

—¿Y no estás muy ocupado mañana?

—No tanto como para no desayunar contigo luego de desayunarte —de inmediato se arrepentía de dejar salir esos chistes guarros, pero tampoco podía contenerse todo el tiempo.

—Está bien, pero ¿alguien puede llevarme a mi casa primero para que recoja el uniforme antes de ir a la tienda? No creo que sea tan grave que tu chofer me vea.

—Lo que quieras, mi rey.

La primera señal de que había empezado a bajar la guardia.

Es que no podía creerlo. Durmió poco. Abrazando y contemplando el cuerpo de Ste, se pasó la madrugada fantaseando con la nueva vida que le esperaba junto a ese compañero hermoso; se sintió renovado, más fuerte, más pleno, con ganas de hacer cosas que antes ni se había planteado. Y cuando apareció el fantasma de su padre, lo mandó a la mierda con una firmeza que le sorprendió.

Ste despertaba cada tanto y se pegaba a él, le hacía una caricia, lo besaba antes de volver a quedarse dormido. Salvador apretaba los muslos, tensaba el mentón, un movimiento telúrico sacudía su pecho ¿Cuánto tiempo hacía que no experimentaba un contacto de esa naturaleza? ¿Quién lo había acariciado con ternura la última vez?

A la mañana siguiente, mientras Salvador preparaba el café, Stephano tiró del carrete.

—¿Sabes? Hay algo que sí me gustaría hacer contigo...

—¿Y qué es?

—Que viajáramos juntos a mi país. Podría mostrarte el sur de Italia, que es precioso, y estaríamos más libres que aquí, sin escondernos tanto. Sería increíble. Y te confeccionamos los trajes directamente allá.

A Salvador se le dilataron las pupilas de felicidad.

Él mismo hizo la reservación de los vuelos. En Lufthansa confirmaron los itinerarios en business class, que no era primera clase pero no estaba mal y había que ser discretos mientras estuvieran en suelo mexicano.

Cuando entró al sitio web del monasterio que le sugirió Ste y vio la galería de fotos de la suite de lujo con vista al mar, experimentó tal euforia que casi sintió náuseas.

Se estremeció ante las imágenes de la costa amalfitana y deseó que llegara el día del vuelo. Por un segundo temió que Stephano se arrepintiera o que algún desacuerdo estúpido hiciera que se distanciaran antes del viaje, pero luego se dijo que no había razones para temer. Había llegado su momento de pasarlo bien, ahora la vida, que estaba en deuda con él desde hacía mucho pinche tiempo, se ponía a mano.

XIV

Manuel solía burlarse de Román llamándole mi sílfide, recorría su cuerpo desnudo y le decía obscenidades mientras lo llenaba de besos y de pintura; se revolcaban por el piso de la casa en el que se refugiaba Román sintiendo que se le iba la vida si se separaba de su amante. Aunque sabía que jugaba con fuego provocando a Salvador y a Antonio, permitiéndose la vulnerabilidad absoluta de amar a Manuel con toda su alma, no podía detenerse.

Estar ahí, desayunar o comer juntos, entregarse con una compulsión incontenible cada vez que sentían el deseo de entrar en el cuerpo del otro era la vida para Román.

Determinado a jugárselo todo, tomó la decisión de cambiar por completo su forma de vida.

Se las arregló para mentirle a Antonio y sonar convincente. Le dijo que había aparecido la tía Guillermina y que había pasado la semana con ella, sabía que decirle la verdad al sacristán complicaría las cosas de manera innecesaria.

—¿Entonces ya no vas a venir a visitarme? —preguntó el religioso en un tono regalón que Román encontró repugnante.

—Claro que sí, sólo que ya no voy a venir diario —se esforzó por contestar con naturalidad.

—Qué bueno, hijo, porque no es bueno ser malagradecido, aquí has tenido casa y sustento, Dios Nuestro Señor estaría muy decepcionado si te olvidas de él ahora que las cosas te irán mejor.

—No haría eso, claro que voy a volver.

—¿Te quedas esta noche a cenar y a dormir? —el sacristán arqueó las cejas.

—Sólo vine a recoger mi maleta, le prometí a mi tía que volvería hoy, y la familia es sagrada.

—Pues no se diga más, ¿te espero mañana?

—Mañana me doy una vuelta por aquí, lo prometo.

Román hizo ademán de retirarse cuando Antonio se levantó y le puso pesadamente la mano en el hombro.

—Hijo, lo que ha pasado entre nosotros no debe saberlo nadie, por misericordia de Dios encontraste cobijo en este lugar, quién sabe qué hubiera sido de ti sin su protección, tienes que guardar el secreto, ¿entiendes?

—Entiendo —respondió Román y echó el hombro hacia atrás para zafarse del contacto.

Cuando salió de la catedral, el adoquín de las calles del centro se incendiaba, le picaba en las plantas de los pies y un soplo de vigor le daba en el rostro. Ya no era Romancito el enclenque frente al desprecio de sus parientes, ya no aceptaba mansamente ser un huérfano a merced del destino.

Con cada paso la ciudad se le rendía, algún poder providencial le daba una segunda oportunidad en la vida: estaba enamorado. De pronto podía saltar del escalafón de bastardo al de semi dios, eso tenía que ser si era digno del amor de Manuel.

Nunca vio a Manuel sonreír tan de verdad como esa noche que le contó que había dejado para siempre al padre Antonio. Se dieron un abrazo silencioso que duró un par de minutos. ¿Y qué si no podía gritar su amor por Manuel al mundo? La felicidad que sentía era suficiente.

A Román le gustaba el orden y la armonía, lo había aprendido en la disciplina horaria del internado. Así que se ocupaba de organizar la vida de pareja en casa, intentaba despejar el estudio, compraba flores, mantenía la cocina en un estado decente, pasaba horas dibujando y sólo interrumpía cuando Manuel llegaba del trabajo. Su plan era esperar a que se abriera el siguiente ciclo escolar y hacer el examen de admisión para cursar la preparatoria. El futuro mostraba una luz.

Hacía largas caminatas por el barrio de Santa María la Ribera que le resultaban de lo más reconfortantes. A veces se llevaba un cuaderno y se tiraba panza arriba a dibujar la cúpula del kiosco morisco de la alameda, un referente icónico del vecindario. Por aquellos días extrañó poco a Óscar y a María, el amor por Manuel lo ocupaba por completo.

Era la víspera de su cumpleaños dieciséis cuando, cargando las viandas que recién había comprado para la cena, se encontró con Salvador al salir del mercado de la Dalia.

Salvador tuvo que levantar la cabeza para clavarle los ojos, el cervatillo había crecido hasta rebasarlo.

—¿Qué, ahora eres cocinero? —preguntó en ese tono canchero e intimidante que era con el que hablaba cuando dejaba salir su personalidad genuina.

A Román el corazón se le trepó a la boca.

—¿Te puedo acompañar, florecita? —continuó el otro filtrando en su voz la nota compacta que anticipaba sus arranques de violencia.

—Puedo ir solo, gracias.

—No te hagas pendejo, ¿pensabas que te ibas a escapar así nomás, putito? —Salvador apretaba su cuerpo contra el de Román para que sintiera la pistola que llevaba fajada entre el pantalón y la cintura.

—Salvador, déjame ir, ya no tenemos nada que hacer juntos.

—Te equivocas, cabrón, te rescaté con mi dinero para que no te murieras de hambre como un pinche perro callejero, ¿o ya se te olvidó aquel anticipo que te di por tus servicios, puta?

—Creí que estábamos a mano.

—Pues creíste mal, estás en deuda conmigo y nadie se queda sin pagarme, no me vengas con la estrategia de hacerte el pendejo porque te conozco bien, pinche puto, hasta sé dónde y cómo vives con Manuel, tu noviecito de mierda.

Román sintió un crujido en el pecho al oír el nombre de Manuel y ya no escuchó las últimas palabras, mecánicamente echó a andar, reparando apenas en que Salvador le clavaba el arma en las costillas al tiempo que dirigía la marcha abrazándolo.

Sintió morirse cuando llegaron al estudio y apareció Manuel con su expresión dulce y reposada.

—Tu puta me debe dinero o servicios, soy un cliente insatisfecho —dejó caer Salvador, celebrando su ingenio.

—Se llama Román… —comenzó el pintor reposadamente.

—No mames, no juegues a hacerte el digno conmigo. Sí, ya sé que se llama Román y también sé que tú te llamas Manuel Sánchez Herrera, tienes treintaiún años y te estás cogiendo a un menor de edad… Sé que llevas medio año saliendo con Tania, la hija de tu jefe, que te la coges para fingir que las viejas sí te la paran y que ya están hablando de matrimonio aunque te cagas del susto. ¿Sigo o todavía quieres decir algo?

Manuel miró a Román y sus ojos eran líquidos. No podía negar lo que Salvador había dicho. A su pesar, Román soltaba una lágrima tras otra. El futuro de Manuel pasó frente a sus ojos: se casaría con Tania en una boda fastuosa, tendrían dos hijos que inscribirían en un presuntuoso colegio de paga, Manuel se emborracharía un día sí y otro también y en su ebriedad acudiría a los metros y las calles del centro a buscar muchachitos como el que Román fue alguna vez, como dejó de serlo por él. No hizo nada por evitar el llanto, vergonzoso por la presencia de Salvador, y doloroso por lo que descubría de Manuel. En un impulso adolescente se soltó del brazo del político y trató de golpearlo, pero eso sólo empeoró las cosas porque Salvador estalló y apuntó con ambas manos hacia Manuel y en un pestañeo tiró del gatillo.

La bala se alojó en el hombro derecho del pintor y Román corrió a auxiliarlo dando aullidos, convertido en un animal asustado.

—¿Estás contento, puto? —escupió Salvador temblando de cólera.

Manuel trataba de incorporarse.

—Pobres de ustedes si se les ocurre poner una denuncia, porque la autoridad soy yo, su vida va a ser un pinche infierno y uno va a terminar en la correccional y el otro en la cárcel o los dos en el panteón, se los aseguro. Y no los quiero ver juntos, ¿entendiste, puta? —hizo una pausa apuntando a Román— ¡¿Entendiste?!

Salvador salió del estudio dejando tras de sí un universo devastado.

Tres semanas después, la pareja se separaba. Román volvía a perderse, la rabia lo inhabilitaba, no entendía por qué tenía que volver a sufrir, por qué tenía que volver a enfrentar la soledad, por qué era él y no cualquier otro el que ocupaba su lugar en el mundo.

Pensó en volver a prostituirse, pero comprendía que ya no era un muchacho y que en el mercado sexual valía cada vez menos. Además, ya no estaba dispuesto a vivir todo aquello para conseguir dinero. El año que faltaba para acreditarse y recibir el fideicomiso iba a ser difícil.

Salvador tarareaba la misma melodía, hilaba una o dos frases de la canción "nostalgia de tener su risa loca y sentir junto a mi boca ..." y luego soltaba un murmullo más o menos bien afinado que podía repetir indefinidamente cuando su ánimo era bueno.

Recién afeitado y perfumado, esperaba a que Stefano regresara de visitar a su familia en Nápoles.

El exclusivo monasterio italiano era incluso mejor que en las fotos.

Se sentía contento de ser quien era: un chingón que había superado la pobreza. Un chingón que había superado el abandono de su madre, que una tarde simplemente no volvió del trabajo; le costaba reconocer en este hombre de energía explosiva a aquel niño que esperaba todas las tardes con la cara pegada a la ventana de aquel cuarto pestilente a que su madre apareciera mientras apretaba contra el pecho el mandil de cocina que ella había dejado colgando sobre el respaldo de una silla de plástico. Salvador había crecido como animalito, comiendo lo que encontrara sentado en el piso junto a sus dos hermanos menores, y había temblado de miedo también junto a ellos cada vez que su padre regresaba de la calle para repartir brutales palizas a las que seguía un espeluznante ritual en el que el padre leía pasajes de la Biblia durante una hora y los niños debían escuchar si querían la salvación de su alma, especialmente Salvador, al que su padre le insistía en la responsabilidad de ser el hijo primogénito como decían las Sagradas Escrituras.

Hasta que cumplió quince años y se subió a una caravana del PRI para ofrecerse como militante voluntario. Iba motivado, increíblemente, por la playera nueva que le había regalado la camioneta que pasó gritando por el altavoz que el nuevo gobierno traería vivienda digna para todos los mexicanos. Sus hermanos pequeños se asustaron y no quisieron huir con él. Ni eso lo detuvo. Cambió su primogenitura por una playera nueva con el logo del PRI y un lugar donde no hubiera golpizas.

Se sorprendió cuando el recuerdo de ese niño que esperaba el regreso de su madre como quien espera un acto de magia o un milagro le provocó algo parecido a la tristeza. No le gustaban los rasgos de debilidad, no se los permitía. Cualquier brote de sentimentalismo era un riesgo y él había llegado hasta donde estaba porque sabía oler el peligro y actuar en consecuencia. Con dos parpadeos volvió a sentir que se hinchaba de orgullo.

No había nada que lo moviera más que el deseo de superarse, de reparar sus carencias, de ser admirado. Excepto una cosa: el deseo de que alguien lo amara.

Era inteligente, con ese tipo de talento agudo y resolutivo que resulta tan útil en todas las organizaciones políticas. Así que combinaba dos variables perfectas: motivación e inteligencia. O al menos eso le gustaba pensar de sí mismo, cómo no iba a llegar lejos si tenía todo para lograrlo.

En la vida había que perseguir sólo dos objetivos: el primero consistía en superar a los demás y el segundo en no dejar que nadie le viera la cara de pendejo.

Estar hospedado en el monasterio de la costa italiana era parte del primer objetivo: siempre había ocasión para mostrar la carta de algún viaje extraordinario, claro que no se trataba de calentarse hablando de viajes como novato o como cualquier pobretón impresionable, no: simplemente soltar un comentario, oportuno y sutil, algo del tipo "Amalfi es precioso, una chingonería" cuando alguien en la mesa mencionara que había visitado Italia o Europa. Decirlo así, en un tono casual, sin agregar información innecesaria a menos que alguien preguntara, casi como decir "qué buenos cortes de carne sirven en el Canarios" y ya. Un pequeño guiño para demostrar que no sólo pertenecía al mismo mundo que los demás sino, con un poco de suerte, sorprenderlos.

Ste no tardaría en llegar. Salvador llamó a la recepción para instruir que le preguntaran al muchacho qué botella de champaña le apetecía tomar y que la enviaran de inmediato a la habitación. No, no importaba el precio, sí, claro: con cargo a su American Express.

Era chingona la vida, cómo no.

Cuando Stefano apareció con el catálogo y el muestrario de telas de temporada de la sucursal de Piazza dei Martiri, Salvador se iluminó. Le pedía a Ste opinión sobre ese color o aquel mientras le ponía la mano en el muslo y lo miraba como bestia suplicante. El otro jugaba hábilmente a permitirle breves acercamientos que luego cortaba de tajo explicando en italiano todo sobre los cortes clásicos y los cortes slim fit y otros detalles de los que Salvador no entendía nada.

—Háblame en españolo, Ste, no seas malo —pedía tratando de sonar cariñoso.

—De acuerdo, pero pórtate bien, Salvatore.

—Ya escogí los modelos y los colores, me voy a comprar los doce clásicos porque mi trabajo exige buena imagen, ¿sabías?

—¿Y cómo va tu trabajo, amore?

—¿Ya ves? Para qué me dices amore, haces que me emocione.

Y ahí se acababa la sesión de coordinación de moda. Salvador saltaba sobre Ste y lo tiraba en la cama, hundía su rostro en el pecho del muchacho para luego untarle la verga en la cara, sintiendo que explotaba de deseo de ser succionado y de algo que se parecía mucho al amor.

—No me está permitido hacer esto con los clientes —bromeaba el italiano.

—Bueno, ¿qué quieres hacer entonces?, ¿quieres que te lo haga yo?

La batalla en la cama duraba poco. Era explosiva, dolorosa, marcial.

¿Vamos al pueblo por un helado a la stracciatella?

—Es, tra, cha, tela —repetía Salvador preguntándose cómo sería su vida si hubiera nacido en Italia.

Al atardecer solían dar un paseo por los pueblitos cercanos.

Cuando Stephano salía a ver a su familia, se enviaban mensajes por WhatsApp, unos delirantes de amor y ternura y otros, intercambios sexuales con fotografías y videos. Salvador enviaba imágenes de su pene erecto o videos del momento preciso en que eyaculaba tras una masturbación ansiosa que Ste motivaba grabando mensajes de voz obscenos.

Poco a poco Salvador fue cediendo al enamoramiento total; estar con ese chico le proporcionaba algo que no había tenido nunca: estatus relacional auténtico. El italiano era su pase de entrada a un mundo nuevo, su acceso al club de otro nivel social, uno de clase internacional donde realmente se jugaban ligas mayores.

Tres días antes de la fecha acordada para el regreso, Ste le comunicó que se quedaría indefinidamente en Italia. Las cosas no iban bien en casa y hacía falta su ayuda a la madre, que estaba sola tratando de ocuparse de sus dos hermanos menores.

Salvador lamentó no poder llevar a más su relación con Ste ahí mismo, montarse una casa juntos, declararse amor eterno... hacía tiempo que no se sentía tan completo y potente, tan bien acomodado en la vida. Pronto se descubrió ideando una propuesta amorosa, quizá Stefano aceptaría que mantuvieran una relación a distancia y visitarse cinco o seis veces a lo largo del año. Cuando Salvador estuviera al frente de la Secretaría de Gobernación todo sería más fácil, tendría recursos ilimitados a su disposición y hasta podría coordinar vuelos privados para encontrarse con su amante, sacaría a Ste de trabajar y le ofrecería el mundo. Todos deseaban eso, ¿cómo podría él resistirse?

Le habló de sus intenciones con toda la seriedad del caso, le contó a grandes rasgos quién era en el gobierno mexicano, exhibió su poderío por venir y le pidió que tomara una decisión.

—No voy a rogar, Ste, nunca ha sido mi estilo ni lo será, pero me pegó el amor, qué le vamos a hacer —dijo aclarándose la garganta.

— Amore —el muchacho lo miró con dulzura.

—¿Qué pues, aceptas? Me voy mañana, no hay mucho tiempo para pensarlo.

Entre arrumacos y sonrisas, Stefano soltó un sí que Salvador agradeció sin muchos aspavientos para no hacer el ridículo, pero sintió una grandeza que le provocó un hormigueo en la nuca.

Cuando salió del monasterio rumbo a la estación que lo llevaría al aeropuerto de Roma, dejó tras de sí un consumo de treinta y cinco mil euros en Salvatore Ferragamo saldado con su American Express; dejó también un pedazo de su corazón repartido entre los ojos de niño y el prominente bulto de la entrepierna de Ste.

Óscar evitaba a la pandilla de repetidores tanto como podía, pero ellos se empeñaban en integrarlo a su grupo. Le tenían simpatía porque las habilidades físicas del niño les valieron el triunfo en más de un partido de futbol. Eran tres chicos que habían repetido cuarto y quinto grado; cuando por fin llegaron a sexto, ya tenían trece y catorce años. Esos tres años de diferencia respecto de Óscar, que contaba once vueltas al sol en su vida, parecían eras geológicas.

Juan y Mario eran mellizos, les apodaban los gemelos diabólicos, pues la fama de los desastres que constantemente provocaban les antecedía. David, el tercer elemento de la pandilla, era famoso por una lascivia precoz que lo llevaba a asomarse bajo la falda de las chicas cada vez que había oportunidad o a conseguir recortes de revistas *Playboy* que copiaba a lápiz en sus cuadernos, pero con ajustes para lograr unos senos descomunales.

Una tarde lo invitaron a ir con ellos al salón de Educación Física, que parecía ser el sitio apropiado para todo tipo de fechorías. Estaba lejos de las oficinas directivas y de la vigilancia de los prefectos; los alumnos sabían bien que podrían escapar a tiempo luego de cometer alguna canallada.

—Vamos a embarazar las colchonetas de la clase de Acrobacia —Juan hizo una seña a Óscar para que lo siguiera.

—¿Cómo vamos a embarazar las colchonetas?

—Ahorita te explicamos, carnalito, ahí están mi hermano y David, te va a gustar —respondió Juan con aire de conocedor.

Cuando Óscar escuchó el nombre de David, supo de qué se trataba el asunto, pues alguna vez los dibujos pornográficos habían ido a parar a sus manos.

No quería meterse en problemas; se sentía incómodo, pero tampoco podía contrariar a sus amigos grandes, así que entró al gimnasio haciendo gran esfuerzo por aparentar que se encontraba en perfecto dominio de la situación.

—Ese mi Hugo Sánchez —lo recibió David con un alegre silbido y seguro de que a Óscar le gustaría la comparación con el futbolista más famoso de México.

—Qué hay.

—¿Ya te contó Juanito de qué se trata?

Óscar no pudo decir sí ni no. Apareció Mario, el líder de la pandilla, que traía el material pornográfico para la sesión.

—Qué transa, Oscarito, a lo que te traje o qué, tenemos una pregunta importante para ti.

El invitado seguía sin decir nada.

—¿Ya te la jalas, carnalito? —preguntó Juan y un ataque de risa lo hizo sacudirse.

—Creo que vamos a tener que enseñarle lo que sabemos —dijo Mario, que parecía más inteligente que su hermano pero que cuando se reía sonaba exactamente igual que aquél, un burrito rebuznando en medio del monte.

—¿Qué sabes de sexo, mi Hugo Sánchez?

—Pues lo que nos han enseñado en Biología…

El trío estalló en carcajadas insolentes, Óscar se sumó a las risas, por si lograba hacerles creer que su respuesta había sido una broma. Cuando por fin se calmaron, Mario continuó:

—No sabes nada, pero nosotros vamos a enseñarte. Lo primero es ver de qué tamaño la tienes.

—¿Qué?

Más risas.

—Ahí abajo, amigo, mira.

Óscar quiso que se lo tragara la tierra cuando los otros tres abrieron el cierre de sus pantalones y sacaron a ventilar sus penes.

—A ver, enséñanos el gusano —insistió David.

Los mellizos y David comenzaron a masturbarse.

Óscar miraba a sus compañeros y era como si estuviera delante del fuego, hipnotizado. De pronto le parecía que sus sensaciones eran ingobernables, se llevó la mano hasta el sexo y comenzó a frotarse tímidamente.

La mitad de él no quería estar ahí, pero la otra mitad quería quedarse hasta el final y así lo hizo.

Un minuto después, los chicos eyacularon sobre las colchonetas que estaban dispuestas en el piso del salón. Óscar se preguntó por qué a él no le había salido nada del pene.

Los otros tenían la mirada encendida y sus risas sonaban frenéticas, disfrutaban inmensamente salpicar con semen las colchonetas y que el resto de sus compañeros se acostaran ahí en la siguiente clase sin saber lo que había ocurrido.

—Y así es como nacen los niños —remató David imitando la voz didáctica de las clases de orientación sexual y sacudiéndose de risa.

Se reacomodaban el pantalón cuando rechinó la puerta del gimnasio; de un salto se pusieron en guardia al ver la figura del prefecto Saúl aparecer a contraluz en el marco de la entrada.

—Buenas tardes, señores, ¿qué está pasando aquí?

—Estábamos practicando saltos mortales para la clase de acrobacia.

—¿También tú, Óscar?

—Sí, pero ya nos íbamos —contestó el niño y miró al suelo con el rostro ceñudo.

—Pues no los entretengo más, señores, se acerca la hora de la cena —les señaló el camino a la salida.

—Nada más recogemos las colchonetas y nos vamos.

—No, yo me ocupo —no tuvieron más remedio que salir en fila, temiendo que ocurriera lo peor.

Y ocurrió. Saúl encontró los recortes y los dibujos desperdigados por el suelo y no tuvo más que echar una ojeada a las colchonetas manchadas con el líquido viscoso para comprender lo que había pasado. Meneando la cabeza levantó los recortes y los rompió en pedacitos, luego salió hacia los contenedores de basura.

Pero Saúl no dijo nada, no hubo reportes ni llamados a la Dirección.

De cualquier manera, y en caso de que Óscar fuera un soplón, el trío calavera se aseguró de amedrentarlo por si cometía la osadía de confesar.

—Lo que hicimos allá es lo que los clientes le hacen a tu mamá, carnalito, mejor ni la armes de pedo porque también nosotros podemos hacerlo con ella —sentenció David.

Óscar sintió cómo su cerebro se transformaba en un animal negro. Con todas sus fuerzas soltó un puñetazo al abdomen de David y lo dejó sin aire. Los otros dos se tiraron a golpes sobre Óscar, que se defendió cuanto pudo y lanzó patadas, rodillazos y escupitajos, hasta que Mario dijo "ahí muere" y se acabó la fugaz amistad del niño con aquella banda.

Lo que había pasado en el gimnasio, lo que había sentido, la imposibilidad de evitar que su cuerpo reaccionara, todo junto, tenía que ser muy malo. Lo que hacía su mamá con los clientes en aquella época que trabajaba de noche, tal vez también era algo malo. Tal vez ahora estaba enferma porque se lo merecía.

Esos pensamientos aparecían durante las noches en la cabeza de Óscar, pero rápidamente los desechaba y se recriminaba por tenerlos. Su mamá era buena, era divertida, lo quería más que nadie en el mundo y trataba de complacerlo en todo. ¿Cómo podía pensar mal de ella?

Entonces lloraba sintiéndose desleal y confundido. ¿De verdad sería inevitable que, al convertirse en adulto, se juntara con mujeres y tuviera relaciones sexuales para la reproducción de la especie como les habían dicho en clase? Platicado así parecía no querer decir nada, pero ahora que había sido testigo y parte de una masturbación colectiva, no estaba tan seguro de que quisiera convertirse en adulto si aquello tan desagradable e incontrolable era obligatorio en la vida de los mayores.

Como no podía hablarlo con su mamá, se acercó al prefecto Saúl.

Lo único que Óscar sacó en claro fue que tenía que investigar qué demonios era placer.

Con curiosidad científica se puso a buscar en la biblioteca. Leyendo definiciones, conceptos y contemplando las ilustraciones de las enciclopedias, se dio una idea general del tema que más o menos le ayudó a entender, pero a partir de entonces le invadió una preocupación por detectar el momento en que aparecieran en su cuerpo las señales del placer; esperaba poder darse cuenta como quien se entera de que ha pescado un resfriado o de que le duele el estómago por comer algo que le ha caído mal.

María tenía que estar relacionada de alguna manera con todo aquello, pues cuando la veía, una sensación indefinida saltaba en su interior, y cuando pasaban mucho tiempo juntos y ella le dedicaba sonrisas que eran sólo para él, sentía la cosquilla ambulante que se alojaba unas veces en su pecho y otras en las manos, pero nunca como le había pasado con las imágenes del *Playboy* de David.

Le resultaba imposible relacionar a su amiga con las imágenes de mujeres encinta de las enciclopedias que cargaban en su panza a un feto en gestación. Todo era muy raro, porque relacionar la cosquilla con el placer y el placer con una señora embarazada que podría ser María porque era la única chica que le provocaba eso, parecía una cosa de lo más loca. Peor de difícil se ponía cuando le venía el recuerdo de lo que le había dicho David: que eso era lo que su madre hacía con los clientes. ¿Entonces por qué su mamá no se había embarazado muchas veces y él no tenía ningún hermano?

Como el tema era delicado y no sentía que lo dominara del todo, esos libros de biología y reproducción jamás se los pasó a Román ni a María y no les contó que los había leído, no fueran a caerle a preguntas como acostumbraban.

Humillación y dignidad: dos palabras que repentinamente dejan de tener sentido para María. Tiene ganas de salir y eso hace.

No se sorprende al enterarse de que Paolo mintió de nuevo y ha vuelto a ver a su amante; ni siquiera siente enojo, ni desencanto. Más bien siente una liberación interior que le pide hacer una locura, cambiarse de nombre, llamarse Laura o Gabriela, ser otra, menos grave, menos asustada, menos sensata; incluso ser ella misma cuando niña, una buscabullas amante del riesgo.

Cada movimiento, cada parte de su cuerpo y cada decisión están agrandadas por una sensación de euforia: pisar el pedal, girar el volante a la derecha, encender las luces intermitentes, sentir en su vientre el peso de la criatura que está por venir. Todo la provoca, todo le enciende la piel y le ilumina el rostro. Al bajarse de la camioneta para comprar la botella de vino se siente como una elegida, y ni la lluvia que la empapa ni el lodo que se mete bajo sus sandalias por la tormenta que se ha soltado sobre la Ciudad de México pueden detenerla.

¿Qué tal si muero mañana o en el parto? ¿Qué hice con esa niña que brillaba?, ¿dónde enterré su curiosidad vital, su alma invencible?

Cuando llama al timbre y Óscar abre, semejan dos fantasmas: él, lívido, sorprendido porque jamás imaginó que María se aparecería a la puerta de su casa, y ella sintiéndose flotar, ignorando los mechones de pelo sobre la frente y las gotas de agua cayendo desde su barbilla al centro de sus senos desbordantes.

—¿Qué haces aquí?

Por toda respuesta, María levantó la botella de vino que llevaba en la mano izquierda y él se hizo a un lado para que entrara.

—Estás empapada, te vas a enfermar, quítate las sandalias, ahora te traigo algo para que te seques —y desapareció, aterrado.

Cuando regresó con una toalla, María había abierto la botella de vino y dos copas esperaban en la barra de la cocina mientras ella contemplaba sus pies desnudos, cubiertos de tierra.

—También preparé la tina de baño, si lo que quieres es…

—Shhhh —María se puso un dedo en la boca, luego lo chupó y lo metió suavemente entre los labios de Óscar.

Dieron tumbos hasta el baño. Se devoraron las bocas, las puntas de los dedos.

Ella mordió una oreja, la nariz, se succionaron la lengua.

La ropa fue desprendiéndose de los cuerpos como la cáscara de las frutas tropicales tan maduras que apenas tocarlas se quedan desnudas. Cuando las desbordantes tetas de María, todas piel tensa y brillosa, quedaron al descubierto, Óscar se sacudió de deseo.

Un temblor pospuesto por más de veinte años lo guiaba. Lamió y chupó con furia mientras sus dedos abrían la vagina húmeda y casi desesperada de María. Pronto estuvo dentro de ella, penetrando sin pudor, sin consideraciones, sin preguntarse nada, olvidando por completo los siete meses de embarazo.

El mundo era eso, estar ahí. Dentro. Sacudirse como para dejar la vida en ese cuerpo. Sudar. Descubrir ese olor a guayaba ácida y vainilla. No se dio cuenta de que María lloraba mientras le pedía que la penetrara más fuerte.

Habitaron un paraíso y también un infierno. Luego se quedaron dormidos, aferrándose el uno al otro.

XV

El implacable torrente de luz que traspasaba la ventana obligó a Óscar a abrir los ojos.

Temía confirmar que todo había sido un sueño, pero no, ahí estaba María, dándole la espalda y con su esférico vientre tirando de ella hacia el colchón, que se hundía notablemente bajo el peso del embarazo.

Pegó su cuerpo al de ella y la penetró de nuevo, esta vez con dulzura, con un deseo igual de potente pero menos desesperado. María se dejó hacer marcando con leves gemidos el ritmo de sus ganas hasta que un grito sofocado coronó su orgasmo y luego volvió a quedarse dormida.

Se levantó despacio para no despertarla, bajó las cortinas sintiendo urgencia por un poco de oscuridad y luego salió a la cocina, pero al llegar ahí se quedó inmóvil; no quería sobresaltarla con el ruido de la moledora de café.

Se sirvió un vaso de agua, lo bebió ávidamente y se cruzó de brazos, como esperando algo.

Entonces María salió de la recámara a medio vestir; parecía una niña con ese aire un poco regordete que le daba el embarazo, descalza, con las mejillas encendidas e intentando aplacarse el pelo revuelto.

—Buenos días —dijo. Su imagen de niña pequeña pareció acentuarse.

—Buenos días, ¿café?

—No tomo café, gracias, quiero decir que sí tomo café pero ahora no puedo.

—¿Tienes que irte? —una punzada mordió el pecho de Óscar.

—No, quiero decir que no puedo tomar café embarazada.

—Ah, claro.

Óscar improvisó un desayuno con fruta, pan tostado y queso que María encontró delicioso.

Media hora después, como si se hubieran encontrado en el punto más luminoso de la intimidad en la vida de pareja, volvieron a la habitación sin decirse nada. Se tiraron en la cama, más por necesidad de volver al territorio común compartido durante la noche que por necesidad carnal y, mirando el techo, se tomaron de la mano.

—Paolo sigue viendo a su amante —dijo María con su voz ronca que parecía desprender constantemente un polvillo de gis.

—¿Y qué vas a hacer?

—Voy a divorciarme, estoy aterrada pero también estoy segura de que quiero hacerlo.

—No puedo imaginarte temerosa, ¿de qué tienes miedo?

—De la pobreza, Óscar, crecí sintiendo miedo de la pobreza, ¿tú no?

Óscar negó con la cabeza y María siguió hablando.

—No quería vivir arriesgando el bienestar de esta criatura ni padeciendo carencias —se rio con tristeza y flexionó las piernas hasta quedar hecha un ovillo sobre la cama—. Es curioso lo que el embarazo provoca, te mata de cierta manera, ¿sabes?, mata a la tú de antes y cuando te das cuenta ya te convertiste en otra persona para siempre —guardó silencio como para dejar que las palabras que acababa de decir se imprimieran bien en su interior.

Él aprovechó la pausa para acercar su rostro al de ella y acariciarle la nariz diminuta. Encorvados como larvas en el centro de la cama y mirándose uno al otro, formaban algo parecido a la silueta de un corazón mal trazado por una mano infantil en el cuaderno de dibujo.

Reposadas y armónicas, las lágrimas de María recorrían el puente de la nariz para caer bordeando la sien y formar lentamente una manchita húmeda sobre las sábanas.

—Hablo poco con mi madre —continuó—, pero hace unos días llamó por teléfono sólo para decirme que quiere verme feliz, y sus palabras me calaron de una manera extraña, tal vez soy ridícula, pero he pensado que no me dijo que quiere verme segura, sólo dijo que quiere verme feliz, supongo que eso significa algo. Y no sé si me estoy volviendo idiota o es exactamente lo contrario, que tal vez por fin mi entendimiento se abrió… ¿te aburro? —levantó un poco la cabeza para mirar bien el rostro de Óscar.

—Jamás, estoy escuchando cada palabra y no quiero moverme un milímetro. ¿Qué vas a hacer después del divorcio?

—Seguir con mi vida, volver a trabajar, cuidar a mi hijo, lo que hace todo el mundo.

—Pues entonces ya lo tienes resuelto, niña escandalosa.

Un regusto agridulce les subió a la garganta. Los ojos de María tenían una película afiebrada, Óscar la encontró encantadora y le besó los párpados.

—Hace años que tengo un sueño recurrente —retomó él, hablando muy bajo—: estamos en el hospital aquella noche que nos escapamos para ver a mi madre, Román y yo de pie junto a ella en la cama y tú un poco atrás, mirando por encima del hombro —Óscar hizo una pausa y María le apretó la mano para animarlo a que continuara—. Entonces mi madre se quita la mascarilla de oxígeno y la veo hermosa, con esa cara de reina gitana que tenía antes de que el cáncer la dejara hecha una mierda.

María se sentó en la cama y acomodó la cabeza de Óscar sobre sus piernas; él siguió hablando.

—Mi alegría en el sueño es tan fuerte que me rasga el pecho porque la veo sana y pienso que está curada para siempre; entonces mi madre comienza a hablar pero no oigo nada de lo que dice, sólo veo cómo gesticula y me desespero, miro a Román para ver si entiende algo, pero él tampoco la oye, tú sigues atrás sin moverte y cuando vuelvo a dirigir la vista hacia la cama, mi madre ya no está. Me angustia no haber escuchado lo que quería decirme y le grito con todas mis fuerzas. Entonces despierto con la boca seca y la sensación de haber caído a un agujero enorme en el que soy diminuto.

Hizo una pausa espesa, ambos se incorporaron y se recargaron en la cabecera de la cama, permanecieron un momento en silencio hasta que María se atrevió a hablar.

—Yo no entré a la habitación de tu madre, ¿te acuerdas? Me quedé afuera, vigilando.

Él asintió.

—¿Qué pasó aquella noche en el hospital, Óscar?

La pregunta de María se quedó reverberando en el ambiente.

Román inclinó su cuello largo para besar a María y la hizo entrar en la casa.

—Hola, preciosa, bienvenida.

—Hola.

Permanecieron de pie, con las maletas de María en el suelo, buscando algo que decir.

—Cielo, te llevo a tu recámara, instalas tus cosas y luego cenamos algo.

Román tomó del brazo a su amiga y la condujo a la habitación donde iba a quedarse mientras se resolvían los términos del divorcio y Paolo dejaba la casa que compartían desde hacía cinco años. Por precaución, María no quería ver a su esposo. Temía que la incertidumbre la hiciera flaquear y que, en un descuido, de un resbalón se precipitara nuevamente sobre la herrumbre de ese matrimonio que ella quería dar por destruido cuanto antes.

María reparó en el buen gusto de su amigo: la habitación era amplia, cómoda y llena de objetos de diseñador que le daban una grata sofisticación al ambiente y, a pesar de ello, el espacio resultaba acogedor, no era como esos desangelados cuartos que parecen montados sólo para aparecer en la portada de una revista de decoración.

Tratando de organizar su ropa en el armario y constatando todo lo que no había traído en la maleta, María pensó en sí misma como la típica esposa en huida, pero un poquito más gorda, y tuvo ganas de llorar y de reírse a carcajadas. Luego cayó en cuenta de que iba a compartir el "dormitorio" con Román como en los años de escuela y la risa dio paso a un ataque de ternura que la movió a salir en busca de su amigo y darle un sorpresivo abrazo.

Dejaron los arrumacos cuando apareció Felicia con su aire pulcro y solícito para preguntar si servía la cena.

—¿Tienes hambre? —Román volvió a adoptar sus modos de anfitrión espléndido.

—Pues no, pero tengo que comer algo.

—Ya verás las delicias que prepara Feli, ¿verdad, querida?

Felicia asintió con un gesto discreto y salió hacia la cocina.

—¿Cómo te fue en León? ¿Arreglaste tu asunto de trabajo? —preguntó María.

—¿León? Ah, ya sé de qué hablas. No, querida, no estuve en León, fui a Oaxaca, a la lectura de un testamento.

—¿Cómo?

—Es una historia larga que no me iba a poner a explicarles en un mensaje de WhatsApp... Un tipo al que alguna vez amé... el único del que me he enamorado como imbécil —corrigió—, se creía pintor y me dejó los derechos de su obra.

222

—¿Murió? —se puso las manos sobre el vientre.

—Sí.

María no había reparado en las ojeras de Román.

—Perdóname, no sabía.

—Ni yo. Me llamó su madre, que era la única que sabía que a su angelito le gustaban otros angelitos. ¿Te molesta si fumo?

—Para nada.

Román encendió el cigarro. Desde la puerta de la cocina Felicia movió la cabeza en desaprobación y, moviendo las manos como si fueran dos herramientas de cirujana y no parte de su cuerpo, puso los platos de sopa caliente en una charola, rebanadas de pan y un tarro de mantequilla con meticulosidad y orden inalterables. Algo en ella hizo que María recordara a Anita; se removió en su silla, se le abría un pantano en la cabeza cada vez que revivía imágenes de aquella época, algo como un tramo de tierra oscura y llena de gravilla que tenía pendiente por limpiar. Una sensación de traición a sí misma que pocos entenderían.

—Se llamaba Manuel, lo conocí cuando yo tenía quince años —comenzó a relatar Román y fue a la cava a buscar una botella de vino tinto, disculpándose por beber ahora que María no podía acompañarlo.

Felicia colocó los platos, el pan y la mantequilla al centro de la mesa y después regresó con una jarra de agua y dos copas que María encontró tan estilizadas como ridículas y se acordó de la fábula de la garza y la zorra que intentan cenar juntas pero les resulta imposible comer del modo en que la otra lo hace por no considerar sus obvias diferencias antes de sentarse a compartir la mesa.

El espejo que tenía delante y que le proporcionaba el marco de la vida de Román la hacía sentirse incómoda. Empezó a fantasear con el *qué tal si...* Por ejemplo, qué tal si en lugar de convertirse en una actriz y bailarina promedio, hubiera seguido su fugaz carrera de hábil ladrona.

Aquellas misteriosas pacas de ropa y cosméticos nuevos que llegaban a casa de María y que luego se convertían en ingresos adicionales para la familia eran producto de la habilidad de uno de sus hermanos mayores para juntarse con ladrones profesionales. El chico se mantenía cerca de ellos hasta conseguir que le asignaran algún encarguito con las bandas especializadas en atracar los contenedores de productos importados; la consigna era dejarlos vacíos antes de que arribaran a su correspondiente almacén en la aduana del aeropuerto de la Ciudad de México. Entregaban la mercancía a los jefes de la banda que la vendían al mayoreo; su pago consistía en unos cuantos billetes, pero, sobre todo, en grandes cajas con producto que ellos podían escoger libremente.
María no lo sabía, fue hasta que cumplió catorce años y su hermano tuvo que darse a la fuga durante un tiempo, que se enteró cabalmente de lo que ocurría, porque su hermano se había encargado de contar una historia bien armada donde las cosas que traía a la casa venían de un almacén de mermas y desechos en el que trabajaba reacomodando o limpiando el producto defectuoso que a veces los patrones regalaban entre los empleados, pues de cualquier manera iría a parar a la basura.

Y aunque la niña entendía que robar estaba mal porque lo había escuchado muchas veces y en boca de diferentes personas —se lo había dicho su madre, lo decían en la escuela y en los promocionales de la radio—, no tenía muy clara la gradación de la maldad en el robo. Había cosas peores.

Su mentalidad práctica le decía que si alguien necesitaba algo y no tenía posibilidades de comprarlo, podía tomarse de algún lugar y así solucionar el problema.

Y si sus amigos Román y Óscar lo estaban pasando mal porque la mamá del primero había muerto y la del segundo estaba tan enferma que no podía asegurarse de que su hijo tuviera lo necesario, ella con gusto los ayudaría.

Cada vez con más frecuencia ocurría que Óscar se quedaba acompañando a Román en el internado los fines de semana. Su tía Evelia era la única que hacía guardia en el hospital para cuidar de Aurora que había quedado prácticamente imposibilitada y tenía que arreglárselas para cubrir también sus jornadas en una tienda del centro de la ciudad donde le cambiaban el día de descanso según el antojo del gerente. Así que su tía no siempre lograba presentarse en el internado los viernes por la tarde para recoger al niño o, conscientemente, prefería dejarlo ahí, pues la perspectiva de traerlo a casa para abandonarlo el fin de semana completo le encogía el corazón.

María, en cambio, salía todos los fines de semana y se pasaba las horas ideando sus pequeños golpes. Nada de lo que robaba era para ella, su objetivo siempre estaba destinado a hacer algún regalo a sus amigos, ya fuera una caja de galletas, un lápiz labial para que Óscar se lo regalara a su mamá, un par de calcetines nuevos o alguna playera que no fuera demasiado grande para Román —en las pacas nunca había tallas de niños.

Primero hacía una exploración en la zona de interés, se asomaba a los bolsones que su hermano dejaba amontonados en una esquina de la casa y, como no queriendo, echaba ojo a lo que sacaría cuando los demás estuvieran dormidos. Tenía que hacerlo antes del domingo, porque ese día, sus hermanos salían muy temprano a un tianguis donde vendían todo. Así que dedicaba la noche del viernes y el sábado a cometer el delito. Era experta en mantenerse despierta hasta bien entrada la madrugada; las visitas nocturnas a la biblioteca del internado le habían enseñado que podía permanecer con los ojos abiertos y la mente activa a voluntad.

Anunció su deseo de dormir en un sillón desvencijado que la familia tenía hacía un montón de años y en el que María cabía perfectamente; su madre se lo permitía, pues no encontraba nada malo en que la niña se quedara leyendo hasta tarde —esa era su coartada—; más bien lo agradecía: si se acostaba en el sillón y no en una de las tres camas que compartían varios de sus hermanos, molestaba menos con su remolineo para acomodarse hasta encontrar la mejor postura, así se evitaban las agotadoras peleas nocturnas de sus hijos.

La verdad es que María no leía, fingía con el libro pegado a la nariz mientras dejaba vagar su imaginación hacia todo tipo de pensamientos, esperando a que el resto de la familia durmiera. Por ejemplo, diseñaba coreografías completas donde desde luego ella era la protagonista e impresionaba a todos con sus increíbles giros y acrobacias; en sus ensoñaciones también se asignaba una voz prodigiosa con la que podía cantar igual que las gemelas Lulú y Lola, que eran las mejores de la escuela y que engalanaban con sus voces todos los festivales. La fantasía seguía hasta que sus habilidades artísticas le permitían saltar del concurso de talentos en el internado al programa de Raúl Velasco en la televisión y llevarse el aplauso unánime y conmovedor en la transmisión de *Siempre en Domingo*.

Cuando los ronquidos de sus hermanos se unían al fondo musical de su proyección mental, María se levantaba procurando aguantarse el ataque de risa que le provocaba escucharlos tirando ruidosos pedos alternados con acompasados estertores que salían de sus pechos y gargantas.

Sigilosa llegaba hasta donde las pesadas bolsas se amontonaban y, con la lámpara de lectura nocturna que le había regalado Óscar, se iluminaba para localizar la pieza que estaba buscando.

Le sudaban las manos y se le erizaban los vellos de la nuca de pensar en que si sus hermanos despertaban le pondrían tal paliza colectiva que lamentaría haber nacido. Y no sólo eso, si su madre la veía, el castigo podría ser peor porque, por una regla que le parecía de lo más injusta, sus hermanos grandes estaban autorizados para tomar cualquier cosa en la casa y ella tenía que pedir permiso para todo.

Pero nunca despertaban, o al menos ninguno le hizo saber que estaba enterado de sus fechorías.

Cada lunes llegaba radiante con su cargamento, sintiéndose una gran pirata y sin poder esperar a ver las caras de Óscar y Román cuando les entregara el botín que había preparado para ellos. Alguna vez, incluso, se las arregló para traer un colibrí disecado que había encontrado en el cajón de su mamá. Estaba segura de que para Óscar sería del mayor interés averiguar todo sobre ese pájaro diminuto y que se alegraría inmensamente al recibirlo como una fuente de investigación para la biblioteca. Últimamente lo veía rondar la sección donde estaban las enciclopedias de naturaleza y biología, alguna curiosidad científica le provocaría la pequeña ave.

Román apenas había tocado el plato de sopa, María lo abandonó después de dos cucharadas. Pellizcando distraídamente una rebanada de pan, escuchaba y por momentos le parecía que alguien había soltado media docena de colibríes en su interior. Sentía dolor por la trágica historia de amor que su amigo relataba y algo de melancólica indignación. Cómo era posible que el mundo fuera tan desigual, tan lleno de recursos para unos y tan escaso y desolador para otros. Se sintió apenada cuando cayó en cuenta de sus pensamientos infantiles ante la injusticia.

—Fíjate si no es ridículo: nos separamos porque él jamás iba a dejar de hacer de buga, ¡ni de oficinista! Pintaba pero nunca tuvo los huevos para dejar su cubículo de dos por dos en Reforma, sí señor. Y ahora se muere y me entero de que me dejó los derechos de su obra. Su obra, querida, son veinte o treinta cuadros sin valor alguno. Pero en su última hora pensó en mí el cabrón y eso me conmueve. Qué estúpido es uno, ¿verdad?

Román bebía, fumaba, cerraba los ojos al hablar, pero no lloraba. Y no hacía falta, María lloraba por los dos sin hacer el menor intento por calmarse.

—¿Tienes una foto de Manuel?

—Sí, acompáñame a mi recámara.

Sentados en la cama, contemplaron la imagen. Manuel fruncía la boca hacia el lado derecho a modo de sonrisa, miraba fijo a la cámara y eran más bien sus ojos los que reían abiertamente. Tenía una cicatriz que interrumpía el vello de la ceja izquierda, pero a pesar de la marca, su rostro anguloso impresionaba, era guapo. También parecía tímido, en general un halo de dulzura enmarcaba su figura sobre la trajinera.

En la fotografía Manuel llevaba unos jeans holgados y botas de explorador, aquel sábado visitaron el lago de Xochimilco para que Román lo conociera.

—Manuel me hizo sentir que tenía un lugar en el mundo y que merecía algo bueno —murmuró Román con una amargura que no correspondía con la belleza de su afirmación.

Su voz por fin se quebró. No dijo más.

María sentía que los colibríes en su interior se habían liberado y se extendían por toda la habitación, aleteando contra las paredes y ventanas cerradas.

—Nunca debí recluirme en el matrimonio —dijo, y su sentencia sonó proverbial.

—Lo sé —Román tomó la mano de María para depositarla sobre la suya con los dorsos hacia abajo, como dos cuencos empalmados.

Se durmieron abrazados en la cama de Román, sin deshacer las cobijas ni las sábanas, como dos niños que no terminan de ver una película y, vencidos por el sueño, dejan encendida la televisión.

La conciencia de Salvador escapaba por una salida centrífuga colocada justo arriba de sus ojos. Le gustaba vigilar ese proceso en el que su cerebro entraba cuando estaba a punto de quedarse dormido. Por lo regular le costaba conciliar el sueño, pero esta vez, apenas tomar su asiento en el avión, bajó los párpados y dejó que el cansancio hiciera el resto.

Sólo dos minutos después un guardia de seguridad lo despertó para, llamándole por nombre y apellido, pedirle que lo acompañara. Lo dijo en inglés y en español.

Salvador sintió que el sudor le escarchaba la espalda y el pecho cuando, caminando junto al oficial —que le sacaba dos cabezas de estatura y él no podía obviar ese hecho—, se hizo consciente de que poco le serviría su supremacía política estando tan lejos de su país y en una situación como esa.

No entendía qué pasaba, pero debía ser una confusión, pinches europeos con sus ínfulas de dueños de la civilización, tendría que explicarles quién era él con mucho tiento y hablarles de su rol como funcionario público de las más altas esferas mexicanas para hacerles comprender que cometían un error.

En su precario inglés intentó hablar con el funcionario, que lo miró extrañado y en correcto español le respondió que no tenía más información.

Encontró eterna la caminata para llegar a dondequiera que fueran. Inevitablemente sintió la necesidad de repasar si alguno de los asuntos de corrupción en los que estaba metido podría haber derivado en esto.

Pensó en enemigos, en amigos, en deudas, en documentos. Le costaba concentrarse y se desesperaba por encontrar algo preciso que le explicara lo que estaba ocurriendo. ¿De qué país europeo habían falsificado órdenes de compra para la infraestructura del nuevo aeropuerto? ¿Sería el acuerdo con España? No, esto no podía estar relacionado.

¿Había dejado algún detalle sin cerrar en algún caso? ¿Algún testigo inconveniente de un evento de los que cubría?

Un dolor abdominal lo destanteó cuando empezó a calcular en cuántos procesos de licitación amañados estaba involucrado, en cuantos dictámenes judiciales alterados, en cuántas desapariciones de expedientes y personas.

Sudando a chorros, le preguntó al oficial si podían parar en el servicio sanitario. El hombre asintió y lo espero pacientemente. Salvador tuvo tiempo de mirarse en el espejo luego de vaciar sus vísceras en medio de cólicos y espasmos. No, él no podía descomponerse así, chingada madre, había que mostrarse entero, carajo.

Por fin llegaron a una habitación pequeña y olorosa a quesos rancios. Había un escritorio metálico con los bordes desgastados, dos sillas que rezumaban incomodidad; en el piso, un cubo atiborrado de envolturas de alimentos y un tapete viejo. Un par de grabadoras deslucidas descansaban sobre la mesa junto a un folder nuevo de flamante color amarillo que contrastaba con todos los vejestorios del lugar.

El miedo arreció, pero Salvador se esforzó por mantener la calma y dar la imagen que quería, la de un importante funcionario del gobierno mexicano.

—Esperaremos aquí mientras llega el jefe de turno —dijo el oficial, ceceando para distinguir la letra *ce* como hacen los europeos que aprenden español en España. Por primera vez en su vida, Salvador se sintió apenado por no hablar italiano ni ningún otro idioma.

—¿Me podría explicar qué hago aquí? Tengo que abordar mi vuelo y regresar a mi trabajo —dijo con su voz falsa de diplomático.

—Están recuperando su equipaje, señor, lo más probable es que no pueda volar el día de hoy.

—¿Pero por qué? —casi gritó la última palabra, arrepintiéndose enseguida de su falta de control. Se acomodó el cuello de la camisa y giró el puño derecho un par de veces para sacudirse el pesado reloj que se había adherido a su piel por el sudor. Visiblemente irritado, intentó sacar su teléfono celular del bolsillo del saco, pero el oficial lo interrumpió y le señaló con la cabeza un cartel que, colgado sobre la puerta, ilustraba los objetos que estaban prohibidos en aquella oficina; el teléfono lo estaba, desde luego.

—Ha llegado mi jefe, él va a explicarle, señor Villegas.

Lo que siguió fue tal disparate que Salvador llegó a dudar si se trataría de alguna mala broma llevada a un exceso sádico. ¿Cómo era posible que el remate de su paradisíaca experiencia en el sur de Italia terminara de esa manera? ¿Quién era el imbécil que no había hecho bien su trabajo y lo había confundido con algún cliente fraudulento? Iba de la indignación a la

angustia mientras veía pasar los minutos y, a regañadientes, comprendía que la situación era más com-
plicada de lo que en un principio estuvo dispuesto
a admitir.

La sucursal de Salvatore Ferragamo que le había
atendido durante la estancia en Italia iniciaba un
proceso contra él por cargos no liquidados de treinta y cinco mil euros, pues American Express se ne-
gaba a cubrir la fianza por el fraude, afirmando que
la tarjeta con la que Salvador había intentado pagar
todas las transacciones durante los días idílicos que
acababa de vivir era falsa y que ellos no tenían ningún cliente con ese número de cuenta.

Le costaba creerlo porque su plástico plateado
era auténtico y la propia institución financiera se lo
había ofrecido luego de años de acumular consu-
mos y un excelente manejo con su tarjeta anterior,
la dorada. Tenía que ser un error, pero cómo carajos comprobarlo ahora, incomunicado y recluido en
esa apestosa oficina.

No podía hacer llamadas, no conocía a nadie en
Italia que respondiera por él —pensó en Ste, pero
no se atrevió a involucrarlo—, no podría escapar de
presentarse a la citación en la Questura di Roma por
la demanda que Salvatore Ferragamo había puesto
en su contra.

Intentaba limpiarse la frente diminuta con su
pañuelo de seda cuando, al salir del aeropuerto, un
par de cámaras dispararon el flash sobre él; de reojo
alcanzó a ver un micrófono de la Telegiornale. No
pudo distinguir bien si el logo era de la TG3 o de
la TG5, pues el custodio que lo llevaba apresuró el
paso y le hizo entrar en un vehículo que lo esperaba

para trasladarlo a la oficina de la dependencia donde debía comparecer.

Para las seis de la tarde la noticia del funcionario mexicano detenido en el aeropuerto de Roma por una compra que evidenciaba los lujos faraónicos de la clase política ya estaba en la mayoría de las cadenas televisivas y en todos los diarios digitales mexicanos. La pieza imperdible se volvió viral y en cuestión de horas le dio la vuelta al mundo por el morboso placer que causaba ver el video de Salvador con el rostro sudoroso, el gesto descolocado y siendo conducido por un custodio.

XVI

¿Qué quería decir exactamente eso de "vete a descular hormigas"?

María había escuchado la frase en boca de sus hermanos mayores, así decían cuando querían que el otro se alejara. ¿Pero sería algo que de verdad hacían?, ¿buscar hormigas y arrancarles el culito?, ¿cómo sabrían exactamente dónde empezaba esa parte en el cuerpo de la hormiga?

Entendía bien lo que la palabra culo quería decir porque había leído que la pomada para rozaduras decía —y también ilustraba—: ponga el ungüento en el culito del bebé.

Con estos piensos, se fue a la parte trasera del patio a buscar hormigas para descularlas. Se sintió abrumada cuando vio que eran tantas que no podría ni contarlas, iban y venían en una marcha imparable por un largo tramo del piso junto a los árboles más viejos del patio. Intentó seguirlas pero se confundió, de pronto la línea se bifurcaba y unas filas seguían en la misma dirección pero otras cambiaban de rumbo. Eran diminutas, tan pequeñas que no habría manera de descularlas, eso seguro.

Levantó una ayudándose con una hojita seca y la puso en la palma de su mano, apenas pudo sentir cómo caminaba sobre su piel y pensó que debía encontrar unas más grandes. Rodeando el perímetro del patio llegó casi al otro extremo y ahí le sorprendió ver unas de mayor tamaño, rojizas y carnosas que, en menor cantidad que las negras, también se trasladaban en formación lineal de un punto al otro.

Repitiendo la táctica de la hoja seca tomó una y la depositó sobre su palma; de inmediato sintió un piquete que la hizo sacudir la mano para quitársela de encima. Por instinto se chupó el área donde el bicho había picado y luego revisó la zona: su piel estaba ligeramente enrojecida, aunque no dolía. Pero qué buen susto se había llevado.

Entonces, con el corazón latiendo muy fuerte y los pies fríos, concibió su venganza contra Maya.

—¿Qué sabes de hormigas? —preguntó María a Óscar durante la cena.

—Pues que son una plaga.

—¿Y qué más?

—Y ya.

—Yo sé que en el patio hay muchas. Los fines de semana que no hay niños, ellas son las dueñas del lugar —agregó Román, dándose por invitado a la conversación.

—¿Es todo? —insistió ella dirigiéndose a Óscar.

—Sí, es todo.

—Qué decepción, sabelotodo.

—Si quieres informarte, hazlo tú misma, la biblioteca está llena de enciclopedias.

—¿Me acompañas a investigar? —dijo María dirigiéndose a Román, que de inmediato respondió que sí y con un intercambio de miraditas quedó claro que esa noche escaparían a la biblioteca para hacer su documentación.

Acompañados por Óscar, que no estaba dispuesto a perderse ni un dato de la investigación, descubrieron que en esos librotes no había consejos para atrapar hormigas vivas, aunque sí especificaba cuáles eran tóxicas y los nombres de cada género; al parecer, las rojas picadoras que estaban en el patio se llamaban *Solenopsis*. Fascinados, repitieron el nombre varias veces hasta que pudieron decirlo con soltura, como si dijeran manzana o plátano.

María estaba tan decepcionada de no saber cómo atraparlas que sus amigos insistieron en saber para qué las quería: para vengarse de Maya.

—Entonces esto es una misión —dijo Óscar—. Tendremos que investigar en otro lado.

A los tres se les encendieron los ojos.

—Misión Solenopsis —dijo María, se escupió la mano y la dejó extendida esperando que los otros dos hicieran lo mismo para poder estrecharlas.

—¿Tenemos que hacer siempre esa porquería? —protestó Román.

—Pues es un pacto.

—Misión Guácala —se burló Román y, resignado, lanzó un escupitajo en su mano.

—Misión Solenopsis —repitieron los tres.

Discutieron sobre cuáles serían sus fuentes de investigación. María estaba convencida de que lo que necesitaban era una abuela que supiera de esas cosas; el problema es que la suya vivía en un pueblo al que sólo se podía llegar en autobús luego de muchas horas. Román opinaba que había que preguntarle a alguien que viviera en el campo, pero no conocían a nadie así y Óscar sopesaba la posibilidad de preguntarle al prefecto Saúl, pero reconocía el riesgo de recurrir a él. Convinieron en que lo mejor sería no consultar a ningún adulto del internado, ni maestros ni prefectos, eso sería como delatarse solos y abortar la misión antes de siquiera empezar con ella. Al final concluyeron que el adulto con más edad al que conocían —sin ser precisamente una abuela— era la mamá de María, así que ella se encargaría de preguntarle el fin de semana a su madre sobre el asunto.

El siguiente lunes María apareció radiante: su madre había resultado una gran conocedora sobre cómo atrapar cualquier tipo de bicho, sabía técnicas para cazarlos vivos o muertos, pues había crecido en la montaña y para ella convivir con los animales había sido cosa de todos los días durante su niñez.

No sólo le dijo cómo atrapar hormigas sino también abejas, gallinas, ratas; y cuando estaba por explicarle cómo se le quita el veneno a una serpiente, María prefirió decir que tenía mucha tarea porque la verdad le daba asco —y terror, pero no quería admitirlo— imaginar a su mamá presionando la cabeza de una víbora para exprimirle el veneno.

Llegó bien informada y con los instrumentos necesarios: un frasco de vidrio, una botellita de aceite y un par de guantes que su mamá usaba para lavar la ropa.

Entre la sesión de estudio dirigido y la cena corrieron al patio y dejaron el frasco untado de aceite que sería el cebo para que las hormigas entraran al recipiente y no pudieran salir. La intención era recogerlo en la madrugada, meterlo en una bolsa de tela oscura que María también había conseguido hurgando entre las chácharas de sus hermanos y, llegado el momento, vaciar el cargamento en el lugar preciso.

Al día siguiente, María se pasó las clases con la cara pegada a la ventana y cuando vio salir al grupo de Maya al patio central para la clase de Educación Física, pidió permiso para ir al baño y, con el frasco guardado dentro del suéter, salió.

Fue sencillo llegar hasta el gimnasio, que era donde los alumnos dejaban los pants, pues cuando las clases eran al aire libre, lo hacían en shorts y playera.

Tampoco fue difícil dar con el pantalón de Maya: estaba envuelto en la sudadera, que tenía una etiqueta con su nombre cosida a la altura del pecho; era común que los uniformes estuvieran señalizados con el nombre del dueño para no perderlos o confundirse entre cientos de alumnos que utilizaban prendas iguales.

Transpirando tantas emociones que la hacían pensar que en cualquier momento podría desmayarse, sacó el frasco, se puso los guantes que llevaba guardados dentro de las calcetas y giró la tapa. Con precisión volcó el contenido en el interior del pantalón de Maya e incluso limpió los bordes del frasco con la tela de la prenda de su víctima para asegurarse de que todas las hormigas salieran del recipiente.

Luego fue hasta los contenedores de basura y depositó el frasco vacío y los guantes. Regresó al salón de clases y apenas verla, Óscar y Román supieron que la misión se había concretado.

Cincuenta minutos después, un coro de gritos salía del gimnasio y Maya gemía, chillaba y daba saltitos tratando de sacudirse las hormigas y de arrancarse el pantalón al mismo tiempo.

Maya fue a dar a la enfermería. No había sido gran cosa, un par de piquetes que le habían ganado una inyección de cortisona y una píldora antihistamínica, además del consabido ungüento, esta vez no en el culito sino en las ingles y piernas. Pero Maya seguía fuera de sí y durante la cena se plantó directo en la mesa de María.

—Fuiste tú, ¿verdad?

La Misión Solenopsis hubiera sido todo un éxito si María hubiera ignorado la pregunta, pero no lo resistió, se puso de pie y con expresión de gozo, lo reconoció.

—Sí, fui yo.

Maya lanzó una bofetada directa a la cara de María y el impacto fue tan fuerte que la niña cayó sobre la jarra de leche y una mezcla del líquido blanco con un hilito de sangre que emanaba de su nariz recorrió la mesa ante la vista de todos.

Fue como prender la chispa que provoca un incendio. Óscar se levantó y se abalanzó sobre Maya soltándole un *jab* el estómago —su golpe favorito—, dejándola sin aire. Entonces los dos hermanos de Maya saltaron al ring y el defensor de María recibió una lluvia de patadas que no daba tregua, hasta que apareció Román acompañado de los mellizos Juan y Mario, aquellos de la masturbación colectiva; en cuanto los gemelos llegaron al borlote, arremetieron a patadas contra el enemigo para liberar a Óscar y a María, que se defendían como podían.

En cuestión de segundos ya volaban platos, cucharas, trozos de pan y cuanto objeto pudiera utilizarse como proyectil. Hasta que las cocineras fueron a llamar a los prefectos que tomaban su propia cena en la cocina y estos salieron y se metieron al tumulto para separar a las bestezuelas que parecían resueltas a golpearse hasta morir.

Mi partido responde por mí: esa era la certeza a la que Salvador se aferraba.

Estaba convencido de que así como él respondía con su vida por el PRI, ese animal político sin ley, pero fiel al único código de cubrirse unos a otros, respondería por él.

En su pecho se atoraba una incómoda sensación de poca valía: ver su imagen en la televisión había resultado de lo más desagradable; era notorio que su físico poco agraciado le hacía semejarse a un delincuente bien vestido —por ejemplo un narcotraficante— más que a un elegante funcionario de gobierno. En esa toma que lo mostraba junto al custodio del aeropuerto se translucían todas sus carencias de origen y se le atragantaban como una flema inmunda que no podía expectorar. En momentos así Salvador solía cometer errores verbales que lo obligaban a interrumpir el discurso, haciéndolo quedar como un imbécil.

Para colmo de su desventura, el secretario no había querido hablar con él directamente sino que había enviado al jefe de Seguridad para que resolviera el asunto y eso lo hacía sentirse prescindible, poco importante para quien él juraba que sería el presidente de México, el futuro *preciso*, como le gustaba llamarlo.

Aunque algo se limpiaba su reputación con la aclaración de que todo había sido un error, él no estaba contento; exigió que American Express ofreciera una disculpa pública y también el gobierno italiano, pero ya había recibido la patada en los huevos. Hijos de puta, tenía que tratarse de un montaje tramado por algún enemigo político: no le faltaban, pero le costaba identificarlo y se consumía pensando en quién y por qué motivo podría haber planeado semejante chingadera.

Se sentía fuera de sí, simio acorralado. Un ánimo sulfuroso le quemaba el estómago cuando abordó el vuelo en el que, ahora sí, emprendería su regreso a México. Intentaba acomodarse en el asiento cuando sintió el teléfono vibrar por un mensaje recibido; era Stefano.

"No quiero saber de ti, no me busques, ladrón".

Otra patada en los huevos.

Eso sí que no lo toleraba, Stefano —su Ste— lo humillaba, dudaba de él y lo ofendía de esa manera. Un atisbo de amor herido punzó en algún lugar de su interior, pero rápidamente lo contuvo. El comando de entereza volvió a activarse en pleno. Pinche putito mamador, güerito de mierda, ya encontraría la manera de darle lo suyo en cuanto retomara el control de las cosas.

Claro que no le dolía; si se había permitido ese fugaz resbalón había sido un error de calentura pendeja, pero no pasaba de ahí. No volvería a ocurrir.

Claro que no estaba triste ni tenía por qué sentirse humillado. Claro que no.

El pinche universo se ensañaba con él nuevamente y no le quedaría más alternativa que volver a poner todo en su lugar cuando llegara el momento. Al parecer, no sólo México sino también los países europeos eran un desmadre sin autoridades bien plantadas que hicieran al mundo cuadrarse por el buen camino.

Él era el ofendido, el de mayor estatura moral, el chingón de la pradera, y algún día se lo reconocerían. Bola de malagradecidos todos, también el putito de Stefano, primero muy contento con las invitaciones a champaña y las cenas elegantes, y ahora se atrevía a llamarlo ladrón... pero él era su papá, el papá de todos, bola de pendejos.

Se lo repitió muchas veces hasta que logró convencerse de que esa era la historia de su vida, una superioridad y magnanimidad no valoradas en un mundo injusto que, tarde o temprano, le rendiría tributo y le daría el reconocimiento debido. Ni más ni menos, sólo lo justo para compensarlo por tanto trabajo y valentía. Cuando la sobrecargo se acercó a preguntarle qué quería tomar, el personaje poderoso y controlado había vuelto.

—Champaña, hija, por favor.

Óscar movía los dedos de la mano derecha, que estaban morados y ateridos por el golpe, mientras Román caminaba de un lado a otro para reponerse de la impresión. María —enconchada sobre sí misma en el sofá— parecía desconectada del plano terrestre y Paolo circulaba a dos kilómetros de distancia derrapando el auto, con la ceja izquierda reventada por el puño de Óscar y la sensación de que su cabeza nunca iba a dejar de vibrar ni a regresar al sitio que le correspondía.

Román rompió el silencio.

—¿Quieres hielo para la mano?

Óscar hizo un gesto de no pasa nada.

—¿Tú estás bien? —se dirigió a María.

—Estoy bien.

Román trajo hielos en un recipiente y le ordenó a Óscar que metiera la mano, luego llamó a Felicia para que le sirviera un té a María.

Una vez que giró instrucciones, se sentó frente al incómodo par y arqueó las cejas, inclinó el rostro y simplemente levantó las manos con un gesto que parecía una pregunta pero también el arranque de un director de orquesta.

—¿Qué? —rezongó María.

—No, nada, supongo que aquí no pasa nada —ironizó Román.

—¿Por qué le pegaste? —María increpó a Óscar.

—Porque te dijo puta.

No hubo más conversación. María bebió el té mirando el contenido de la taza como si en él cupieran todos los paisajes del mundo al tiempo que sobaba su vientre en lo que parecía ser el tic inevitable de las mujeres embarazadas. Óscar echó la cabeza hacia atrás en el sillón, resoplando como caballo cansado.

Román decidió ignorarlos y fue a tumbarse en su cama para encender la televisión. Lentamente sus labios trazaron una sonrisa cuando vio en los noticieros —una vez más— la imagen de Salvador que Televisa retransmitía con el segmento del TG5 con el comunicado del gobierno de Italia y las disculpas públicas de American Express.

Entonces Román miró su reloj. La sonrisa se desplegó completa.

A esa hora el secretario de Gobernación debía estar recibiendo los testigos de los chats eróticos de Salvador con Stefano: fotografías, video y audios; había de todo, material que no dejaba lugar a dudas. Había que reconocer que Stefano, aunque cobró caro, jugó su rol a la perfección, con un desempeño inmejorable.

Aunque tal vez no alcanzara para arruinar por completo su carrera política, el golpe haría daño. Con un país homofóbico y en un partido conservador, hacía falta ser estúpido para aceptar, públicamente y en un puesto de tanta exposición, que un homosexual formara parte del equipo del futuro presidente. Y el secretario de Gobernación podría ser ignorante y dogmático, pero no era estúpido.

A Román le colmaba anticipar la cara de Salvador cuando su jefe le mostrara el material que había recibido y le explicara —¿cómo serían las sesiones privadas entre dos bestias políticas famélicas por el poder?—, sin abrir la más estrecha posibilidad de negociación, que tendría que dejar su puesto por un tiempo o, peor aún, seguir trabajando para su proyecto de nación (una carcajada bullía en el interior de Román), pero tras bambalinas. A escondidas. A oscuras. En la esquina mal iluminada y sin glamur de la que Salvador anhelaba salir con toda su alma.

Sin importarle la hostilidad infantil que se respiraba entre María y Óscar, salió de su recámara con aire de general que regresa triunfante, acompañado de su tropa y armando un jolgorio en celebración por la batalla ganada. Buscó su mejor botella de vino tinto, sacó tres copas y le pareció que la venganza tenía que oler a una botella de tinto recién descorchada; sí, la venganza era un aroma complejo, bien reposado, con notas de algo espeso, intenso y aterciopelado, de algo granate.

No preguntó y le acercó a cada uno una copa bien servida.

—Queridos, brinden conmigo, que hoy le he cobrado un poquito de lo que me debía al hijo de puta más hijo de puta que conocí en mi vida. ¡Salud!

Sus amigos le clavaron la mirada tratando de entender qué ocurría.

—Créanme, prefieren no saber los detalles, es por su bien.

Fue María la primera en levantar la copa. La venganza era su tema favorito, para qué negarlo; cuando dijo ¡salud! tuvo ganas de llorar.

Óscar levantó levemente su copa con la mano izquierda, pues la derecha estaba más dañada de lo que parecía, ese Paolo tenía los huesos duros, y agregó el tercer ¡salud! con resignación.

Al menos era vino tinto y no escupitajos en la mano lo que se colaba en sus rituales adultos. El juego de repetición de símbolos no escapaba a la conciencia de ninguno de los tres y bebieron con gesto complacido, a pesar de todo.

Cuando Román se sentó junto a ellos, en el mismo sillón, daban la sensación de estar atrincherados, tomando un refrigerio antes de partir para la siguiente batalla. De un rodillazo, el anfitrión empujó levemente a Óscar, que alcanzó a mover a María por el impulso en cadena.

XVII

Cansado de sospechar de sí mismo, Óscar decidió que enfrentaría el asunto sin asomarse a las aguas de su pantanosa culpa.

Apenas recibió el mensaje de Sara, supo que esa invitación a tomar un café y la subsecuente línea, "usted paga, profe", tenía más de un sentido. Se citaron en una cafetería del centro de Tlalpan, cerca del campus universitario, para regresar a tiempo a sus respectivas clases.

La voz de Sara destacaba, imponente y protagónica, ordenando un café capuchino con vainilla y caramelo en una de las mesas del fondo. Óscar no pudo evitar un sobresalto neurótico: le molestaba esa gente que confunde el café con un postre. Visiblemente irritado, se sentó frente a la chica.

—Hola, Sara.

—Hola, profe.

Ahora la voz de ella era un chirrido de llantas en su oído; "profe" se le antojó una contracción horrenda que devaluaba sin miramientos la labor docente, los esfuerzos titánicos de la humanidad por acercarse al conocimiento. Sara había dejado de ser un banquete sexual a sus ojos, la encontraba exasperante.

—¿Va a ordenar algo, caballero? —sonrió el mesero, solícito.

—Un espresso doble, por favor.

—Para el caballero —agregó Sara en un tono burlón.

El mesero desapareció en la cocina y antes de que Óscar pudiera preguntar nada, ella atajó.

—¿Y cómo has estado, profe?, ¿todo bien?

—¿Qué pasa Sara? ¿Quieres ir al punto, por favor?

—Uy, pero qué mal humor y apenas es martes —su actitud insolente tensaba un hilo metálico entre los dos.

—Aquí estamos; capuchino con vainilla y caramelo para la señorita y para el caballero, un espresso doble, ¿algo para acompañar su café? —interrumpió el mesero.

—Sí, una dona *red velvet*, la de aquí es deliciosa —pidió ella.

Qué horror, pensó Óscar, el mal gusto es infinito.

—Para mí nada, gracias.

Cuando volvieron a quedarse solos, Sara por fin disparó.

—Bueno, profe, pues el asunto es muy simple. No quiero presentar el examen final y me gustaría una calificación alta; no sé, por ejemplo un nueve. Y como tengo un *.txt* con nuestros chats y puedo comprobar que estuve en tu casa… Óscar pestañeó un par de veces, perplejo no ante lo que estaba escuchando, sino ante la revelación que ahí, en esa cafetería de techos bajos, pretenciosamente decorada con muebles antiguos que exhibían un desgaste malogrado, ahí, frente al librero falso repleto de falsos libros que sólo eran los lomos dispuestos en hileras, se le reveló un deseo vital y dominante.

—…y pues, no sé, supongo que prefiere evitarse problemas. ¿Me expliqué bien, prof? La mayoría de los profes lo entienden a la primera y todos aceptan. Digo.

—Te explicaste perfectamente, Sara.

La muchacha se quedó de una pieza cuando su profesor se levantó y, entusiasta, le dio un fraternal beso en la frente. Del bolsillo de su pantalón sacó un billete que dejó sobre la mesa, Sara lo escuchó decir "gracias" una vez más, y lo vio salir con el saco en volandas, andando con una energía fuera de lugar, como si tuviera nueve años y caminara directo a su fiesta de cumpleaños.

Óscar manejó con urgencia de regreso a la escuela; quería deshacerse de ese día de trabajo para ir a lo realmente importante. El cielo le pareció iluminado de un modo impreciso, como si ofreciera burbujas de luz en medio de los manchones de contaminación imposible de la Ciudad de México. Ni siquiera metió el auto al estacionamiento del Tecnológico, se quedó en una estrecha calle contigua y bajó dando largas zancadas hasta llegar a la oficina administrativa, se paró delante de la coordinadora de carrera y anunció:

—Hoy no puedo cubrir mis clases, lo siento.

—Sí, buenos días —contestó la mujer con su cotidiano acento de reprimenda.

—Buenos días, Beatriz, perdón. Sólo vine a avisarte, hasta luego.

—Oye, Óscar, estamos a tres días de los exámenes finales, no deberías faltar.

—Lo sé, discúlpame, tengo que irme.

Y así como entró, salió corriendo. Volvió a subir al auto y condujo impacientándose con los semáforos en rojo y el avance lento en algunos puntos, habitado por una ansiedad que no venía de su temperamento irascible sino de una repentina alegría amorfa a la que aún no lograba ponerle nombre.

Cuando llegó a casa de Román, acalorado, con manchas de sudor en la camisa, llamó al timbre sin despegar el dedo del botón, como si el sonido tuviera el poder de abrir.

Masculló un buenos días cuando Felicia apareció tras la puerta y, confundida, lo dejó pasar.

María estaba al teléfono, su ginecólogo le daba indicaciones.

—¿Y Román? —preguntó y las llaves del auto resbalaron de sus dedos sudorosos, se inclinó para recogerlas y la cara se le enrojeció.

Negando con el dedo índice y divertida con la prisa torpe de Óscar, dio por terminada la conversación para colgar el teléfono.

—Buenos días, Óscar, aquí todos estamos muy bien, gracias por preguntar. ¿Qué se te ofrece?

No había escapatoria ni refugio para el vicio correctivo de las mujeres.

—Buenos días, perdón —corrigió resignado—. ¿Está Román?

—No, está en su oficina, ¿no deberías estar trabajando también tú?

—Sí pero voy a renunciar —al pronunciarlo sintió que la sensación innombrada comenzaba a reunir sus letras como neuronas llamándose unas a otras y se puso de buen humor.

—¿Vas a renunciar para regresar al despacho? —María trataba de seguirlo.

—¿Cuál despacho?

—Óscar, ¿estás bien?, pues el de arquitectura, ¿qué otro?

—Ah, no es eso, no voy a regresar al despacho —y como si esos treinta años de postergar el largo camino de las preguntas, de los intentos de respuesta, hoy no pudieran esconderse más, anunció: —Voy a renunciar para ponerme a escribir.

María entendió, ¿quién podría entenderlo sino ella?

—Vine por ustedes para que vayamos al internado, pero si no está Román, vamos tú y yo.

Las palabras de Óscar le daban sustancia a su propia fatiga y a sus propios deseos, no se resistió. Tomó su bolso y le dio la mano, el contundente contacto de las palmas húmedas como dos moluscos reptantes le provocó una excitación que la descolocó. No era el momento, no hacía sentido y, sin embargo, María no pudo evitar que algo entre sus piernas cosquilleara.

—Cosquilla y comezón son sensaciones distintas, pero las dos se sienten en la piel, de cualquier manera recuerden que no deben rascarse.

Eso les explicó el médico a Román y a María, contagiados del brote de varicela que en cuestión de semanas multiplicó sus víctimas considerablemente.

A Román le parecía chistoso ver su piel, la de su amiga y otros niños cubierta de motas moradas por la violeta de genciana que les aplicaban para mitigar la comezón; se imaginaba que todos eran animales extraños, anfibios poco comunes; tal vez una especie de sapo exótico o una serpiente oriental.

Estaba encantando con pertenecer al grupo de los contagiados y portar las manchas moradas como insignia. El trato especial los colmaba y la comida para ellos era diferente, incluía muchas frutas que les daban en porciones pequeñas, en la enfermería estaba permitido dejar lo que ya no te cabía en la barriga; para Román, que por aquellos años comía poquísimo, era el paraíso. Además les servían en platos y tazas de vidrio y no de plástico como en el comedor, entonces jugaba con María a tomar el té como dos personas refinadas y podía dejar salir un poco a su personaje femenino sin que nadie lo molestara. La fragilidad de estar enfermo justificaba que suavizara aún más sus formas delicadas.

A María, en cambio, no le hacía ninguna gracia haber ido a parar a la enfermería, donde tendrían que pasar el resto de los días de la semana para evitar más contagios. Lo que le molestaba de ese lugar oloroso a vitaminas y a fierro oxidado no eran las camas, tan distintas a las del dormitorio pues estas parecían vejestorios de cien años con las cabeceras hechas de barrotes dorados, los colchoncillos estrechos y las patas altísimas; no le preocupaba el aislamiento, pues Román estaba con ella; no era siquiera que le molestara perderse de los recesos bulliciosos, que podían escucharse perfectamente desde el balcón de la enfermería, ni la certeza de que no podría escapar a la biblioteca para pisar al menos unos minutos la calle ninguna de las noches que durara su reclusión con los contagiados.

Lo que le fastidiaba era que Anita, luego del episodio de la caca de Trapo, había pedido que la cambiaran como asistente de las enfermeras, pues no resistía ya pasar las noches cuidando a esos pequeños demonios que le habían hecho aquello tan horrible. Y si la prefecta era como un policía de la limpieza en el dormitorio, seguramente aquí sería peor.

Sintió que se le revolvía el estómago en cuanto vio llegar a Anita para cubrir el turno vespertino y ponerse esa bata blanca, ¿por qué los médicos y enfermeras tenían que vestir de blanco? Una vehemente y divertida discusión con Román la había convencido de que su amigo tenía razón, se vestían de blanco para que, cuando un paciente sangrara, pudieran notar rápidamente el color de la sangre y saber que su vida corría peligro. Román era inteligente para las cosas sencillas; no tan inteligente como Óscar, que tenía una respuesta sacada de los libros para todo, Román era un niño listo de otra manera, una con la que María se sentía más cómoda, en posición de iguales.

Habían pasado más de tres años desde el incidente del "esquite", como todavía decían sus amigos para molestarla, y aunque la prefecta ya no se encargaba de cuidar a las niñas directamente, se la encontraba por los pasillos, en las revisiones de los lunes y en las filas para entrar al comedor, cada vez más flaca, jorobada y encogida. Ahora que volvía a tenerla cerca en la enfermería le parecía también más seria, más anciana —a los ojos de María, tener cuarenta y cinco años era la decrepitud absoluta—, le daba la impresión de que estaba a punto de desmoronarse como una galleta vieja.

En la enfermería les costaba dormir. Ni ella ni Román lograban conciliar el sueño. Por suerte, él había encontrado una diversión nocturna que a los dos les gustaba: explorarse el cuerpo intercambiando el rol de médico y paciente. A la mano tenían sólo tres instrumentos, pero resultaron suficientes. Un estetoscopio, un termómetro y una cinta medidora que las enfermeras dejaban en un estante siempre abierto. A su material médico sumaban las lámparas que Óscar les había regalado de parte de su mamá.

A la una de la mañana Román reptaba —ya experto en la táctica del traslado pecho tierra— y tomaba los instrumentos, regresaba hasta la cama de María y se metían debajo, pues las patas eran tan altas que cabían incluso sentados, él jorobándose un poco porque era más largo, ella erguida.

Se tomaban la temperatura y se escuchaban los latidos del corazón, se revisaban las orejas, los ojos, el interior de la boca, se medían un brazo o una rodilla y se daban diagnósticos hilarantes como "señorita, usted lo que tiene son piernas de pollo" o "su corazón late muy bien pero está creciendo y tal vez se le salga por la boca porque ya no tiene espacio con todos esos chocolates que se comió". Se reían mordiendo el borde del pijama para no hacer ruido.

La cuarta noche, aburridos de repetir la rutina, Román sugirió que se mostraran los genitales. En un principio María no quiso, el episodio con Maya la había vuelto desconfiada, pero Román era su amigo y no sentía, de ninguna manera, que hubiera una intención agresiva, era como el asunto aquel de los besos con bombones. Exploración pura.

Precavida, María quiso estar segura.

—Sólo ver, sin tocar, ¿de acuerdo?

—De acuerdo.

—Entonces es un pacto —dijo ella y la saliva ya esperaba en la palma de su mano para estrecharse con la otra.

Desnudos y alumbrándose con sus lámparas, se contemplaron en silencio. A María le llamó la atención que el pene fuera una cosa tan arrugada: había imaginado que era una cosa lisa, extendida, como una salchicha; y no esa vainita rugosa que colgaba entre las piernas de su amigo.

Ella aún tenía apariencia de niña, plana por donde se le mirase, sin asomo de pubertad en ninguna parte. Luego de un rato de contemplación mutua, Román concluyó:

—Lo tuyo es más bonito, ¿no crees? Es como un durazno.

Ella hizo un gesto que significaba "si tú lo dices" y se reservó su apreciación estética del pene de su amigo.

Se vistieron y ella tomó el turno para reptar bajo las camas y devolver el material médico a su lugar. Se fueron a dormir, cada uno pensando en lo suyo. Ella sin comprender del todo por qué el misterio del cuerpo desnudo era tan importante. Y Román cada vez más convencido de que le hubiera gustado ser una niña, ser Viola de *El barón rampante* o incluso María.

La última noche que pasaron en la enfermería, impacientes por ver a Óscar, al que extrañaban mucho, decidieron no jugar al doctor. El más interesante de los misterios se había develado la jornada anterior y ya no tenía ningún chiste volver a desnudarse.

María propuso que se mantuvieran despiertos para ver si detectaban algún fantasma como el de la niña muerta o la prefecta Panchita que, era bien sabido por todos, seguían apareciéndose durante las noches.

Tumbados entre las patas de la cama y aguzando el oído, se enteraron de cómo sonaba la enfermería por las noches, algo que no habían escuchado antes. Tenía crujidos, chirridos, portazos, pasos de enfermeras y un goteo permanente que no pudieron entender de dónde venía.

Se esforzaban por permanecer muy atentos, como si de su nivel de atención dependiera la decisión del fantasma de presentarse, y así, sintiendo que les punzaban los ojos por el trabajo de mantenerlos muy abiertos y en un silencio absoluto, vieron algo que los aterró.

No era un fantasma precisamente, sino Anita que, con su huesudo cuerpo metido debajo de la bata blanca que parecía colgar de un gancho y no de un ser humano, conversaba con una de las enfermeras. Repentinamente la ex prefecta se quitó el pelo como quien se quita un sombrero.

Los niños abrieron la boca ante la imagen de la mujer con el cuero cabelludo expuesto. Román, que se aferraba a la metáfora de las frutas, pensó que el cráneo de Anita era como un hueso de durazno: rugoso, con grietas, y sin un solo pelo.

—Me voy a morir de esto o de no dormir —dijo Anita con una voz que Román y María no habían escuchado antes. Ni esa voz ni esa sentencia en boca de nadie.

—No digas eso, mujer, para pelear contra el cáncer necesitas buen ánimo, tienes que echarle ganas.

A María se le oprimió el corazón y a Román le impresionó la idea de que la muerte le hiciera algo tan malo a las personas como volverlas feas. Imaginó las caras de sus padres después del accidente —no le habían permitido ver los cuerpos— y sintió un terror que le sacudió los huesos y una vaga tristeza al darse cuenta de que ya no podía reconstruir sus rasgos nítidamente. Estaba empezando a olvidarlos.

La mañana siguiente, María se levantó con una nueva obsesión: encontrar la manera de pedirle perdón a Anita. Ahora que la había visto tan mal y sabía que moriría, el remordimiento la destrozaba.

No era sencillo. No quería delatarse como la responsable del asunto de la caca en las sandalias, pero no iba a estar tranquila hasta intentarlo. Le preocupaba que la prefecta muriera, como ella misma lo había anunciado. ¿Qué tan rápido moría la gente enferma de cáncer?, ¿cuánto tiempo tenía para disculparse antes de que Anita desapareciera?

Román estaba triste y ella obsesionada cuando los dieron de alta y pudieron dejar la enfermería. Óscar se puso feliz de verlos entrar al salón y levantó la mano para saludarlos.

La niña fue directo a su pupitre y sacó su libro y cuaderno de Ciencias Naturales, pero no puso atención; con los ojos amusgados se pasó mirando hacia un lado y otro. Por su parte, Román se derrumbó en su sitio con esa cara que ponen los cachorros cuando están aburridos.

Sonó la chicharra que anunciaba el receso y todos se levantaron de sus plazas como impulsados por un resorte, dejando tras de sí ese olor a sudor infantil en el ambiente, una mezcla dulzona y agria, como suero de quesos blandos. Óscar les preguntó a sus inseparables:

—¿Vamos a las jardineras?

—Yo me quedo, quiero copiar las lecciones del libro de Mate que me perdí —dijo María dejando a los otros dos con expresión de incredulidad absoluta.

—¿En serio?

—Sí, vayan ustedes —y volvió a concentrarse en el cuaderno. Quería encontrar una manera de comunicarse con Anita.

—¿Vas a comer tu lunch? —preguntó Óscar señalando con la mirada la bolsa que contenía un sándwich, una manzana y una palanqueta.

—Solo la manzana, te regalo lo demás.

Óscar agradeció la porción extra y salió remolcando a Román.

María contempló el salón vacío, miró las mochilas de diferentes colores aventadas descuidadamente en el piso, el reducido pasillo que se formaba entre una fila de pupitres y otra, el pizarrón inmenso y junto a él, el horario de clases. Entonces se iluminó. Escribiría una declaración anónima.

Le llevó todo el día hacer la carta. Decidió usar letras mayúsculas para que no reconocieran su caligrafía. Descartó borradores y más borradores tachonando una letra, una palabra o enunciados completos. También estaba el trabajo de decorarla, y tomaba tiempo porque no decidía si un margen de flores era lo más bonito o quedaba mejor dibujar grecas de colores en el perímetro de la hoja. Y estaba el problema de cómo dirigirse a la prefecta: ¿señora o señorita?

¿Sólo el nombre o primero la palabra "Querida", como les habían enseñado en clase de Español que se escribían las cartas? Pero lo más difícil era el contenido, porque además de pedir perdón, no se le ocurría otra cosa para llenar el espacio en blanco.

Finalmente se decidió: el perímetro de la hoja lucía unas florecillas rojas con el centro amarillo y una ondita verde que pretendía ser el tallo. El texto fue breve pero sincero, se sintió muy satisfecha cuando la terminó y la metió en el sobre que selló con una de las estampas adheribles de Rosita Fresita que le habían regalado en Navidad las damas voluntarias.

La versión final de la carta decía:

QUERIDA ANITA,

LE PIDO PERDÓN POR LO DE LA OTRA VEZ CON LA CACA, ERA CACA DE PERRO Y NO DE NIÑO PARA QUE SE QUEDE TRANQUILA. DE VERDAD LO SIENTO MUCHO, ESPERO QUE MUI PRONTO SE CURE DEL CANSER Y PUEDA VOLVER A DORMIR.

SINCERAMENTE,

ANONIMO ☺

La tarde siguiente se apareció por la enfermería con el pretexto de sentir la frente muy caliente y un dolor de cabeza insoportable. Los becarios de bachillerato que ayudaban para cubrir sus créditos de servicio social la hicieron pasar y la dejaron en la sala de espera mientras una de las enfermeras venía para revisarla y determinar si hacía falta que entrara a consulta con el médico del turno.

Llevaba el sobre con la carta en la bolsa del suéter. En ese momento llegó Anita vestida de civil —así se decía cuando no llevaban ningún uniforme— y se sentó junto a ella, ignorándola.

Empezó a sudar. Era su oportunidad de entregar la carta, pero no podía hacerlo directamente. Dejó pasar los minutos, sintió ganas de hacer pipí, los nervios siempre le daban ganas de hacer pipí… ¿y si se levantaba y la prefecta se iba? Empezaba a distraerse cuando notó que Anita no la miraba, no miraba a nadie ni nada, solo estaba ahí, depositada como un costal de ropa sobre la banca.

La niña se animó a sacar el sobre de su suéter y colocarlo en el bolso del abrigo de la prefecta. Apenas lo hizo, se levantó y salió corriendo, bajó las escaleras tan rápido que casi se cae y fue a perderse en las jardineras tratando de calmarse.

Dos semanas después, María notó que Anita no se cruzaba con ella por ningún lado. Temiendo lo peor se animó a visitar de nuevo la enfermería, pero esta vez no inventó ningún síntoma terrible: lo dijo, quería saber de Anita. Una de las enfermeras más antiguas disipó sus dudas:

—Anita ya no va a trabajar con nosotros, está enferma y va a tener que quedarse en un hospital.

Dio las gracias y corrió a buscar a Román y a Óscar. Cuando los encontró pateando unas latas vacías en las canchas de futbol, les hizo señas para que vinieran a donde estaba. Le gritaron que terminando el segundo tiempo la encontraban en la jardinera. Allá se fue, resignada. Veinte minutos después sus amigos estaban ahí, con la cara roja y las rodillas negras. A Óscar se le veía muy contento, Román simplemente lo seguía.

—Anita de verdad se va a morir.

—¿Qué tiene? —Óscar todavía respiraba aceleradamente.

—Cáncer, como tu mamá —contestó Román.

—Pero no todas las personas que tienen cáncer mueren —dijo Óscar a la defensiva.

—Quién sabe —respondió María, cabizbaja; luego soltó la pregunta sin pensarlo: —¿Por qué se quedan calvos los enfermos de cáncer?, ¿a tu mamá ya se le cayó el pelo?

El teléfono móvil de Román vibra sobre su escritorio. Es un mensaje de María; primero recibe el texto: "Estamos en el inter" —como se referían al internado cuando eran pequeños—, seguido de muchos signos de exclamación mezclados con emoticones felices. Y después la imagen: una fotografía que acaban de tomar. Óscar y ella sonríen delante del campanario, sus miradas arden.

XVIII

A Román le pareció que sus amigos juntos constituían un bloque de guerrilla, una resistencia radical, algo que le gustaba reconocer pero que también lo lastimaba porque volvía a excluirlo, a dejarlo un poco atrás, expectante del protagonismo de ese vínculo de dos donde él, tendría que admitirlo, siempre había flotado como un satélite menor.

María parecía haber recuperado de golpe su resplandor, su ferocidad. Saltaba de un tema al otro, que si la biblioteca seguía igual de impresionante, que si el patio era mucho más pequeño de lo que ella recordaba, que si los dormitorios parecían congelados en el tiempo.

En cambio, Óscar, alterado también pero recubierto con esa espesura que le acentuaba las ojeras y la nariz prominente, matizaba a su manera. Parecía que el optimismo de María lo irritaba. Más de una vez lamentó la muerte del prefecto Saúl, pero insistió particularmente en cuánto sentía que el hijo de Saúl —a quien acababan de conocer en la visita— hoy ocupara el cargo y el destino de su padre: prefecto de un internado.

Fue un conversatorio de locos. Óscar renegaba de las repeticiones generacionales y citaba autores desconocidos para los otros dos, María celebraba que el internado siguiera en pie, pero pronto tuvo pensamientos mezquinos cuando se hizo consciente de la ruta que habían tomado cada uno de ellos; envidió la vida de los otros: preferiría seguir soltera como Óscar o tener el éxito profesional de Román. Pronto se sintió culpable; el brillo que recién había adquirido en la visita al internado la abandonaba. Román no lograba concentrarse, un malestar tardío por las posibles consecuencias de lo que había hecho con Salvador le pesaba, y resintió que sus amigos no se molestaran en preguntarle cómo estaba. Y Óscar se sorprendió despreciando a ese par que no podía seguir sus digresiones; despreció la poca gratitud de María, siempre subida en el pedestal de dueña de todas las batallas.

No se odiaban, no. Tampoco era que repentinamente se dieran cuenta de los defectos de los otros: era algo más simple, gris e informe que el odio, tal vez sólo se llamaba vida adulta. Tal vez dolía reconocer que para ellos no existía ya el refugio perfecto que pudiera replicar lo que habían vivido en el internado. Dolía reconocer que las fantasías de grandilocuencia infantil acariciadas durante tantos años no se habían materializado.

Sólo eran tres adultos comunes con problemas comunes, tres vidas promedio.

Las palabras de María hicieron daño a Óscar. ¿Por qué los enfermos de cáncer se quedan calvos? Había visto que su madre perdía islas completas de cabello y eso le dolía mucho porque, desde su apreciación infantil, perder la belleza no era cosa menor, era algo vergonzoso y humillante. Todo el mundo prefería a las personas bonitas.

Y a su madre el cáncer le había pasado por encima como una estampida de toros dejándola hinchada y amoratada donde las inyecciones imprimían una huella expansiva y violeta, sin pelo, con los ojos hundidos y un olor como de carne cocida con sal que Óscar nunca olvidaría.

—Tenemos que ayudar a mi mamá —les dijo aquella tarde y los otros dos estuvieron de acuerdo.

Eran poco más de las diez de la noche cuando los tres estaban fuera del internado; no podían esperar a que fuera más tarde, pues no encontrarían transporte para llegar al hospital y decidieron correr el riesgo de salir más temprano de lo que solían.

Cuarenta minutos después del pase de lista en los respectivos dormitorios, se las arreglaron para salir al baño y no regresar a las camas, que dejaron camufladas con almohadones abultados bajo las cobijas.

Una vez fuera, hicieron lo que nunca habían hecho: echaron a correr sin detenerse, con Óscar a la cabeza, sintiendo que dentro de él una legión de jabalíes también corría.

Román pensaba en las consecuencias: recibirían un castigo memorable y esta vez no habría manera de salvarse; obviamente iban a descubrirlos. En algún momento sintió el impulso de detenerse y dar media vuelta para emprender el regreso, pero le daba más miedo enfrentarse al camino él solo que seguir con sus amigos y aceptar lo que viniera con ello.

Al llegar al metro se filtraron entre la gente. Óscar y Román empujaron los torniquetes mientras María se colaba por abajo. Lograron llegar hasta el andén de la estación División del Norte, se mantuvieron muy juntos y callados. No hablarían con nadie, no darían ninguna explicación, no se distraerían con nada, ese era el acuerdo.

—Tenemos que ir en dirección a Indios Verdes —dijo Román, que era el más orientado de los tres.

—De acuerdo —secundó Óscar—, luego bajamos en Hidalgo y de ahí seguimos hasta Colegio Militar.

—¿Y cómo vamos a hacer para entrar al hospital?

—Ya veremos —sentenció María muy firme: había escuchado esa frase en boca de su mamá montones de veces y sabía que siempre funcionaba anticipar lo desconocido con un "ya veremos" para tranquilizarse.

Bajar del tren en la estación Hidalgo fue una proeza porque había gente, pero no tanta como para que no los detectaran. Así que se tomaron de las manos y se pegaron a una señora de caderas amplias; la siguieron muy de cerca, procurando poner cara de alegría para que la gente y los policías pensaran que iban con ella. La señora no dio señales de alterar su ritmo ni de molestarse por la cercanía de los niños, caminó bamboleando sus carnes bajo aquel inolvidable vestido rosa pálido que Óscar reconstruiría en el futuro en angustiantes sueños, mezclando la imagen de aquella señora con su propia madre usando la misma prenda.

Abordaron nuevamente el tren y ahí se separaron de las generosas caderas que les habían servido de barricada. Cuatro estaciones después bajaban en Colegio Militar. Con el corazón a galope, Óscar volvió a ponerse adelante y tomando de la mano a María, que a su vez tomó la de Román, corrieron hasta llegar a la entrada del Hospital de la Mujer.

María pensaba que si se concentraba en invocar algún poder sobrenatural, aunque fuera demoníaco, lograría que ella y sus amigos se hicieran invisibles. María había visto en alguna telenovela que se podían invocar la magia negra y los poderes venían con sólo desearlo. Y a ese deseo se entregaba con cada paso; una concentración ritual mediante la que invocaba la invisibilidad terminó por convencerla de que nadie los vería, pues las fuerzas del más allá estaban respondiendo a sus ruegos.

Lo cierto es que nadie los vio y, si hubo quien reparara en ellos, simplemente los pasó por alto. Tres niños uniformados corriendo por la ciudad a las once de la noche hubieran llamado la atención, pero, por alguna razón, no fue así.

Respirando como atletas que acabaran de cruzar la banda de la meta de un maratón, se pararon delante de la puerta del hospital, donde el vigilante conocía bien a Óscar y le daba buen trato, pues tenía intereses amorosos en la tía Evelia, que era con quien el niño siempre acudía a visitar a su mamá.

—Chiquillo, ¿qué haces por acá a estas horas? —preguntó el hombre.

—Vengo a ver a mi mamá, mis amigos también van a pasar, quedamos de vernos aquí con mi tía Evelia, que no tarda en llegar; dijo que mi mamá me mandó llamar —el niño elaboró la mentira con una velocidad que le sorprendió a él mismo.

—Pero yo me estoy haciendo pis —dijo María y empezó a pisarse la punta de un pie con el otro.

—¿Podemos adelantarnos para pasar al baño? ¿Por favor, por favor, por favor?

—Ándenle pues, pero luego se regresan para acá hasta que llegue tu tía, ¿entendido?

—Sí, señor.

Caminaron por el pasillo. Una vez que dieron la vuelta para entrar al baño, aceleraron el paso y subieron al tercer piso hasta llegar a la habitación donde Aurora parecía estar dormida.

María no dejaba de pensar en Anita; la culpa mordía en su interior. Se dio cuenta de que no toleraría ver a la mamá de Óscar sin pelo, mostrando el cráneo como había visto hacer a la prefecta, y quiso evitarlo.

—Yo me quedo aquí, alguien tiene que vigilar —dijo, y cedió el paso a Óscar y Román, que entraron sin pensarlo.

Al fondo del pasillo se escuchaba un zumbido.

Voces, personas que susurraban conversaciones imparables y un lamento intermitente ambientaban el lugar.

Un espasmo recorrió el cuerpo de Román cuando vio que Óscar lloraba como esas muñecas que se rellenan de agua y al presionarles la panza sueltan lágrimas sin cambiar el gesto.

María se mantuvo firme en la puerta, torturándose con los lamentos rítmicos de la paciente quejumbrosa.

Óscar se acercó a su mamá, olía mal. ¿Se había hecho pipí encima?, ¿ya no le ponían el cómodo para que orinara?

Se sentó en la cama procurando no alterar nada. Reparó en que Aurora sujetaba algo en la mano derecha, pensó que sería una estampita de la Virgen de Guadalupe que solía llevar en el bolso o metida en el corpiño para pedirle ayuda cuando fuera necesario.

Pero no era eso, se trataba de una foto de Óscar, la del cierre de ciclo del año pasado. Él odiaba esas fotos donde tenía que ponerse más serio de lo que ya era y mirar de frente a la cámara con el pelo relamido y el cuello de la camisa doblado por encima del suéter. No le gustaba esa imagen tiesa que resaltaba su cara de niño refunfuñón.

No podía retener ningún pensamiento, todos corrían como agua caliente. No sabía qué hora era, cuánto tiempo había pasado. De pronto le costó entender cómo había llegado hasta ahí, y cuando creyó que iba a desmayarse de ansiedad y de puro no saber qué hacer, Aurora abrió los ojos.

Óscar dio un salto del susto, pero se recuperó en cuanto vio que ella intentaba sonreír.

Extendiendo una mano abrazó a su hijo. El niño se dejó sacudir por el llanto contagiando a Román, que ahí, contemplando la escena de pie junto a su amigo, volvió a sentirse tan desamparado como el día que le dijeron que sus papás habían muerto.

Aurora apretó los ojos y sopló despacio, el dolor la atravesaba como una aguja gigante desde el vientre hasta la nuca. Óscar la vio recubrirse de un color amarillo y luego quedar casi transparente. Se asustó.

—¿Te duele mucho? —se esforzó para articular las tres palabras.

—Sí, hijo.

Óscar la miró con desesperación, con amor, con una rabia interminable. Su cuerpo actuó sin su voluntad. O quizá su cuerpo tomó la decisión que el corazón no se atrevía pero también deseaba.

Despacio, como si sus pasos pudieran lastimar a su mamá, caminó hacia la bolsa que contenía el coctel de medicamentos. Giró hacia la derecha el carrete que regulaba el goteo y lo abrió por completo para que esa agua se mezclara con la sangre de su madre.

Aurora resopló lento y luego se puso un poco azul, pero desplegó una sonrisa amplia y definitiva que tranquilizó a Óscar.

—¿Te sientes mejor, mamá? —la voz era una súplica.

—¿Ya se van a la escuela? ¿Te peinó Evelia? —Aurora empezaba a delirar, lunares de conciencia iban y venían delante de ella.

—¿Mamá?

—Regresa a la escuela. Te amo.

Óscar miró a Román.

—Creo que quiere que regreses al inter —dijo su amigo.

Óscar no se movió. La cara de su madre había cambiado. Era como si llevara una máscara relajada y de material muy fino sobre su verdadero rostro.

María alertó desde la puerta.

—¡Ahí viene el poli!, ¿qué hacemos?

—Vámonos —se apresuró Román.

Valoró el semblante de su mamá y le pareció que se veía mejor, más tranquila que nunca, aunque el tono azul no se iba… pero la sonrisa era algo bueno; era así como él quería verla.

Cuando los niños abandonaron la habitación, Aurora ya no respiraba. Depresión del sistema respiratorio, escribió trastabillando la enfermera primeriza en la hoja amarilla del expediente clínico.

A toda prisa se metieron en la puerta contigua, que daba a una salida de emergencia. Bajaron las escaleras y encontraron otro pasillo que los condujo al acceso de la sala de urgencias. Ahí había gente dormida en el piso y otros que ocupaban las hileras de sillas a modo de cama; seguramente esperaban por sus familiares. El guardia de esa puerta también dormía, sentado muy rígido en un pequeño banco de madera.

Siguieron de largo y no se detuvieron hasta estar nuevamente en la calle.

María y Román recordarían el regreso como un episodio de sonambulismo, incluso María había llegado a convencerse esporádicamente de que aquello no lo habían vivido sino soñado.

El fragmento en el recuerdo de Óscar era muy distinto. Se sintió invencible, con permiso para ser y hacerlo todo; sus sentidos se habían agrandado y registró cada detalle, cada aroma, cada ícono de las estaciones del metro, memorizó el nombre de todas las paradas del trayecto como si se tratara de una misión de inteligencia: Colegio Militar, Normal, San Cosme, Revolución, Hidalgo y luego el cambio a la línea tres pasando por Juárez, Balderas, Niños Héroes… hasta llegar nuevamente a División del Norte. En ese momento su certeza era inalterable. Al salir del hospital, este pequeño diálogo le había devuelto la alegría de saberse útil.

—¿Pudimos ayudar a tú mamá? —preguntó
María.

—Sí, la ayudamos.

XIX

Las caras afables de los profesores, los prefectos y las cocineras se le volvieron insoportables.

¿Quién se había encargado de contarle a todos que su mamá había muerto? No lo soportaba, no quería abrazos, ni mimos, ni palabras de aliento, ni silencios compasivos. Se sentía triste y furioso. Se enfermó.

Tosferina, eso le dijeron en la enfermería a su tía Evelia y le aconsejaron no sacarlo del internado ni para llevarlo al entierro de su madre.

Perdió peso, violentos ataques de tos sacudían su cuerpo adelgazado y le hacían vomitar lo poco que comía. La fiebre vespertina le provocaba alucinaciones y sueños que lo despertaban temblando como hoja de papel, empapado con su propio sudor pero sin poder llorar. Le ocurría algo extraño: a esa hora, en medio del terror, le entraba hambre, se imaginaba atacando a mordidas una manzana jugosa, devorando una sandía entera o frente a un gran plato de sopa de tortilla preparada por su madre. Entonces buscaba a las enfermeras y les pedía algo de comer y le traían cualquier cosa que no se parecía en nada a lo que había imaginado, le acercaban una gelatina o un sándwich de ensalada de pollo. Apenas tocar los alimentos, comenzaba la tos convulsiva que de inmediato lo hacía desistir; la tos seguía hasta que vomitaba y entonces, furioso, lanzaba la comida al piso o contra la pared.

No hubo manera de evitar las visitas de trabajadoras sociales y de la psicóloga que decía que quería ayudarlo pero que para él sólo era una molestia. Le irritaba responder a sus cuestionamientos estúpidos: "¿cómo te sientes?". No encontraba el menor propósito en esa pregunta, porque no había más que una respuesta, que era a la que todo el mundo recurría: bien, gracias.

Sólo se animaba con las visitas de María y Román, pero no les permitían quedarse mucho tiempo y tenían que entrar con un cubrebocas. Las últimas semanas ya no regresó a clases. Los maestros lo dejaron estar en recuperación hasta que llegó el fin de curso.

Lo calificaron con nueve de promedio general para cerrar el ciclo y le dieron el pase a sexto grado.

Dentro de dos meses comenzaría el nuevo periodo escolar.

Los niños se ponían eufóricos cuando empezaba ese esperado descanso.

Pero para Óscar esa larga pausa de verano sería terrible, aburrida y terminaría de templar su carácter hosco y retraído.

Pasó los días entre libros, saliendo de vez en cuando a la tienda de la esquina para comprar chatarra que prefería, por mucho, a la cocina de su tía, pues la pobre no tenía encanto culinario ni para salpimentar un huevo frito. Le entró manía por los alimentos, sólo le gustaba lo que él mismo preparaba y, por lo demás, prefería comprar paquetes de galletas, algo de fruta, cualquier cosa que no fueran esos guisos insípidos.

Se hizo aficionado al plato de cereal con leche por las mañanas y a las golosinas a lo largo del día; le gustaban especialmente las cosas dulces: chocolates, pastas, caramelos, bollos cubiertos de azúcar y rellenos de mermelada que compraba en la panadería que quedaba cruzando la calle y se sentaba en el borde de la banqueta a devorarlos viendo pasar a los demás chicos, que se acercaban como midiéndolo para decidir si lo invitaban a ser parte de la pandilla.

Él no mostraba interés en interactuar con nadie. Hundía la cabeza en el libro y leía hasta que se terminaba la última pieza de pan, después regresaba a casa de su tía y antes de que ella volviera del trabajo, echaba los guisos en el retrete y tiraba de la cadena para desaparecer las viandas que no había probado.

No podía llorar. No quería llorar. Se resistía a dejarse sentir ese dolor que, intuía, lo partiría en dos. Así que cuando el pecho le apretaba, tiraba *uppercuts* y *jabs* contra la pared.

Fue durante esos días que le cayeron las hormonas de la adolescencia y se descubrió cada mañana con una erección que estiraba la tela de los calzoncillos. Ah, eso era exactamente lo que le habían advertido que sucedería los gemelos y David la tarde del festín en el gimnasio.

Su itinerario se convirtió en una ansiosa masturbación matutina con la cara vuelta hacia la almohada. Al terminar saltaba de la cama al baño y levantaba la tapa del retrete con la punta del pie para orinar ruidosamente; enseguida tomaba el plato de cereal coronado con un plátano en rodajas y cuatro o cinco cucharadas de azúcar bien mezcladas para que endulzaran la leche. De mayor leería algo que primero calificaría de ridículo y después de incómodo, pues había un destello que, al menos él, encontraba verdadero en esta sentencia: los niños sin madre tienden a suplir el cariño materno con una dieta alta en azúcares, incluso en su vida adulta.

El resto del día se le iba en leer, vagabundear, comprar porquerías en la tienda y encender la televisión mientras esperaba a que su tía Evelia regresara del trabajo para cenar con ella un vaso de leche y otra pieza de pan dulce antes de irse a la cama.

Faltaba exactamente una semana para el 2 de septiembre, el día del inicio de clases. El calor por fin iba cediendo y por las tardes soplaba un viento que refrescaba pero que también levantaba los aromas carnales de la colonia en la que ahora vivía con su tía: aceites de cocina, carnicerías, charcos en descomposición y fritanga de los changarros que vendían meriendas en todas las esquinas se levantaban con el viento. Extrañaba el olor de las tardes en el internado; los eucaliptos gigantes del patio despedían un aroma seco y del comedor llegaba un olor a verduras en el fuego, a papas, aceite, jitomates y cebolla dando vueltas en el interior de la olla; lo mejor del aroma del internado era la época de Navidad, el vapor del ponche de frutas persistía mañanas y noches con su característico acento ácido por el tamarindo apenas matizado con la melaza de la caña.

Extrañaba a sus amigos, sobre todo a María que, a pesar del sudor por los juegos físicos y las carreras, conservaba como base un aroma que él adoraba; aun ahora, sumido en estos días áridos y sórdidos, pensar en María era reconfortante.

Una de esas noches, a punto de regresar a la escuela, vio en la televisión un promocional que sintió como un mensaje dirigido sólo a él y que le dejaría en el centro del pecho una inquietud honda, corrosiva y que duraría décadas. En la pantalla un par de afamados cantantes advertían a los jóvenes para que dijeran "no a las drogas porque las drogas destruyen y matan". El mensaje era simple, meloso, dramático.

Relacionó, por primera vez, a pesar de haberlo escuchado antes, la palabra drogas del promocional en la televisión con la misma que usaban su tía, las enfermeras y su propia madre para referirse al medicamento que le administraban para aminorar el dolor. Morfina.

El mensaje de la televisión decía cosas horribles sobre las drogas, pero la morfina había ayudado a su mamá. Porque la había ayudado. Porque cualquier cosa era mejor que seguir siendo un cadáver en vida. "Ayudar" y "matar" eran palabras que nunca había relacionado con aquello que hizo.

¿Cómo no asociar palabras tan terribles con el descanso de su madre, con el descanso que él mismo había producido? Ay, ay, ay, el corazón se volvía una bestia enorme, babeante, encerrada, insoportable.

Al volver del trabajo, Evelia encontró la mitad de la paupérrima casita destruida. Parecía que una turba desenfrenada hubiera atravesado la cocina, el baño, el pequeño espacio que servía de habitación para su sobrino; le bastó echar un vistazo para constatar que Óscar no estaba, salió a buscarlo por las calles, preguntó a los vecinos, paró en todos los puestos de tacos para ver si había salido a cenar, pero no había rastro.

¿A dónde podía ir un niño de doce años a esa hora?

Nada, su desesperada búsqueda no sirvió de nada. Resignada, regresó a la casa, pero antes pasó por la puerta de una de sus vecinas para hacer una llamada telefónica a la estación de policía y reportar la desaparición de su sobrino. Sintió que se le doblaban las piernas cuando del otro lado le recitaron la letanía de preguntas para detectar si el desaparecido se había ido por voluntad propia. ¿Hay alguna razón para pensar que el joven quisiera dejar la casa? (Evelia no podía concebir a Óscar como un joven, si era apenas un niño), ¿ya verificó si tomó dinero o algún objeto de valor con el que pudiera financiar un viaje?, ¿ha notado cambios en el comportamiento del joven que pudieran indicar que ha estado consumiendo alguna droga?

No lo toleró y colgó el teléfono sin terminar el procedimiento.

Se hincó ante la imagen de la Virgen de Guadalupe que colgaba sobre la cabecera de su cama, encendió una veladora e invocó al espíritu de su hermana muerta para que el niño apareciera.

Rezando en un susurro se puso a levantar la casa, a limpiar todo de nuevo, a separar los objetos rotos que podían repararse de los que sin remedio tendrían que irse a la basura. Dieron las tres de la mañana cuando por fin consiguió que la minúscula casa pareciera ordenada y se recostó vestida.

La luz del alba anunciaba que dentro de poco amanecería cuando unos tímidos golpes llamaron a la puerta. Saltó, era Óscar.

Se abrazaron.

Lloraron apretados el uno contra el otro hasta que llegó la hora en que Evelia tuvo que darse un baño para irse a trabajar.

Román sintió alivio de quedarse solo. María, por increíble que pareciera, tenía un llamado para la audición de una temporada de teatro y danza que comenzaría el año siguiente; había ido a su casa por ropa y música para la audición, pero también para tener una última conversación con Paolo, de manera que no regresaría hasta el día siguiente, después del llamado.

Román se puso cómodo, lo que significaba dar dos jalones a un porro, servirse una copa de vino tinto y sacarse la ropa para aventarla en algún sitio al azar. Tenía tantas ganas de estar solo que incluso le pidió a Felicia que hiciera un viaje a su pueblo un par de días. Ya vería cómo se las arreglaba sin ella.

Se tumbó en la cama con la copa de vino. Con la pantalla de la computadora frente a él, atisbaba una extraña sensación que debían ser ganas de llorar por la muerte de Manuel pero que no se manifestaban gracias a sus ansiolíticos: la marihuana y el alcohol.

Tenía que programar dos viajes para preparar el cambio a la colección de otoño del año próximo; al menos debía echar una ojeada a los correos que se acumulaban desde hacía días en su bandeja de entrada.

Navegando entre una tarea y la otra, se detuvo en el portal de noticias que consultaba mecánicamente varias veces al día: debajo del encabezado que rezaba "Pobreza, deuda y desempleo son las marcas del gobierno de Enrique Peña Nieto" estaba otra nota, la que había esperado durante semanas.

La cara de Salvador, estrecha, fea y, sin embargo, un punto altiva: había levantado ligeramente la barbilla para que le tomaran la fotografía que acompañaba la nota, escueta, que se resumía así: "Salvador Villegas, antiguo y leal colaborador del secretario de Gobernación, es suspendido temporalmente de sus actividades por motivos de salud y personales (…). El funcionario aseguró que dicha suspensión será temporal y que pronto retomará sus responsabilidades, ya que su compromiso con el Partido Revolucionario Institucional y con el proyecto político para el fortalecimiento y el desarrollo de (…) es más fuerte que nunca. Villegas reiteró que el desagradable evento con las autoridades italianas fue un malentendido y que, cualquiera que intente difamar a una persona respetable, debe tener presente que la difamación es un delito como (…) perseguidos con todo el peso de la ley".

Exultante, de un buen humor que lo hacía bailar, fue al estudio dando saltitos.

Sacó uno de sus cuadernos de diseño y su caja de carboncillos. Se sentía inspirado; con soltura pintó un par de trazos en la hoja y pronto consiguió dibujar un botín con remaches en el empeine y tiras con estoperoles colgando del tobillo; le gustó el toque urbano. Tomó otra hoja y esta vez el clásico *pump*, pero con la puntera metálica y un accesorio que pendía del tacón emulando un látigo miniatura salió de sus líneas fluidas y veloces.

Siguió hasta la madrugada. Diseñó, borró, ajustó, repitió modelos; al final tenía delante una colección completa con motivos gladiadores, hebillas, látex, altos y gruesos tacones, chinchetas, metales.

Ya pensaría cómo llamarle, pero, por ahora, sólo le vino una palabra a la cabeza; la escribió con letras mayúsculas en una hoja que colocó sobre todo el montón: "Pelea". La miró un segundo, suspiró. Ojalá hubiera tenido antes todos los recursos de ahora para defenderse. Agotado, se arrastró hasta la cama y durmió como un bendito.

Mexicanos sangrito de guerra ... cantaban los niños el primer día de clases; era la dosis obligatoria de solemnidad patriótica, cantar el himno nacional todos los lunes aunque no entendieran ni jota de lo que decían.

Había quienes aseguraban que sí, "Masiosare" era un extraño enemigo; el clarín con su bélico acento no significaba nada más que la posibilidad de gritar muy fuerte la o al final de la palabra acento.

El primer día tenía algo de especial, los libros y cuadernos eran nuevos, algunos niños estrenaban uniformes y, sobre todo, expectativas.

Los cambios de estatura, de peso y de corte de pelo se hacían evidentes por aquí y por allá.

Las caras se transformaban a ojos vista. Los niños no lo advertían, pero la cantaleta de los adultos terminaba por convencerlos de que en sólo dos meses habían cambiado y eran otros: cómo has crecido, ya embarneciste, estás más alto, ¡te está saliendo el bigote!

María había estirado un poco, pero seguía igual de flaca, sin alteraciones en su cuerpo. Román se veía más larguirucho, pero la revelación fue Óscar, que en dos meses parecía haberse convertido en un muchachote de quince años —sólo tenía doce—, más alto y con el cuerpo fibroso. Había mutado para cubrirse de prometedores músculos; hasta la voz le había cambiado y resonaba grave, casi severa, desde el centro de su pecho.

Algo de ritual implicaba dejar la educación primaria, la de los pequeños, para pasar a la de los grandes, los adolescentes. Había rostros desconcertados pero la mayoría se veían ansiosos, era grande el deseo de que el tiempo pasara muy rápido y les permitiera dejar ese estadio que consideraban despreciable: el de ser niño o niña de primaria.

El rostro de Óscar era la expresión pura del enojo, parecía que todo le incomodaba: la camisa del uniforme, la luz del sol, el pelo crecido que ya no se mantenía pegado ni con el gel pastoso que le había comprado su tía. Un mechón del flequillo le caía sobre la frente y le daba un toque de pistolero de película del Oeste.

Y como para empatar su nueva imagen con la actitud, se volvió agresivo. Era sólo la primera semana de clases y ya le habían puesto dos reportes de conducta, el primero por romper un vidrio del salón al que lanzó un balón con absoluta puntería. Y el segundo, por abrirle la cabeza a Xavi en una brutal pelea, desatada en los tableros de aseo dental por la broma más socorrida, que era intercambiar los cepillos dentales de lugar. Óscar simplemente no estaba para tolerarlo y se fue encima de Xavi, estrellándole la cabeza contra la pared. El agredido apenas tuvo tiempo de meter las manos y Óscar siguió tirando golpes y patadas como si buscara la consunción de sí mismo. Nadie podía recordar un episodio donde los golpes hubieran involucrado tanta sangre; el descalabro de Xavi había embadurnado de ese rojo coaguloso la pared y la orilla de los lavabos que estaban cerca. Nadie metió la mano para defender al pobre Xavi. Estaban aterrados.

Otros incidentes menores y una permanente actitud violenta hizo que sus compañeros le tuvieran miedo. Ya tenía fama de "golpeador". A la menor provocación, Óscar soltaba trompadas, patadas, codazos y lanzaba sin pensar lo que tuviera a la mano.

María y Román, leales, lo seguían a donde fuera. Sólo a ellos no los golpeaba, pero tampoco les hacía mucho caso, los dejaba estar junto a él como permanecen los guaruras rodeando al jefe de la banda. Cerca pero lejos.

Perdió todo interés en las clases, lo que los maestros dijeran lo tenía sin cuidado, se recargaba en el pupitre y miraba el vacío. Cuando sonaba la chicharra, salía del salón y se pasaba las tardes tirado en las jardineras, embebido en sus libros. Una de esas tardes, mientras leía, sacó un cigarro de su mochila. Provocador, lo encendió y comenzó a fumar ahí mismo, desencadenando un vocerío escandaloso entre los alumnos.

Alfredo, el director, lo llamó a su oficina.

Óscar se presentó de mala gana, arrastrando la mochila y con un mechón tapándole el ojo derecho.

—Buenas tardes, mi amigo mosquetero —bromeó Alfredo al recibirlo.

—Buenas tardes —respondió pálidamente, irritado por la referencia al juego de los Tres Mosqueteros que ahora encontraba infantil e idiota.

—¿Te ofrezco un chocolate? —dijo el director mientras abría el cajón de su escritorio y el característico sonido de empaques de dulces anunciaba la aparición de alguna delicia a la que Óscar, por supuesto, no podría resistir.

—¿Pasa algo malo? —se apresuró a cuestionar el chico, que tenía prisa por salir de ahí; sentía cómo el rostro se le iba poniendo rojo, le ardían las orejas y estaba seguro de que todo el personal que trajinaba de un cubículo a otro y que pasaba por la puerta sólo pensaba en una cosa: es el pobre niño al que se le murió la mamá. No lo soportaba.

—¿Algo malo? ¿Algo bueno? ¿Cómo puede un lector tan sofisticado pensar que las cosas son sólo buenas o malas?

Óscar comprendió el tono sarcástico del director. Qué sabía ese vejete ridículo de él, de lo que sentía o leía. Lo miró con odio.

Alfredo no cambió de tono, quería provocarlo.

—Por ejemplo, arriesgarte a perder una beca que necesitas porque no te da la gana esforzarte siendo tan inteligente como eres, no es malo, es estúpido.

—No soy estúpido —el muchacho saltó de su lugar con rabia.

—No dije eso, dije que eres inteligente pero que tu actitud es estúpida, Óscar, ¿no te das cuenta? —Alfredo también se puso de pie.

—Es mi problema.

—De acuerdo, supongo que esta conversación no va a llegar a ningún lado, puedes irte —el director extendió la mano señalando la puerta y se sentó, resignado.

La mirada de Óscar era de sorpresa, no esperaba que lo liberaran así, tan fácil. Se quedó unos segundos de pie, sin moverse, pero Alfredo no le dedicó más atención.

Herido por el desinterés, alzó los hombros en señal de no me importa y dio media vuelta. Cuando estaba a punto de salir, el director agregó:

—No te pierdas, hijo, no te lo permitas.

Sus amigos lo esperaban a unos pasos de la oficina. En cuanto Óscar apareció, lo siguieron como perros al líder de la jauría.

Estaban resentidos con él por el modo en que ahora los trataba, era cierto, pero, sobre todo, les preocupaba, María se daba cuenta de que ese no era Óscar, estaba fingiendo, pero no podía entender por qué. Y Román sabía de cierto, porque lo había vivido con la muerte de sus padres, que esa rabia pasaría, que no podía hacerse el chico malo durante tanto tiempo, que la actitud de matón sólo era para evitar que los adultos lo compadecieran y dejaran de acribillarlo con sus cuestionamientos de cómo estás y cómo te sientes.

Caminaron hacia la biblioteca, que era a donde Óscar se dirigía; una vez allí, esperaron a que les indicara que podían entrar con él. Se sentaron en la misma mesa grande que él eligió, los miró y movió la cabeza para que lo siguieran a las estanterías.

Buscó un título nuevo. Ahí estaba *Oliver Twist*, había una docena de ejemplares. Tomó uno para cada quien y se los puso delante, ya era hora de que cada cual se concentrara en su lecturas y a él lo dejaran en paz y no le pidieran explicaciones de todo lo que había en los libros, si los propios libros lo explicaban.

Se quedaron poco más de una hora. Cuando la bibliotecaria anunció que estaban a punto de cerrar, María y Román devolvieron sus ejemplares y Óscar, con un movimiento limpio, se metió el suyo en el pantalón.

Román avanzó un poco con la lectura, María nada porque a ella le seguía pareciendo aburridísimo leer en voz baja, pero Óscar devoró un tercio del libro. A él se le prendió en el pecho la historia y siguió leyendo; no la soltó ni en la fila del comedor ni durante la cena, ni cuando caminó a tropezones para llegar al dormitorio, ni cuando apagaron las luces.

Terminó la novela de Dickens sintiendo que el hueco de su pecho estaba diseñado exactamente para que entrara ese libro. Se apoyó en un codo y el otro, se acostó bocabajo, bocarriba, se mordió las uñas y los pellejos de los dedos hasta hacerse sangrar. No pudo dormir.

A la mañana siguiente, con profundas ojeras y sentado frente al plato del desayuno que no tocó, volvió sobre la vida de Oliver Twist. ¿Cómo podía saber ese señor, Charles Dickens, exactamente lo que se sentía ser huérfano? Repasando lo que había leído no encontraba tranquilidad, pero ya tampoco se sentía ansioso; era un estado nuevo para él, como si de pronto todo se volviera lineal y perdiera sentido ser quien era porque alguien, el personaje de la novela, ya había sido él, ya había ocupado su lugar en la vida.

Meses después de terminar esa novela, las palabras del director harían eco en su cabeza: no te pierdas.

¿Perderse sería terminar como Oliver, robando en las calles? Claro, se refería a eso y no a perderse en la Ciudad de México y no saber regresar a casa.

¿Cómo sería convertirse en uno de esos niños extraviados que anunciaban en la televisión? Por dentro ya se sentía perdido sin su mamá, pero no iba a decírselo a nadie.

El fin de semana se dedicó a dormir; pensar en cualquier cosa le hacía daño.

Su tía estaba preocupada, pero no tenía la más pálida idea de cómo acercarse a un adolescente, no tenía hijos y de buenas a primeras le había caído la responsabilidad de uno de doce años que estaba pasando por una transición que ella no comprendía cabalmente.

Intentaba animarlo con delicias de repostería que compraba de camino a casa, pero ni siquiera eso lo sacaba del letargo.

Óscar se levantó la mañana del domingo sabiendo exactamente lo que quería hacer. Había soñado con su madre —eso no podía evitarlo— y en el sueño había experimentado tal felicidad y bienestar que se convenció de que lo único que podía aliviar su malestar era reunirse con ella. En el sueño era ella la que caminaba delante de él en los andenes del metro, ataviada con el vestido rosa de la señora que les había servido para camuflarse aquella noche. Caminando detrás de ella se sentía confundido, pero su madre giraba repentinamente la cara y estaba tan contenta y tan bonita, llamándolo para que le diera la mano, y el contacto de las pieles era tan acogedor y reconfortante que no quería sentir otra cosa nunca más en su vida.

XX

Una hiriente luz roja les dio directo en la cara. Una patrulla con la torreta encendida y el aullido de la sirena a toda potencia se detuvo debajo del puente junto al cuerpo de Trapo que María acariciaba.

Óscar se rindió a los brazos de su amigo. Entre mocos y babas alcanzó a decirle que él mismo había matado a su mamá aquella noche en el hospital con una sobredosis de medicamentos. Lloraba violentamente cuando el oficial de policía les pidió que bajaran.

María corrió a pedirles que se ocuparan del perro, pero ya no había nada que hacer.

Luego se acercó al pie del puente mirando bajar a los otros dos, que venían cubiertos de lágrimas. Le recordaron a los borrachos de su colonia que, arrepentidos, se ayudan a no caer al salir de una cantina mientras prometen no regresar. Hubiera querido llorar también ella, pero no podía, no sabía qué hacer, sentía muchas emociones diferentes, no podía decidirse por una.

—Pero si son unos niños —dijo sorprendido el uniformado—. ¿Qué hacen aquí? ¿Dónde viven?

Sólo María podía hablar.

—Somos alumnos del Internado Número Uno Gertrudis Bocanegra del Lazo de la Vega, habíamos salido a dar una vuelta —dijo resuelta, por única vez pausada.

—No se muevan —el oficial llamó a su compañero para darle indicaciones de las que los chicos no entendieron nada.

En minutos llegaron dos patrullas más, comandadas por mujeres. Les pidieron que subieran a los vehículos para llevarlos a Locatel, ahí les ayudarían a regresar a sus casas. Los niños insistieron en que no tenían que regresar a sus casas, sino al internado, pero los oficiales se apegaron al procedimiento que debían seguir.

A las siete de la mañana salieron de las oficinas de Locatel acompañados de Alfredo, Saúl y Mónica.

Como perros con la cola entre las patas, los niños iban sentados en la parte trasera de la camioneta que los llevaba de regreso a la escuela. Llamaron a la tía Evelia y a la mamá de María, los tres recibieron tremendo regaño; les hicieron firmar reportes y amonestaciones que, en esencia, amenazaban con echarlos si volvían a cometer una falta, por pequeña que fuera. Ahora el personal administrativo de la escuela debía enfrentar un procedimiento de auditoría, revisiones que durarían meses y procesos de evaluación que enfurecieron a Alfredo, quien nunca más volvió a dirigirle la mirada a cualquiera de esos chicos.

Les advirtieron que a partir de ese día y hasta terminar el ciclo escolar quedarían bajo estricta vigilancia, y así fue. Un marcaje personal de prefectos y maestros que se rotaban para supervisarlos día y noche se convirtió en su vivir cotidiano.

Lo cierto era que no hacían falta la vigilancia ni las amenazas ni los aterradores documentos firmados con sentencias futuras; lo que habían vivido los había marcado para el resto de sus vidas. Ahora los tres tenían miedo, mucho miedo de sí mismos.

Se obligaron a la disciplina, a cumplir con las tareas. Incluso Óscar volvió a despuntar en todas las asignaturas sin hacer demasiado esfuerzo para lograrlo. Y no hablaron nunca del episodio que habían vivido. Ni siquiera sabían cómo nombrarlo. Lo mejor era guardar silencio.

Aquella fue la última vez que los mosqueteros escaparon del internado.

María regresó la tarde siguiente a casa de Román. Venía de la audición, contenta y exhausta. Lo había conseguido: el próximo año tendría una temporada de seis meses. Estaba de buen humor, ya se las arreglaría para dejar al niño con su mamá cuando llegara el momento; y trabajaría, como han hecho todas las madres desde que el mundo es mundo. También soltó, como si nada, que ya tenía fecha para firmar el divorcio, Paolo por fin había cedido.

Sobándose la panza y caminando por todo el departamento sin zapatos, siguió hablando sin parar de sus planes para el futuro, para la crianza del bebé, para seguir activa, para recuperar el peso y la figura —fundamental si eres bailarina, insistía…

Román recordó con cariño —y fastidio— que Óscar llamaba a María "niña escandalosa" y le dio la razón.

Por fin se hizo un silencio. Entonces Román pudo decir que su tía Guillermina había muerto la noche anterior y que lo único que lamentaba era no haberse vengado de la maldita gorda. Su amiga corrió a abrazarlo y durante un rato no hubo más palabras, hasta que María dijo:

—Tengo hambre, ¿tú no?

—Un poco, ¿pedimos algo?

—¿No está Felicia?

—No, se fue unos días a visitar a su gente, no me digas que la extrañas —había algo malicioso en la pregunta de Román, que no había pasado por alto la antipatía de su amiga hacia la señora.

—Al principio me recordó a Anita, no sabía qué hacer con eso —se disculpó María.

—¿Felicia te recordó a Anita? No me jodas.

Recordaron el episodio de la mierda en las sandalias de la prefecta y rieron hasta las lágrimas, hundiendo la cara en el sofá. Volvió la calma.

—¿Me vas a contar qué pasa entre tú y Óscar? —la franqueza de Román fascinaba a María.

—Nos acostamos, pero ya lo sabes. ¿No?

—Sí, guapa, pero no me refiero a eso, ¿qué van a hacer? ¿Se van a volver novios?

—No —María se puso seria—. Quiero estar sola, lo necesito.

—Te entiendo pero no te creo, ya me vi diseñando los zapatos para tu boda con Óscar, tiempo al tiempo.

María sonrió, nerviosa.

—¿Y tú no tienes novio?

—No, querida, yo también quiero estar solo.

—Sí, hace falta.

—Oye, ¿te puedo hacer una pregunta indiscreta?

—Claro, desde cuándo tú pides permiso para hacer preguntas.

—¿Cómo es el sexo estando embarazada? ¿Es verdad que la calentura es insoportable?

—Sí, pero no todo el tiempo, no cuando estás dormida, por ejemplo.

Silencio. Luego estallaron otra vez en carcajadas.

Ordenaron pizzas y Román le escribió a Óscar, invitándolo a la improvisada cena. Llegaron las pizzas y diez minutos después llegó su amigo.

Empezaron a desfilar las cervezas y los tragos de mezcal que Román y Óscar consumían como en competencia ante la mirada divertida de María.

Los tres se descalzaron, cantaron y bailaron, se declararon cariño incondicional y María prometió que después del parto se pondría todos los zapatos altos de la colección de Román.

Después vino un intercambio de frases farragosas, intentos de conversaciones inconexas y recuerdos hilarantes de cuando eran pequeños.

Finalmente entraron en la inexorable etapa de perdones y confesiones ebrias que María, la única sobria, aprovechó para pedir que le dijeran exactamente qué había pasado aquella noche que visitaron a Aurora en el hospital.

Óscar le contó todo en cuatro frases precisas, breves, casi clínicas; cuando terminó el sucinto relato se quedó mirando a Román, que hizo un gesto afirmativo y, mirando a uno y a otro con mucha atención, dijo:

—Aquello fue un acto de amor. Tú querías ayudar. Y éramos unos niños.

XXI

Algunas mañanas, muy pocas, conducir es una suma de pequeños placeres para Óscar. El vaso de café caliente a la mano, la ventanilla abierta que le deja sentir el aire en el lado izquierdo del rostro, Eagles haciendo vibrar las bocinas del auto con "Hotel California", la única canción de la que no se cansa nunca.

Esta mañana es así, una pequeña gloria interior. Conduce rumbo al Campus sonriendo, cantando estrofas incompletas, revestido de una única certeza, inusitadamente ligero.

Es extraña la alegría, se estaciona mal, olvida el folder amarillo con los documentos, regresa al coche, cierra la puerta. Con razón la gente feliz parece más tonta. Sonríe.

Al entrar a la oficina de coordinación de carrera, Beatriz está lista, acompañada del encargado de Recursos Humanos.

—Buenos días —saluda al llegar y en ese "buenos días" cabe la sonrisa más honesta que tuvo en toda su estancia en la universidad.

—Buenos —responde Beatriz de mala gana—. ¿Estamos listos? ¿Seguro que quieres renunciar, compañero?

—Seguro —Óscar se guarda la alegría, le parece de mal gusto mostrarse tan feliz por dejar el Tecnológico, es casi como estar feliz el día del rompimiento con una pareja; hasta él lo sabe, hay que lucir consternado, es lo que dictan las buenas maneras.

El encargado de Recursos Humanos se presenta, solícito.

—Héctor Patroclo Martínez, mucho gusto —dice mientras, diligente, prepara las copias de la carta de renuncia, el cheque del finiquito y la carta de deslinde laboral.

Óscar suelta una carcajada, se disculpa. Lamenta haber delatado su broma interior: los héroes de la *Ilíada*, con gesto amable y eficiente, lo están despidiendo.

Echa un ojo veloz a cada uno de los documentos que el joven homérico le pone delante; firma todo con presteza.

—Listo —dice mecánicamente.

—Pues listo. ¿Vamos para que te despidas de tus grupos? Y aprovechamos para presentar a tu suplente.

—Vamos.

Algunas palabras limpias, amables; pocas explicaciones. Óscar está tranquilo, mirando todo como desde la butaca del espectador, no se siente protagonista del momento; más bien es alguien que abandona, voluntaria y decididamente, un lugar al que ya no pertenece. Sara se deja ver por ahí, enredando un mechón de cabello en su dedo índice, mirando de reojo.

Antes de cerrar la puerta de su oficina, Beatriz pregunta.

—¿Y se puede saber qué vas a hacer ahora? ¿A qué universidad te vas?

—A ninguna, voy a escribir.

Con un gesto un tanto infantil dice adiós con la mano y regresa al estacionamiento, sube al coche, mira el cielo marrón y grisáceo de la Ciudad de México, ese cielo indescifrable. Exhala.

Antes de arrancar llama al número de María; con ella siempre se pone nervioso, finge más calma de la que experimenta.

—¿Están listos? Ya voy por ustedes.

La voz de María suena mal al otro lado del teléfono.

—Creo que vamos a tener que cancelar la visita al internado.

—¿Por qué? ¿Qué pasa?

—Tengo contracciones, llamé al ginecólogo, parece que el bebé se va a adelantar.

—¿Estás con Román?

—Sí, me va a llevar al hospital.

—Pásamelo, por favor.

—Hola, querido.

—Hola, ¿qué hospital es? ¿Los alcanzo allá?

Román se divierte observando el ritual de los seres humanos en torno a un miembro nuevo de la especie que está en pleno, aunque alterado porque es un bebé prematuro: apenas llegó a los ocho meses pero eligió salir ya, alguna prisa tendría. Inocente criatura que no tiene idea de lo que le espera, piensa.

La madre de María y sus hermanas ya están ahí, encargándose de todo, haciendo gala de una notoria experiencia en estos asuntos. También llegó Paolo, se le nota incómodo, tieso, tan sin saber en dónde estar hasta que María le pide que entre a la habitación para que abrace a su hijo antes de que se lo lleven a la incubadora. Los tres lloran.

Qué registros tan diferentes tiene el llanto; pobre de mi amiga, se dice Román, al recordar que María se veía aterrada cuando empezaron las contracciones y cómo instintivamente llamó a su todavía esposo. Qué difícil es todo. Qué mal me vería yo de esposo de la parturienta en una cama de hospital.

—¿Te traigo un café? —le interrumpe Óscar—. Estoy por irme.

—No, querido, el café que venden en este sitio es una basura, gracias.

—¿Qué hacemos aquí tú y yo?

—Estar con María, siéntate, no seas aguafiestas —Román recupera su tono divertido y malicioso.

Óscar obedece, se sienta junto a él.

—¿Paolo está dentro?

—Sí, y están llorando todos: ella, él, el bebé, las hermanas y la madre de María. Por si querías saber. Ah, y lo del divorcio es un hecho, no se reconciliaron, por si querías más información.

Su amigo entorna los ojos y hace un gesto que quiere decir "contigo no hay remedio". Saludan a la madre de María, que se acerca y los abraza con la alegría de quien recupera al hijo pródigo. Vuelven a sentarse.

Óscar retoma la conversación.

—No sé si algún día voy a tener un hijo —dice mirando a Román, que responde de inmediato, como si le hubiera preguntado a él.

—Yo lo tengo clarísimo, nunca voy a tener un hijo, nunca, ser niño es horrible, hay que sobrevivir a demasiadas palizas, ¿no te parece?

La respuesta es una carcajada sonora del todo inapropiada para el momento y el lugar. Cuchichean algo como hacían de pequeños en mitad de una clase y vuelven a reír.

Óscar siente una comezón impostergable, se disculpa con la familia de María, y, eufórico, le da un beso a Román. Anuncia que tiene que irse.

El gozo que sintió conduciendo durante la mañana reaparece. Enciende la radio del auto, sintoniza una, dos canciones. No, esta vez no puede escuchar nada, apaga.

Fragmentos de las conversaciones del día vuelven a su memoria. Piensa en lo que dijo Román. Es verdad: todos somos sobrevivientes del niño que fuimos.

Acelera.

Al llegar a casa se saca los zapatos, busca una cerveza, se sienta delante de la pantalla, abre un documento en blanco y escribe "Aurora y el Internado". Lo deja estar unos segundos, pero después retrocede con la tecla de borrar haciendo desaparecer letra por letra. Entonces escribe: "El niño que fuimos".

Agradecimientos y nota de la autora

Esta novela está inspirada en las niñas del internado Gertrudis Bocanegra del Lazo de la Vega con quienes crecí. Van para esas niñas y para mis extraordinarios siete hermanos, que crecieron en instituciones similares, mi amor y reconocimiento. Ellos me lo dieron todo.

Sin embargo, no se trata de un texto autobiográfico sino de ficción.

Mi agradecimiento a Myriam Flores, directora del Gertrudis Bocanegra, por permitirme regresar al lugar donde pasé mi infancia. Hoy los colegios internados están en peligro de extinción, pues cada vez reciben menos recursos federales; en un país con tanta desigualdad como México, son trinchera de incontables madres solteras y salvación de niños huérfanos o provenientes de un entorno familiar difícil. Ojalá esta historia sirva para visibilizar la necesidad de conservarlos.

Gracias a Paz Murillo y Otilio Murillo, primeros lectores, testigos y parte fundamental de esta historia.

A Gabriela Solís, por sumar su enorme habilidad narrativa con las observaciones que hizo al texto.

A Rafael Carballo y Julieta Cardona, por su lectura paciente y cariñosa.

Al doctor Jorge Pérez Alarcón, por su empatía sin límites y por acompañarme a lo largo de este proceso de escritura, que inició en su consultorio.

A mis sobrinos, todos, que alternan ayudándome con su magia de duendes y no se dan cuenta de la enorme labor que hacen.

A editorial Alfaguara, en especial a Julio Trujillo, por su complicidad espontánea y luminosa, y a Ramón Córdoba, por poner su talento y mirada aguda en cada línea de esta novela.

Ciudad de México, enero de 2018

Este libro se terminó
de imprimir en
Sabadell, Barcelona,
en el mes de
junio de 2019